Ren Dhark®
Sonderband

Jagd auf die Rebellen

von
UWE HELMUT GRAVE

Herausgegeben von HAJO F. BREUER

HJB®

Ein Verzeichnis sämtlicher
lieferbaren REN DHARK-Titel
finden Sie auf den Seiten 191 und 192.

1. Auflage

HJB Verlag & Shop KG
Postfach 22 01 22
56544 Neuwied
Bestellungen und Abonnements:
0 26 31 – 35 48 32
0 26 31 – 35 61 00
Fax: 0 26 31 – 35 61 02
www.ren-dhark.de

Herausgeber: Hajo F. Breuer
Titelbild: Ralph Voltz
Druck und Bindung:
Wiener Verlag Ges. m. b. H.

ISBN 3-930515-87-3

Vorwort

Persönlich getroffen habe ich Uwe Helmut Grave zum ersten Mal im Sommer 1999. Damals kamen die Autoren, die REN DHARK fortsetzen sollten, zur ersten Redaktionskonferenz am Verlagssitz in Neuwied zusammen. Graves Arbeiten aber kannte ich schon wesentlich länger – seit der ersten Hälfte der 80er Jahre. Seit 1983 textete ich die Comicserie *Gespenster Geschichten*. Die Produktion lief nach folgendem Muster ab: Ein Autor schrieb ein Skript – so eine Art Drehbuch – nach dem die Comics gezeichnet wurden. Die kamen dann zu mir, und ich verfaßte die Texte, die in die Bilder montiert wurden. Damit ich überhaupt wußte, worum es in den Geschichten ging, lag natürlich auch immer das Skript bei.

Einer der Skriptautoren für die *Gespenster Geschichten* war Uwe Helmut Grave. Während die Skripts der anderen in nüchternen Worten die einzelnen Bilder beschrieben und kurz den Inhalt der Geschichte anrissen, waren Graves Skripts ganz anders. Er schrieb Kommentare und Exkurse zu den Storys – und zwar so herzerfrischend komisch, daß ich mehr als einmal zu der Überzeugung gelangte, daß es dem Leser mehr gebracht hätte, wäre anstelle des Comics Graves Originalskript veröffentlicht worden.

Als 1999 die Fortschreibung der REN DHARK-Saga anstand, war für mich von vornherein klar, daß ich Uwe Helmut Grave mit im Team haben wollte. Er selbst stand der Sache eher skeptisch gegenüber, denn mit Science Fiction hatte er bis dahin nicht viel am Hut gehabt. Es war nicht einfach, ihn zur Mitarbeit zu überreden.

Doch für mich stand fest, daß Grave *schreiben* konnte. Die Genre-spezifischen Fachbegriffe und Erzählstrukturen kann man lernen, aber schreiben *kann* man oder man lernt es nie.

Und Grave ist ein Meister des Erzählens. Hinzu kommt sein ganz eigener, subtiler, manchmal sogar ein wenig bizarrer Humor. Gerade Humor aber ist in einer Serie wie REN DHARK das Tüpfelchen auf dem i, doch meist nur schwer zu realisieren. Deshalb hatte Uwe Helmut Grave von Band 1 des Drakhon-Zyklus an seine treuen Fans, die im Laufe der letzten drei Jahre immer zahlreicher wurden.

Da war es nur noch eine Frage der Zeit, wann Grave seinen ersten Sonderband für REN DHARK verfassen würde. Glücklicherweise mußte ich ihn diesmal nicht mehr so lange überreden.

Nun aber genug der Worte! Genießen Sie die *Jagd auf die Rebellen*…

Giesenkirchen, im Juni 2002
Hajo F. Breuer

1.

»Es war einmal...«

»Wann?« unterbrach der wißbegierige Welpe Witt Sturr seine Mutter.

»Irgendwann vor langer, langer Zeit«, antwortete Dogg Godd und schaute ihren kleinen Sohn liebevoll an. »Viele der Geschichten, die uns unsere Vorfahren hinterlassen haben, beginnen mit diesen drei Worten. Es war einmal ein Planet, auf dem herrschte dauerhafter Friede. Niemals kam es zu Feindseligkeiten unter den Bewohnern...«

»In welcher Galaxis liegt dieser Planet?« wollte Witt Sturr wissen. »In unserer – oder in der Galaxis der Fremden?«

Galaxis der Fremden – damit war die Milchstraße gemeint, in welche es die Familie vor einiger Zeit verschlagen hatte. Witt Sturr wußte Bescheid, seine Eltern sprachen oft genug darüber.

Da die Nomaden auf ihren großen Raumschiffen wohnten und arbeiteten, vermißte er seine Heimat nicht. Für ihn gab es kaum einen Unterschied zwischen beiden Galaxien. Nur wenn er nach draußen sah, hatte er manchmal das Gefühl, die Sterne hier funkelten irgendwie anders. Doch wahrscheinlich bildete er sich das nur ein.

»Sei doch endlich still!« wurde Witt von einer seiner vier Schwestern ermahnt.« Ich möchte die Geschichte gern hören.«

Witt und seine gleichaltrigen Schwestern bewohnten eine gemeinsame Kabine im Quartier des Lebensmittelchemikers Zass Sturr. Als Dogg Godd seinerzeit geworfen hatte, hatte es zunächst ausgesehen, als ob lediglich vier weibliche Welpen das Licht der Welt erblicken würden, zur Enttäuschung des Vaters, der sich nichts sehnlicher gewünscht hatte als mindestens einen Sohn. Doch nach einer kurzen Atempause hatte Dogg noch einem fünften Welpen das Leben geschenkt.

Witt Sturr war Vaters ganzer Stolz. Selbstverständlich mochte Zass Sturr auch seine Töchter. Aber seinen Sohn betrachtete er als eine Gabe der Götter. Als Belohnung für das wohlgefällige Leben, das er stets geführt hatte.

Der gutgewachsene, aber nicht sonderlich große Rüde lehnte in der offenen Kabinentür und verfolgte interessiert mit, wie seine Frau den Fünflingen eine Gutenachtgeschichte erzählte. Anschaulich beschrieb sie einen fiktiven Planeten mit hohen Bergen, blauen Seen, mächtigen Bäumen und farbenfrohen Pflanzen. Die friedliebenden Bewohner, die verschiedenen Rassen angehörten, waren ausschließlich Pflanzenfresser. Sie respektierten und akzeptierten sich gegenseitig und stritten sich nie. Krieg war auf jenem Phantasieplaneten ein Fremdwort.

Eins der zuhörenden Mädchen stieß einen leisen Seufzer aus.

»Auf diesem prächtigen Planeten würde ich gern leben«, hauchte sie, und ihre drei Schwestern stimmten ihr zu.

»Ich auch«, warf Witt Sturr ein.

»Ist das dein Ernst?« fragte sein Vater verwundert.

»Und ob das mein Ernst ist«, bestätigte der Junge. »Ich stelle mir das Leben dort herrlich vor. Den ganzen Tag liege ich faul im Gras. Und wenn ich Hunger bekomme, schnappe ich mir einen der friedfertigen Planetenbewohner, schleife ihn unbemerkt ins Gebüsch, beiße ihm die Kehle durch und verspeise ihn mit Haut und Haaren. Besonders anstrengen muß ich mich bei der Jagd nach Nahrung nicht. Die zutraulichen Dummköpfe kennen keine Feinde und laufen daher nicht vor mir weg. Bis sie begreifen, daß das ein Fehler war, ist es bereits zu spät.«

Zass Sturr war zufrieden mit sich und der Welt. Ja, das war zweifelsohne sein eigen Fleisch und Blut! Ein Sohn, auf den jeder Rüde an Bord stolz wäre. Ein waschechter Nomade eben.

*

Hört her, tapfere Söhne der Tanalen! Yentip spricht zu euch, der Gebieter unseres ehrwürdigen Volkes. Meine Zeit auf Uzan läuft ab. Bald werden mich die Götter der Finsternis zu sich rufen, und ich werde in den Genuß der ewigen Dunkelheit kommen. Es ist eine Ehre, den Weg zu gehen, den wir alle einmal gehen müssen. Trotzdem fühle ich mich schwermütig, weil es mir in meiner langen Lebensspanne nicht gelungen ist, unsere Heimat von der furchtbaren Bedrohung zu befreien. Das Ende unserer Existenz ist näher als jemals zuvor.

Das werde ich zu verhindern wissen, Vater! Sobald ich deine Nachfolge angetreten habe, werden wir die Lichtgestalten auf eine vertretbare Anzahl dezimieren. Wann immer ein Tanale und eine Vialuk aufeinandertreffen, wird nur der Tanale den Platz lebend verlassen.

Das reicht nicht mehr aus, Yelah. Mir scheint, für jede Vialuk, die wir in der Vergangenheit töteten, kamen zwei neue hinzu. Auch unsere fortwährenden Bemühungen um eine friedliche Beilegung des Konflikts führten zu nichts. Die Lichtgestalten wollen nicht einsehen, daß ihr ungezähmter Vermehrungsdrang früher oder später ganz Uzan zerstören wird. Und darum gibt es nur eine Lösung. Wir müssen sie mit Stumpf und Stiel ausrotten! Nicht eine von ihnen darf überleben! Erst wenn wir ihre totale Vernichtung erreicht haben, kann ich in Frieden zu den Göttern der Finsternis gehen.

Du planst einen Großangriff, Yentip? Das wird nicht durchführbar sein. Die Vialuk benutzen zur Verständigung die silbernen Adern des Shuum, genau wie wir. Mit Sicherheit empfangen sie in diesem Augenblick jeden Gedanken, den du an alle Söhne der Tanalen auf die Reise schickst.

Und wenn schon. Dann wissen sie jetzt, welches Schicksal ihnen bevorsteht und daß sie sich diese drastische Maßnahme selbst zuzuschreiben haben. Sie lassen uns keine andere Wahl.

Habt ihr das gehört, ihr mutigen Töchter der Vialuk? Akades spricht zu euch, die Herrscherin über unser einzigartiges Volk. Auch ich werde nicht mehr lange unter euch weilen. Bald verlasse ich Uzan für immer und folge dem Ruf der Götter des Lichts und des ewigen Lebens. Aber ich kann keinen Frieden finden, solange unser Fortbestand durch die ungezügelte Vermehrung der Finsteren bedroht ist. Sie sind es, die sich nicht der Vernunft beugen wollen und dadurch jede Verhandlung zum Scheitern bringen.

Wir sollten sie zuerst angreifen, Akades, und den Kampf nicht eher beenden, bis wir den letzten Tanalen getötet haben. Uzan ist die angestammte Heimat der Vialuk. Die segensreichen Gaben des Shuum sind einzig und allein für unser Volk bestimmt. In jüngster Vergangenheit beschert uns Shuum weniger reichhaltig als früher, deshalb können wir die Finsteren nicht mehr länger als Mitesser dulden.

Du wirst mir eine ebenbürtige Nachfolgerin sein, Akna, und die Interessen unseres Volkes nach meinem Weggang würdig vertreten. Ich bin froh, daß mir die Götter noch einen kleinen Aufschub gewähren und ich das letzte Gefecht Seite an Seite mit all meinen Töchtern bestreiten werde. Erst wenn sich kein Tanale mehr in unserer Heimat breitmacht, kann ich beruhigt in jene Welt hinübergleiten, aus der noch nie jemand zurückgekehrt ist.

*

Zwischen den Sonnensystemen präsentierte sich die vielfältige Welt der Sterne und Planeten mitunter stockfinster und grabesstill. An manchen abgelegenen Orten wirkte das All über Millionen von Kilometern hinweg wie ein gigantisches, tiefschwarzes Leichentuch. Nur ein kaum wahrnehmbares Funkeln in scheinbar unerreichbarer Ferne ließ erahnen, daß es irgendwo da draußen Leben gab – Leben, das sich noch nie nach hierher verirrt hatte.

»Grave« nannten abergläubische Raumfahrer solche düsteren Plätze – Grabstätte. Selbst gestandene Astronauten wurden depressiv, wenn sie sich zu lange in solchen Dunkelwolken aufhielten.

Plötzlich durchbrach ein grünschimmerndes Leuchten die Dunkelheit. Von einer Nanosekunde auf die andere tauchte aus dem Nichts ein riesiges schwarzes Kreuz im Weltall auf. Wie ein Irrwisch jagte es durch die Finsternis, in Richtung der fernen Lichtpunkte.

Das schillernde Schwarz des Kreuzes, dessen Balken jeweils eine Länge von 270 Metern aufwiesen, hob sich von der düsteren Schwärze des Alls ab. Am Ende eines jeden Kreuzbalkens befanden sich Geschützkuppeln und Torpedowerfer.

Der Kreuzraumer war eines von zwei Nomadenschiffen in der Milchstraße. Deren Insassen stammten aus der Galaxis Drakhon, in die es keinen Rückweg mehr gab. Nomaden waren in etwa menschengroß, und sahen entfernt aus wie nackte, aufrechtgehende Hunde. Als Intelligenzwesen trugen sie natürlich Kleidung, die den größten Teil des Körpers bedeckte. Ihre Hände und Füße waren jeweils viergliedrig. Im Vergleich zu Menschen waren Nomaden sehr stark, weil sie in einer Normschwerkraft von 1,3 Gravo* lebten. Irgendwie wirkten die Hundeartigen häßlich. Vermutlich lag das vor allem an ihrem gewaltigen Gebiß, aus dem es fortwährend sabberte.

Rund achthundert erwachsene Nomaden lebten mit ihren Welpen auf dem kreuzförmigen Raumschiff FREIHEIT. Die Insassen, die sich freiwillig dem Befehl von Priff Dozz unterstellt hatten, befanden sich auf der Flucht vor ihrem ehemaligen Rudelführer Pakk Raff, der sie mit der KRIEGSBRAUT bis in die Milchstraße verfolgt hatte. Nur durch eine riskante Nottransition hatten sie ihm entkommen können.

Die Chance, daß sich beide Kreuzraumer in dieser riesigen Galaxis jemals wieder begegneten, stand eins zu mehreren Billionen.

---

* 1 Gravo: die irdische Schwerkraft

Der ehemalige Berater des obersten Rudelführers aller Nomaden war überzeugt, mit seinem einstigen Peiniger, der ihn stets wie Dreck behandelt hatte, niemals wieder im Leben zusammenzutreffen. Er hatte das leidige Thema endgültig ad acta gelegt.

Priff bezweifelte allerdings, daß Pakk Raff genauso dachte. Die Motivation des blutrünstigen Nomadenführers war die stärkste, die es im Universum gab.

Rache!

Rache für den Diebstahl der FREIHEIT, einem nach neuesten Erkenntnissen ausgestatteten Prototyp, der Raffs Eigentum war. Priff Dozz und seine Anhänger hatten den Raumer auf der Stützpunktwelt Chidar mit einem Blitzstreich in ihren Besitz gebracht.

Rache für die Entführung der Nomadin Dell Wudd, die Raffs Harem angehörte. Sie war die schönste und klügste von all seinen Frauen. Pakk verzehrte sich nach ihr.

Rache für die achthundertfache Gehorsamsverweigerung, die einer öffentlichen Demütigung gleichkam. Noch nie hatten es Angehörige eines Nomadenrudels gewagt, sich von ihrem Anführer loszusagen und ein eigenes Rudel zu gründen. Dafür drohte ihnen die Todesstrafe.

Besonders ärgerlich war es für Pakk Raff, daß ausgerechnet die klügsten Köpfe des Rudels der KRIEGSBRAUT den Rücken gekehrt hatten. Bei den Nomaden zählte nur das Recht des Stärkeren, und jeder Führungswechsel wurde durch blutige Machtkämpfe entschieden. Ein echter Nomade war Kämpfer, kein Denker. Ganz verzichten konnte man auf »Kopfarbeiter« in einer staatlichen Gemeinschaft jedoch nicht.

Gerade bei wichtigen Entscheidungen hatte sich Pakk Raff stets von Priff Dozz beraten lassen und war damit nicht schlecht gefahren. Allerdings hatte er es nie verwinden können, daß sein Berater um ein Vielfaches intelligenter war als er, weshalb er ständig auf ihm herumgetrampelt hatte, wie auf dem Schmutz unter seinen Stiefelsohlen.

Neben Priff Dozz hatte es noch mehr intelligente Schwächlinge auf der KRIEGSBRAUT gegeben, die unter dem Spott und den Übergriffen der stärkeren Nomaden zu leiden gehabt hatten. Jetzt waren sie alle an Bord seines Schiffes.

Auf der FREIHEIT war Priffs Wort Gesetz. Um seine Position als neuer Rudelführer zu festigen, hatte er freie Wahlen ausgerufen. Jeder Wahlberechtigte an Bord konnte sich zwischen ihm und seinem Gegenkandidaten, dem Brückenoffizier Knapp Bozz, entscheiden.

Knapp Bozz, der sich von Dell Wudd dazu hatte überreden lassen, Priff Dozz öffentlich zu einem Zweikampf herauszufordern.

Knapp Bozz, der als Verlierer aus dem kurzen, aber heftigen Kampf hervorgegangen war.

Knapp Bozz, der auf Esmaladan durch seine Unbeherrschtheit ein lebenswichtiges Geschäft mit den Utaren vermasselt hatte.

Knapp Bozz, der seither auf der FREIHEIT nicht mehr sonderlich gut angesehen war.

Somit stand der Wahlsieger bereits fest, noch bevor die Wahl begonnen hatte. Genauso hatte Priff Dozz es geplant. Durch Hintertreibung und Täuschung war er zu Ansehen und Macht gelangt, und er würde es niemals zulassen, daß man ihm das Zepter wieder aus der Hand nahm. In dieser Hinsicht empfand er ähnlich wie sein Erzfeind Pakk Raff, obwohl er sich das niemals eingestanden hätte.

Die FREIHEIT bestand aus einem riesigen Gewirr von Korridoren, Hallen, Gängen, Verbindungsstollen, Luftschächten, Maschinenräumen, Kabinen und sonstigen Räumlichkeiten. Auch ein Festsaal gehörte mit dazu. Dort konnte jeder der über vierhundert Stimmberechtigten in der geschlossenen Wahlkabine anonym den Namen seines Favoriten abspeichern.

Dieses Privileg blieb allein den Männern vorbehalten. Nur sie durften bei politischen Entscheidungen mitreden.

Die Rolle der Frau im Rudel der Nomaden war seit Urzeiten festgelegt. Sie kümmerte sich ums Quartier, übernahm das Kochen, bewältigte die Kindererziehung und war stets auf das Wohlbefinden ihres Lebensgefährten bedacht. Zumindest auf der KRIEGSBRAUT hatte dieses (vor allem für die Männer vorteilhafte) System reibungslos funktioniert.

Die Nomadinnen auf der FREIHEIT waren damit nicht länger einverstanden. Sie strebten eine Veränderung der bestehenden Situation an und forderten mehr Rechte ein.

Weil sie den Festsaal während des Wahlgeschehens nicht betreten durften, hatten sich zahlreiche Nomadenfrauen mit Transparenten in den Gängen und Fluren postiert. Ihre Forderungen lauteten: Stimmrecht bei zukünftigen Wahlen, männliche Unterstützung im Haushalt sowie bei der Kindererziehung und die Abschaffung der Mehrehe.

Die meisten Männer taten das ganze mit einem Schmunzeln ab. Sie betrachteten das Verhalten ihrer Frauen als »neumodische Allüren« und straften die Demonstrantinnen mit Nichtbeachtung.

Die Stimmabgabe verlief weitgehend friedlich – bis auf einen unliebsamen Zwischenfall. Ein Nomade, der sich auf dem Rückweg vom Festsaal befand, ließ sich mit einem aufgebrachten Frauenduo auf eine lautstarke Diskussion ein. Es handelte sich um seine eigenen beiden Lebensgefährtinnen.

»Seid ihr zwei noch ganz richtig im Kopf?« spottete er. »Wenn ihr die Mehrehe abschafft, müßte eine von euch in Zukunft die Hausarbeit und die Kindererziehung mutterseelenallein erledigen, ohne die Mithilfe der anderen. Wie wäre es zur Abwechslung mal mit Nachdenken?«

Die verspotteten Frauen gingen auf ihn los und hüllten ihn mit ihren Transparenten ein, bis er sich nicht mehr wehren konnte. Anschließend trieben sie ihn mit Tritten und Püffen durch mehrere Gänge. Ein derart ungeheuerlicher Vorfall hatte sich auf einem Nomadenraumschiff noch niemals ereignet. Andererseits hatte es auf einem Nomadenschiff auch noch nie freie Wahlen gegeben.

Eigentlich war es gar nicht nötig, auf der Abschaffung der Mehrehe zu bestehen. Auf der FREIHEIT gab es gerade mal eine Handvoll Männer, die mit zwei Frauen im selben Quartier lebten.

Alle übrigen Nomaden hatten eh nur eine einzige Lebensgefährtin, und da es an Bord augenblicklich keine alleinstehenden Nomadinnen gab, würde sich daran in absehbarer Zeit kaum etwas ändern.

Trotzdem beharrte Bidd Nobb, die Hauptinitiatorin des perfekt organisierten Frauenaufstands und Erstfrau des Rudelführers, auf der Durchsetzung dieser speziellen Forderung. Ihr Mann hatte sich die schöne Dell Wudd zur Zweitfrau genommen, und diesen unerträglichen Zustand wollte Bidd unter allen Umständen rückgängig machen.

Somit zogen die langjährigen Lebensgefährten Dozz und Nobb nicht am selben Strang – obwohl sie dieselben ruchlosen Methoden anwendeten, um an ihr jeweiliges Ziel zu gelangen. Beide behaupteten, nur zum Wohl der Allgemeinheit zu handeln, und beide hatten dabei nur ihren persönlichen Vorteil im Sinn.

Jeder Konfliktberater hätte ihnen bestätigt, daß sie im Grunde genommen das ideale Paar waren.

Selbst vom Aussehen her paßten sie vortrefflich zusammen. Bidd hätte locker die Mißwahl der häßlichsten Frau an Bord gewonnen, und der knapp dreißigjährige Priff war für einen Nomadenmann viel zu klein und übergewichtig.

Das aufwendig inszenierte Wahlspektakel wurde über den Bordfunk bis in den letzten Winkel des Raumschiffs übertragen. Sogar auf der Toilette des abgelegensten Maschinenraums hatte man einen Empfänger angebracht, damit auch wirklich niemand die Verlesung der Wahlliste und die Auszählung der Stimmen versäumen würde.

*

In einer abgeschiedenen Höhle hoch in den Bergen verfolgte ein greiser Eremit gespannt die Wahl zum Dhara mit. Der mit Atomenergiebatterien gespeiste Hörfunkempfänger war das einzige technische Gerät, das er mit in die Einsamkeit genommen hatte. Zwar hatte er der Zivilisation schon vor langer, langer Zeit den

Rücken gekehrt, doch es konnte ja nichts schaden, sich regelmäßig über die politischen Vorkommnisse auf Oorch zu informieren.

Oorch war der Heimatplanet der Rateken, eines Volkes, das in der Milchstraße gleichsam geachtet und gefürchtet wurde. Allein die Körpergröße eines ausgewachsenen Rateken versetzte ihre Feinde in Schrecken. Durchschnittlich erreichten sie eine Höhe von drei Metern und maßen von Schulter zu Schulter einen Meter fünfzig. Weibliche Rateken waren durchschnittlich fünfzig Zentimeter kleiner.

Die Rahim, mit denen Ren Dhark derzeit die Rettung zweier Galaxien vorbereitete, verwendeten Exoskelette, um nach außen hin bedrohlich zu wirken. Die Rateken benötigten derlei Firlefanz nicht, sie sahen von Natur aus zum Fürchten aus.

Man konnte fast meinen, die terranische Redewendung »Hände wie Baggerschaufeln« sei auf Oorch erfunden worden. Wo die sechsfingrigen Pranken eines Rateken hinlangten, da wuchs (einer anderen terranischen Redensart zufolge) »kein Gras mehr«.

Das Eindrucksvollste an einem Rateken war, abgesehen von seiner Statur, zweifelsohne sein birnenförmiger Schädel. Im oberen Drittel erstreckte sich unter der leicht schillernden Glatze ein Facettenkranz, der sich um die vordere Hälfte des Kopfes zog. Hierbei handelte es sich um die optischen Organe. Ein Stück tiefer, dort, wo bei einem Menschen die Nase saß, befanden sich fünf senkrechte Schlitze, die zur Atmung und zur Geruchsaufnahme dienten.

Über ein Kinn verfügten Rateken nicht, dafür aber gab es ihren Mund gleich viermal – einer vorn, einer im Nacken, zwei links und rechts an den Kopfseiten. In geschlossenem Zustand wirkten die auf gleicher Höhe liegenden Münder wie vier lippenlose Striche, die leicht bläulich schimmerten.

Ihre lederartige graue Haut, die zeitweise einen Stich ins Violette aufwies, erweckte den Eindruck, als seien die Rateken samt und sonders mit einer ansteckenden Krankheit behaftet. Das täuschte. Die furchteinflößenden Riesen waren härter im Nehmen als die meisten Völker in der Milchstraße. Es gab nichts, was sie fürchteten – bis auf die galaktische Strahlung, vor der sie sich seit Generationen auf der Flucht befanden, von einem System zum nächsten.

Auch auf Oorch wußte man, daß Dharks Expedition zum Super Black Hole die allerletzte Chance war, diese Galaxis zu retten. Falls es ihm nicht gelang, die Masse des entarteten Schwarzen Lochs drastisch zu reduzieren – ein gefahrvolles Unternehmen, dessen Ausgang ungewiß war – würde die Galaxis Drakhon unweigerlich in die Milchstraße transitieren und mir ihr verschmelzen. Eine tödliche Vereinigung, die keines der zahlreichen Sonnensysteme in beiden Galaxien überstehen würde.

Wegen des Exspects war an eine Fortsetzung der Flucht nicht zu denken. Die Rateken wollten auch nicht länger weglaufen. Sie würden bleiben wo sie jetzt waren und das Schicksal, das ihnen von ihren Göttern zugedacht war, klaglos hinnehmen. Wenn es soweit war, würden sie sich in die Tiefen ihrer Welt zurückziehen, wo ihnen weiträumige Katakomben einen gewissen Schutz boten – der ihnen wenig nutzte, wenn der gesamte Planet vernichtet wurde.

Oorchs Durchmesser entsprach in etwa der Größe der Erde, die 3219 Lichtjahre von hier entfernt lag. Die Rotationsdauer lag umgerechnet bei 20 Stunden und 44 Minuten. Ein Jahr auf Oorch dauerte 837 Ratekentage.

Zu achtzig Prozent bestand die Planetenoberfläche aus Wasser, ein Element, das die Rateken sehr zu schätzen wußten. Pläne für Unterwasserstädte, für den Fall einer Übervölkerung, lagen bereits in den Schubladen der ratekischen Wissenschaftler. Bisher allerdings boten zwei riesige, ungefähr gleich große Kontinente, welche durch Landbrücken miteinander verbunden waren, den Bewohnern von Oorch genügend Platz zum Leben. Choor nannten sie den einen, Rooch den anderen Kontinent.

Die Hauptstadt Prokat lag auf Choor. Dort hatte die Regierung ihren Sitz. Prokats gesamter Stadtkern bestand ausschließlich aus Regierungsgebäuden und Häusern, in denen Regierungsangehörige mit ihren Familien wohnten. »Normalsterbliche« durften das Stadtzentrum nur mit einem Besucherausweis betreten, weshalb die Bevölkerung für den gesperrten Komplex einen Spottnamen ersonnen hatte, vergleichbar mit dem terranischen »Nirwana« – ein (Phantasie-) Ort, der nur den Edelsten unter den Edlen vorbehalten war.

Auch zum Zeitpunkt der Dhara-Wahl durften nur auserwählte Personen und deren engster Freundeskreis »Nirwana« betreten. Die Wachtposten in den Gebäuden und auf den Straßen wurden an solchen Tagen normalerweise verdoppelt. Diesmal hatte man sie sogar vervierfacht und nach einem geheimgehaltenen Einsatzplan strategisch verteilt, so daß nichts und niemand unbewacht blieb.

Anlaß für die verstärkten Sicherheitsmaßnahmen war ein Flugblatt, welches von »Rebell« überall in Prokat ausgelegt worden war. »Rebell« war der Name einer Gruppe von fanatischen Untergrundkämpfern, deren Anführer Baraton auf der Liste der meistgesuchten Verbrecher ganz oben stand. Er hatte damit gedroht, die Wahlen massiv zu stören.

Die Stimmabgabe erfolgte per Knopfdruck, allerdings nicht von daheim aus, sondern in speziellen Bezirkseinrichtungen – unter Aufsicht zuverlässiger Wahlhelfer.

Bisher verlief glücklicherweise alles friedlich. Die mehr als zweihundertfünfzig Personen umfassende Liste war seit langem jedermann zugänglich, und Abermillionen von Wählern hatten bereits ihre Stimme für einen der ausschließlich weiblichen Kandidaten abgegeben. Männer waren für das Amt des Dhara diesmal nicht vorgesehen. Beide Geschlechter wechselten sich an der Regierungsspitze turnusgemäß ab.

Höchster Herrscher des Planeten war somit nicht Rateka, wie von manchen Milchstraßenbewohnern fälschlicherweise angenommen wurde, sondern der jeweilige Dhara.

Ratekas offizieller Amtstitel lautete »Singu der Rateken«, was in etwa der Position eines Außenministers gleichkam – allerdings einer mit erweiterter Machtbefugnis. Wann immer es zu Kontakten mit fremden Völkern kam, schickte man ihn vorweg. Und damit er eventuellen Feindseligkeiten nicht schutzlos ausgeliefert war, hatte man ihm die alleinige Befehlsgewalt über die gesamte ratekische Kriegsflotte übertragen.

Von allen Politikern auf Oorch war Rateka am längsten im Amt. Er war ein loyaler Vertreter seines Volkes, seiner Heimat und wäre niemals auf den Gedanken gekommen, sich gegen die Entscheidungen des Dhara zu stellen. Schon mehrmals hatte Baraton versucht, ihn auf seine Seite zu ziehen und ihn zu einem Militärputsch gegen das Regierungsoberhaupt zu bewegen. Doch Rateka hatte bislang jedem Bestechungsversuch standgehalten und ließ sich auch durch massive Todesdrohungen nicht einschüchtern.

Ratekas Strategie im Umgang mit Fremdvölkern konnte man in einem einzigen Satz zusammenfassen:

»Wer kein Rateke ist, ist ein Feind der Rateken.«

Die Translatoren der Rateken hatten den besten Ruf und waren in der Milchstraße sehr begehrt (sogar auf Terra waren sie im Einsatz), aber die Übersetzung von Begriffen wie »Diplomatie« oder »Kompromiß« bereitete ihnen erhebliche Schwierigkeiten, weil es dafür in ihrer Sprache keine Worte gab. Anderen Rassen begegnete man vom ersten Kennenlernen an grundsätzlich aggressiv.

Das hatte auch Ren Dhark zu spüren bekommen, als er im September 2056 zum ersten Mal von Angesicht zu Angesicht mit Rateka und seinen Kriegern zusammengetroffen war. Sie waren mit einem Doppelwulst-Kugelraumer auf der Erde gelandet und hatten sofort damit begonnen, Forderungen zu stellen und dem Commander der Planeten Befehle zu erteilen. Zu ihrem Pech waren sie an den Falschen geraten.

Der damals amtierende Dhara Ragka hatte keinen Anlaß gesehen, Rateka für sein aggressives Verhalten zu tadeln.

Auch als im Januar 2057 siebenundsechzig Terraner den Tod fanden, weil sie mit ihrem Raumschiff versehentlich ins Hoheitsgebiet der Rateken geraten waren – zweihundert (!) Lichtjahre von Oorch entfernt – hatte Ragka kein Wort des Bedauerns geäußert.

Lediglich zur Freilassung von 148 Überlebenden hatte er sich herabgelassen. Mehr konnte man vom obersten Herrscher der kompromißlosesten Rasse der Milchstraße nicht erwarten.

Heute war seine Amtszeit vorüber.

Conok hieß die Kandidatin mit den besten Aussichten auf Ragkas Nachfolge.

Schon im Wahlkampf hatte sie anklingen lassen, daß sie mit der Politik ihres Vorgängers nicht einverstanden war. Insbesondere die Kumpanei zwischen Ragka und Rateka hatte sie öffentlich angeprangert.

Der Singu der Rateken wurde nicht direkt vom Volk gewählt, sondern vom Dhara bestimmt. Nach jedem bisherigen Wechsel der Regierungsspitze war Rateka für seine gute Arbeit gelobt und in seinem Amt bestätigt worden. Diesmal würde es vermutlich anders sein. Falls Conok die Wahl gewann, waren Ratekas Tage aller Wahrscheinlichkeit nach gezählt.

Aber noch hatte er eine echte Chance. Werre, die ehemalige Beraterin von Ragka, hatte sich ebenfalls zur Wahl aufstellen lassen. Sie verfolgte die gewohnte politische Linie und würde Rateka mit Sicherheit im Amt belassen.

Werre und Conok lieferten sich bei der Stimmenauszählung ein aufregendes Kopf-an-Kopf-Rennen.

*

»Die Auszählung ist in vollem Gange – Knapp Bozz und Priff Dozz liefern sich ein spannendes Kopf-an-Kopf-Rennen«, verkündete der Moderator des Bordfunks auf der FREIHEIT und fügte sogleich hinzu: »Das war natürlich nur ein Scherz, werte Zuschauer und Zuhörer, selbstverständlich liegt Priff Dozz noch immer unangetastet vorn. Für unseren unbeherrschten Freund Bozzi, der das Kunststück fertiggebracht hat, eine mit viel Mühe ausgehandelte Vereinbarung über sage und schreibe einhundert Versorgungslandungen im utarischen Imperium zunichte zu machen, hat sich noch keiner der vierhundertvierundvierzig Wahlberechtigten erbarmt. Das Wahlalter wurde übrigens bewußt niedrig gehalten, um nicht nur gestandenen Männern, sondern auch heranwachsenden Nomadensöhnen die Möglichkeit der Stimmabgabe einzuräumen. Jüngere Welpen konnten leider nicht berücksichtigt werden, schließlich ist das Wahllokal kein Kinderspielplatz.«

Grokk Terr war voll in seinem Element. Seine betont locker gestaltete Reportage wurde via Bildschirm auf dem gesamten Raumschiff übertragen. Wo kein Bild vom politischen Geschehen im Festsaal empfangen werden konnte, waren zumindest Lautsprecher vorhanden.

Grokk fungierte nicht nur als Moderator und Diskjockey, er war auch der Besitzer und Betreiber des mobilen Bordfunksenders. Am liebsten hätte er rund um den Zeitmesser gesendet, doch es mangelte ihm an Personal. Hin und wieder fanden sich ambitionierte junge Leute, die ein bißchen im Studio oder bei den Außenreportagen mithalfen, aber die meiste Zeit über war er auf sich alleingestellt.

Die Offiziere auf der Kommandobrücke benutzten denselben Kanal, um allgemeine Anordnungen zu verbreiten. Befand sich Grokk gerade auf Sendung, wurde er kurzerhand unterbrochen. Befehle von höchster Ebene hatten immer Vorrang, Musik und Nachrichten konnten warten.

»Wie ich soeben erfahre, steht der Ausgang der Wahl inzwischen fest«, setzte Grokk Terr seine Moderation fort. »Die Wahlbeteiligung war enorm. Obwohl die Stimmabgabe freiwillig geschah, haben alle Wahlberechtigten von ihrem Wahlrecht Gebrauch gemacht. Das Ergebnis ist eindeutig. Vierhundertdreiundvierzig Nomaden stimmten für Priff Dozz, und einer für Knapp Bozz – vermutlich er selbst, sage ich mal einfach. Somit wurde unser bisheriger Anführer offiziell in seinem Amt bestätigt und zwar für einen Zeitraum von…«

Nomadenschiffe waren, abgesehen von Zwischenlandungen auf fremden Planeten oder Stützpunktwelten, dauerhaft im Einsatz.

Somit standen die technischen Einrichtungen unter fortwährender Kontrolle, und die Kommandobrücke blieb nie unbesetzt. Um den reibungslosen Betrieb des Schiffes ständig zu gewährleisten, tat die Mannschaft in drei Schichten Dienst.

Die übrigen Nomaden waren von diesem System nicht betroffen, so daß ihnen ein Tag-Nacht-Rhythmus nicht fremd war. Nach Feierabend schaltete man das Licht im Arbeitstrakt aus und drehte in den Wohnbereichen die Beleuchtung der Gänge etwas herunter. Sein Quartier konnte jeder nach Bedarf selbst verdunkeln.

Der Unterschied zwischen der Dauer einer künstlich erzeugten nomadischen »Raumschiffsnacht« und den Nächten auf den Planeten diverser Völker war nicht gravierend. Die Nomaden hatten ihre Zeitberechnung von ihrer Ursprungswelt Karr mitgebracht, die vor achthundert Jahren von den Rahim zerstört worden war.

Die Regierungsperiode des neugewählten Rudelführers betrug umgerechnet etwa fünf Erdenjahre.

Knapp Bozz verfolgte den Ausgang der Wahl von seinem Quartier aus. Nach draußen traute er sich nicht, aus Furcht vor dem öffentlichen Gespött.

»Früher oder später hören sie auf, über dich zu lästern«, tröstete ihn seine Lebensgefährtin. »Unser Volk war noch nie nachtragend. Daß du Priff Dozz ans Leben wolltest, angestachelt von diesem verkommenen Weibsbild, trägt dir schließlich auch keiner mehr nach, nicht einmal Priff selbst.«

»Man wirft mir zu Recht vor, der Allgemeinheit einen großen Schaden zugefügt zu haben. Das wird man mir nicht so bald vergeben. Jemanden vor Zeugen zum Zweikampf herauszufordern, ist was ganz anderes. So etwas gilt nicht als Verbrechen, auch dann nicht, wenn der Verlierer getötet wird. Derlei primitive Unsitten gehörten noch bis vor kurzem für uns alle zum gewohnten Alltag, schon vergessen? Zwar haben wir uns nach der Flucht vorgenommen, unser Zusammenleben künftig zivilisierter zu gestalten, doch unsere Urinstinkte können wir nicht einfach so ablegen wie einen verschlissenen Mantel.«

»Ihr Männer vielleicht nicht«, stichelte Kidd Boll. »Wir Frauen hingegen waren schon immer etwas zivilisierter als ihr. Was wir auf der FREIHEIT brauchen, ist kein intriganter Rudelführer wie Priff Dozz – der dich nur deshalb als Gegenkandidat vorschlug, weil du ein Idiot bist – sondern eine intelligente, einfühlsame Führerin.«

»Daß ich nicht lache!« sagte ihr Mann, lachte aber nicht, sondern knurrte angriffslustig. »Erst verlangt ihr das Stimmrecht, dann wollt ihr sogar das Rudel anführen. Lachhaft, das ist gegen die Natur. Ich wette, es gibt weder in unserer noch in dieser Galaxis ein Volk, das von einer Frau regiert wird. Und das ist auch gut so! Ließe man euch an die Macht, würdet ihr in kürzester Zeit alles kaputtmachen, was wir Männer über Generationen hinweg erschaffen haben.«

»Erschaffen? Was denn? Hunger, Seuchen und Kriege?« giftete Kidd ihn an. »Wenn es nach mir ginge, dürfte kein Mann auf der Welt jemals wieder eine Waffe anfassen.«

»Und würde man allerorts den Frauen die Befehlsgewalt über die Waffensysteme übertragen, hättet ihr das gesamte Universum innerhalb kürzester Zeit in seine atomaren Urbestandteile zerlegt. Ihr würdet wie die Krahs aufeinander einhacken und nicht eher Ruhe geben, bis ihr euch gegenseitig ausgelöscht hättet. Priff und ich, das war ein fairer Kampf Mann gegen Mann. Aber der feige Anschlag auf Dell Wudd ist an Hinterhältigkeit nicht mehr zu überbieten. Eure Frauengruppe hat sie unter einem Vorwand an einen einsamen Platz gelockt, wo ihr zu sechst mit Knüppeln über sie hergefallen seid. Auch du sollst mit dabei gewesen sein. Pfui, sage ich nur!«

»Du... du weißt davon?« stammelte seine Frau, die vor lauter Aufregung anfing, stärker zu sabbern.

»Selbstverständlich weiß ich davon. Denkst du, Dell behält diese Geschichte für sich? Euer erbärmliches Verhalten ist beim Rudelwirt mittlerweile Hauptgesprächsthema.«

Rudelwirt – damit war der Besitzer des stets gut besuchten Bordlokals »Zum fröhlichen Rudel« gemeint. Dort trafen sich überwiegend Männer zum Erfahrungsaustausch und zum Tratsch über die wichtigen und unwichtigen Geschehnisse an Bord. Tische und Stühle gab es in der verhältnismäßig kleinen Gaststube nicht, dafür aber mehrere Theken mit den bequemsten Barhockern des ganzen Universums.

Ausgeschenkt wurden ausschließlich rauschfreie Getränke. »Harte Drinks« waren nichts für die asketisch angehauchten Nomaden. Nicht wenige von ihnen hatten auf Esmaladan am eigenen Leib erfahren müssen, wie tief man in berauschtem Zustand sinken konnte – allen voran Priff Dozz und Knapp Bozz.

»Und ich dachte immer, beim Rudelwirt wird nur über Waffen und Technik geredet, und darüber, wie ihr Weichlinge es angeblich Nacht für Nacht euren Frauen besorgt«, bemerkte Kidd Boll spitz. »Wie schön, daß ihr auch interessantere Themen habt. Vielleicht wird euch ja allmählich klar, daß man das weibliche Geschlecht besser nicht unterschätzen sollte. Priff Dozz wird diese bittere Erfahrung schon sehr bald machen. Möglicherweise gerade in diesem Augenblick.«

Knapp Bozz horchte auf. »Was meinst du damit?«

»Nichts, gar nichts«, antwortete seine Lebensgefährtin schnell – viel zu schnell. »Das war nur so dahingesagt.«

Knapp wurde mißtrauisch. »Ihr habt doch irgendwas Hundsgemeines vor, Bidd Nobb, du und die anderen hysterischen Frauenzimmer. Plant ihr etwa einen Anschlag auf unseren demokratisch gewählten Rudelführer?«

»*Ich* habe ihn nicht gewählt!« zischte Kidd ihn an und drückte sich erneut um eine klare Antwort. »Unter Demokratie verstehe ich was anderes. In unserer Heimatgalaxis gibt es Gesellschaftssysteme…«

Ihr Mann hörte ihr nicht mehr zu. Wie von einem Spitzmurrg gestochen sprang er aus dem Sessel und rannte aus dem Quartier. Er wollte Priff Dozz unbedingt warnen. Vielleicht gelang es ihm, seinem Anführer in letzter Sekunde das Leben zu retten – dann wäre er ein Held, und niemand würde ihn mehr auf sein Fehlverhalten auf Esmaladan ansprechen.

Priff Dozz befand sich mitten in den Freuden der Siegerehrung.

Die erste Hälfte seiner vorbereiteten Rede (nichtssagende Phrasen wie: »Es war für mich schon eine Ehre, nominiert worden zu sein.«) hatte er bereits hinter sich, jetzt setzte er zum zweiten Teil an. Offen sprach er über die ungewisse Zukunft in der fremden Galaxis, den Mangel an Handelsgütern und die damit verbundenen Versorgungsprobleme.

»Leider haben die Utaren ihre Handelsbeziehungen zu uns aufgekündigt. Die FREIHEIT darf sich nirgendwo mehr im utarischen Imperium sehen lassen. Und wenn schon! Davon lassen wir uns nicht unterkriegen! Die Milchstraße, wie diese Galaxis von den Einheimischen genannt wird, ist riesengroß. Es gibt hier noch zahllose Völker, zu denen wir Kontakt aufnehmen können. Beim nächsten Mal halten wir uns eben etwas zurück, selbst wenn es sich wieder um ein körperlich und geistig unterentwickeltes Zwergenvölkchen wie die Utaren handeln sollte.

Wir können es uns auf Dauer nun mal nicht leisten, uns jede nur erdenkliche Rasse zum Feind zu machen. Ganz im Gegenteil, es ist wichtig, neue Freunde zu gewinnen. Daher heißt unser nächstes Ziel Terra. Dank der Karte, die uns die Utaren überlassen haben, befinden wir uns bereits auf Kurs zum Hauptplaneten der Menschen.

Natürlich bin ich mir des Risikos bewußt, das wir dabei eingehen. In unserer Heimat haben wir die Terraner und ihre Verbündeten mit allen Mitteln hart bekämpft. Sie haben sich überraschend als gefährliche Gegner entpuppt. Mit Schrecken denke ich zurück an den Tag, als ihnen Korr Grutt, einer unserer Spitzenagenten, in die Fänge geriet. Hinterher war er nur noch ein Häufchen Elend. Und trotzdem! Haben wir wirklich einen Grund, die Menschen zu fürchten? Wenn wir ihnen zu verstehen geben, daß wir uns von Pakk Raff losgesagt…«

In diesem Augenblick passierte es!

Die erste freie nomadische Wahl wurde begleitet vom ersten brutalen Anschlag auf den ersten demokratisch gewählten Rudelführer. Priff Dozz hatte sich für seine Rede extra seine beste Uniform angezogen, die sich jetzt blutrot färbte.

Knapp Bozz traf kurz danach im Festsaal ein. Zu spät! Seine Chance auf Wiedergutmachung war vertan. Priff Dozz konnte niemand mehr helfen.

*

Rateka atmete erleichtert auf. Geschafft! Er durfte vorerst im Amt bleiben. Der spannende Wahlkrimi zwischen Werre, der einstigen Beraterin des ehemaligen Dhara, und Conok, die noch nicht sonderlich lange auf der politischen Bühne mitspielte, hatte sich zu seinen Gunsten entschieden.

Die gute Verliererin reichte der strahlenden Siegerin die Hand und gratulierte ihr. Ein historischer Handschlag, der in Großaufnahme auf alle Bildschirme des Planeten projiziert wurde.

Und was das für Hände waren! Riesige Pranken, die denen der Männer in nichts nachstanden. Hände, die links und rechts mit je einem Daumen sowie vier nagellosen Fingern ausgestattet waren. Die graue, scheinbar porenfreie Lederhaut zog sich völlig straff über die Handrücken und wies nirgendwo die kleinste Falte auf.

Die Kamera fuhr zurück und gab nicht nur den Blick auf die beiden Kandidatinnen, sondern auch auf die mächtigen Kuppelbauten des Stadtkerns frei. Wer hier wohnte, wohnte zwar luxuriös, stand aber rund um die Uhr unter Überwachung – ein kleiner Preis für ein großes Privileg.

Kuppeldächer hatten auf Oorch Tradition. Flachbauten galten als Zeichen von Einfallslosigkeit. Auf beiden Kontinenten wurden Gebäude aller Art von überwiegend graugefärbten Halbkugeln »behütet«.

Ausgerechnet im Regierungsviertel präsentierte sich den Blicken der Welt die krasse Ausnahme. Direkt gegenüber vom Palais des

Dhara, eingezwängt zwischen zwei eindrucksvollen Kuppelbauten, stand ein knallbuntes Häuschen mit Spitzdach und einem gepflegten Blumengarten davor: Die erst vor kurzem bezogene Botschaft der Utaren.

Beide Völker machten gelegentlich Geschäfte miteinander. Die Idee, gegenseitige Botschaften zu errichten, stammte von der Großen Weisheit, dem zweithöchsten Gremium innerhalb der utarischen Regierung. Die Rateken hatten sich nur unter Bedenken damit einverstanden erklärt. Sie legten eigentlich keinen gesteigerten Wert auf freundschaftliche Beziehungen zu den übrigen Völkern der Milchstraße.

Sie hatten es nicht eilig damit, auf Esmaladan ebenfalls eine Botschaft einzurichten. Zwar hatten sie dort bereits ein Grundstück erworben und den Bau eines ihren Körpermaßen angepaßten Gebäudes in Auftrag gegeben, doch mit dem Einzug würden sie sich viel, viel Zeit lassen.

Selbstverständlich kam auch auf Oorch die Wahlsiegerin nicht um eine Rede herum. Sie stand auf dem im ersten Stockwerk gelegenen Balkon des Regierungspalais. Der Platz vor dem Palais war voll von begeisterten Gratulanten, die laut ihren Namen riefen.

Von den sieben utarischen Botschaftsangehörigen befand sich keiner in der Menge. Sie verfolgten das Geschehen lieber von ihren Fenstern aus mit. Die Versammlung der grölenden Riesen wirkte irgendwie bedrohlich auf die zarten Gemüter der Alten Zwerge, wie die Utaren von den Rateken genannt wurden – eine Bezeichnung, die weder herablassend noch beleidigend gemeint war.

»Conok! Conok! Conok!« hallte es über den ganzen Platz.

Aufgeregt schaute Conok in die Übertragungsgeräte der Medien, die aus allen Ecken des Planeten angereist waren. Das obere Drittel ihres Kopfes senkte sich etwas tiefer, und ein dicker Wulst schob sich über den Kranz aus Facettenaugen und verdeckte ihn vollständig. Sie dachte nach, horchte in sich hinein, suchte in ihrem Inneren nach den passenden Worten.

Nach einer Weile bewegte sich der Glatzenteil ihres Birnenkopfes zurück nach oben. Der Facettenring lag wieder frei.

»Wros borozik ano legat osner Oorch jagare gazebo«, sagte die Rednerin mit der ihr angeborenen lauten, donnernden Stimme, was sinngemäß übersetzt bedeutete: »Fürs erste wird sich auf Oorch nichts Gravierendes ändern.«

Das war der Augenblick, in welchem Rateka innerlich aufjubelte. Auch die neue Dhara konnte und wollte ganz offensichtlich nicht auf ihn verzichten. Conok war ganz sicher eine waschechte Ratekin, soviel stand für den Singu der Rateken von diesem Moment an felsenfest.

Und eine waschechte Politikerin.

Während des Wahlkampfes hatte Conok laufend gegen seine rigorose Vorgehensweise gewettert und ihren Wählern einschneidende Änderungen versprochen. Kaum war sie im Amt, wollte sie davon schon nichts mehr wissen. Alle Politiker, die vorwärtskommen wollten, machten das so, und auch »die Neue« bildete da keine Ausnahme, wie Rateka zufrieden registrierte.

Aus lauter Freude über »seinen« Wahlsieg hätte er jeden Planetenbewohner einzeln umarmen können. Weil aber nur sein persönlicher Assistent Ezzo in greifbarer Nähe war, begnügte er sich mit ihm. Ezzo war kein Schwächling und wesentlich jünger als Rateka. Dennoch hatte er das Gefühl, die kräftige Umklammerung des »Alten« würde ihm sämtlichen Sauerstoff aus dem Körper pressen.

Beide Männer waren an diesem wichtigen Tag für die Sicherheit innerhalb des Regierungskomplexes zuständig. Die Kette der eingeteilten Wachen war derart lückenlos, daß nicht einmal ein winziges Insekt unbemerkt hätte hindurchschlüpfen können.

Bei der Bevölkerung wurde Ezzo als offizieller Nachfolger von Rateka gehandelt. Eines nicht allzu fernen Tages würde er es sein, der sich mit dem Amtstitel »Singu der Rateken« schmücken und selbständig die außenpolitischen Geschäfte führen durfte und den man zum Oberbefehlshaber der Ratekischen Flotte ernennen würde.

Unter Ratekas Offizieren gab es keinen, der prädestinierter für dieses Amt war. Was Kompromißlosigkeit, Aggressivität und Brutalität anging, übertraf Ezzo seinen direkten Vorgesetzten sogar noch.

Böse Zungen behaupteten, er würde für die Zukunft ein höheres Ziel anstreben – das Amt des Dhara. Ezzo war nämlich mit Conoks schöner Tochter Asor liiert, aus eiskalter Berechnung, wie man sich erzählte.

Die Besitzer der bösen Zungen hüteten sich allerdings, ihre Behauptungen laut auszusprechen – weil Ezzo sie ihnen sonst abgeschnitten hätte. Er liebte Asor mehr als sein eigenes Leben, das er jederzeit für sie zu opfern bereit war.

Beide hatten sich schon in ihrer Jugend das Ratekische Ehrenwort gegeben, ein verbindliches Heiratsversprechen, das laut den Ehrenwerten Gesetzesniederschriften von Oorch nie mehr rückgängig gemacht werden konnte.

Obwohl Conoks Antrittsrede so gehaltlos war wie die meisten solcher Ansprachen, bekam sie reichlich Applaus – nach Ratekenart.

Rateken drückten ihre Begeisterung durch gemeinschaftliches, markerschütterndes Brüllen aus. Dazwischen ertönten die Pfiffe der Hrraggna.

Hrraggna waren die beliebtesten Haustiere auf Oorch. Vom Aussehen her glichen sie faltigen Raupen, waren jedoch um ein Vielfaches größer und fetter. Obwohl sie auf dem Bauch krochen, konnten sie sich verhältnismäßig schnell bewegen. Wenn sie aufgeregt waren, stießen sie langgezogene Pfeiftöne aus.

Die Zähne dieser außergewöhnlichen Schoßtiere waren rasiermesserscharf, zudem galten sie als äußerst angriffslustig. Daß man sie dennoch ohne Leine ausführen konnte, hing mit ihrem Spezialfutter zusammen, das mit einer starken Beruhigungsdroge vermischt war. Unter dem Einfluß von genügend Grid wurde aus jeder wilden Hrraggna ein zahmes, schmusiges Kuscheltier.

Zum Abschluß ihrer Rede holte Conok Ragkas frühere Beraterin auf den Balkon und verkündete, daß sie Werre in ihren Diensten behalten wolle.

»Sie war mir eine würdige Gegnerin, und fast hätte sie es geschafft, die Wahl zu gewinnen. Engagierte Frauen wie Werre werden in der Politik gebraucht. Wir werden hoffentlich ein unschlagbares Duo sein.«

Zustimmendes Gebrüll und durchdringendes Pfeifen brauste auf.

Obwohl Werre bereits zu den reiferen Ratekinnen zählte, hatte sie viele Verehrer. Rateka war einer von ihnen. Er hätte sie vom Fleck weg zur Frau genommen. Auch mit der Rolle des gelegentlichen Liebhabers hätte er sich begnügt. Leider hatte sie ein Faible für sehr junge Männer, da konnte er nicht mithalten.

»Zwei Frauen an der Regierungsspitze – ein Schreckgespenst für manche Männer«, fuhr Conok fort. »Keine Angst, niemand muß befürchten, daß wir mit aller Macht versuchen werden, das Rad der Geschichte unseres Volkes zurückzudrehen. Weder Werre noch ich werden an den bestehenden Lebensverhältnissen rütteln. So wie es ist, ist es gut – und so soll es auch bleiben.«

Wieder brandete Applaus auf.

Werre schaute Conok unauffällig von der Seite her an. Insgeheim bewunderte sie ihre Wahlgegnerin für ihr rhetorisches Geschick. Conok brachte das halsbrecherische Wortkunststück fertig, in aller Öffentlichkeit einzugestehen, daß sie an die Verbotene Schriftrolle glaubte, ohne sich direkt dazu zu bekennen. Auf diese Weise konnte ihr niemand einen Strick daraus drehen.

Zu guter Letzt hatte Conok noch etwas Privates zu verkünden: Das demnächst bevorstehende zweite Treuegelöbnis zwischen ihrer Tochter Asor mit Ezzo – die Heirat.

Gleichzeitig entschuldigte sie sich für Asors Abwesenheit. »Sie will eine Überraschung für mich vorbereiten, hat sie mir heute morgen angekündigt. Vermutlich trifft sie jeden Augenblick mit einem Riesengeschenk ein.«

Plötzlich bebte der Boden, und ein ohrenbetäubendes Krachen

erfüllte die Luft. Eins der Gebäude brach in sich zusammen wie ein Kartenhaus. Glasscherben, Steine und Holzteile jagten als todbringende Geschosse durch die Luft. Eine mächtige Staubwolke breitete sich aus, hüllte den ganzen Platz ein.

Die stets wehrhaften Rateken suchten umgehend Deckung oder warfen sich zu Boden. Einige tasteten nach ihren Nahkampfstrahlern – eine automatisch ausgeführte, aber sinnlose Handbewegung, denn in »Nirwana« durfte niemand eine Waffe tragen. Im abgesperrten Regierungskomplex oblag die Staatsgewalt einzig und allein Rateka und seinen Männern.

Ansonsten wurde jedem Planetenbewohner jederzeit das Recht auf massive Selbstverteidigung zugesprochen. In den Ehrenwerten Gesetzesniederschriften zählte der Schutz des eigenen Lebens zu den verbrieften Grundrechten eines jeden Rateken.

Conok und Werre wurden von Ezzo im Inneren des Palais in Sicherheit gebracht. Der Assistent des Singu überstellte die beiden Frauen der Obhut mehrerer Soldaten und begab sich sofort wieder nach draußen. Für ihn stand fest, daß Baraton für den Anschlag verantwortlich war. Vielleicht befand sich der gefürchtete Untergrundkämpfer noch auf dem Gelände...

In seiner abgeschiedenen Höhle hoch in den Bergen schaltete der greise Eremit seinen mit Atomenergiebatterien gespeisten Hörfunkempfänger aus. Vor einer halben Ewigkeit hatte er sich enttäuscht von der sogenannten zivilisierten Welt abgewendet, um sich zum Meditieren in die Einsamkeit zurückzuziehen. Nichts, gar nichts hatte sich seither geändert. Auf Oorch regierten noch immer Falschheit und Gewalt.

»Da bleibe ich doch lieber wo ich bin«, murmelte der Greis und wärmte seine großen Hände am Lagerfeuer.

2.

Hört her, ihr verfluchten Töchter unserer Erzfeindin Akades! In ruhmreichen Kämpfen an siebzehn Orten haben die tapferen Söhne der Tanalen einige Tausend von euch getötet. Und das war erst der Anfang. Wir dulden euch nicht länger auf unserer Welt. Wir lassen es nicht mehr zu, daß ihr euch an den Geschenken vergreift, die Shuum uns zugedacht hat. Das sagt euch Yelah, Sohn und zukünftiger Nachfolger des großartigen Yentip! Die silbernen Adern des Shuum werden meine Gedanken an euch weiterleiten.

Was bildet ihr euch ein, ihr verkommenen Ableger des verhaßten Yentip? Daß ihr uns mit euren erbärmlichen Attacken einschüchtern könnt? Unsere Vergeltung wird über euch kommen, wenn ihr es am wenigsten erwartet. Wir werden euch suchen, finden und erbarmungslos auslöschen, einen nach dem anderen. Dann gehören die Gaben des Shuum wieder allein den rechtmäßigen Besitzern – dem mutigen Volk der Vialuk. So wahr ich Akna bin, Tochter und zukünftige Nachfolgerin der unvergleichlichen Akades!

Wie kannst du so vermessen sein, dich und deinesgleichen als mutig zu bezeichnen? Bei den Angriffen habt ihr euch kaum zur Wehr gesetzt. Aus Furcht vor dem Hüter der Dunkelheit waren die meisten von euch wie erstarrt. Statt zu kämpfen habt ihr versucht, euch zwischen euren stummen Begleitern zu verbergen.

Freut euch nicht zu früh, ihr lichtscheues Gesindel! Ängste kann man überwinden. Beim nächsten Mal werden wir besser vorbereitet sein, auch auf der dunklen Seite von Uzan. Auf der hellen Seite seid ihr uns ohnehin unterlegen. Sobald die Hüterin des Lichts am Horizont auftaucht, verbergt ihr euch furchtsam in Shuums Schoß. Fühlt euch dort ja nicht zu sicher!

Kein Sohn der Tanalen muß sich verbergen, weder im Finstren noch im Hellen. Wir fürchten eure Hüterin nicht. Von uns aus kann sie ruhig dabei zusehen, wenn wir euch das Leben nehmen. Euch – und den Stummen, die ihr zu eurem Schutz heranzüchtet.

Habt ihr die Überheblichkeit vernommen, die uns der Gedankenstrom zugetragen hat, Töchter der Vialuk? Eher wird Uzan von einer gigantischen Flutwelle heimgesucht als daß sich diese Ausgeburten der Feigheit im Angesicht des Lichts aus ihren Löchern trauen!

*

Dell Wudd streckte sich wohlig auf ihrem weichen Lager aus. In den Quartieren der Nomaden gab es keine Betten, nur übergroße Kissen, die überall im Zimmer verteilt herumlagen und bei Bedarf zu urgemütlichen Liegeflächen aufgeschichtet wurden.

Nach einer intimen, leidenschaftlichen Siegesfeier hatte Priff Dozz soeben den Raum verlassen und war nach nebenan gegangen. Dell Wudd hatte ihn den Ärger über den hinterhältigen Farbbeutelanschlag und seine ruinierte Ausgehuniform rasch vergessen lassen.

Die Aufgabe, das blutrote klebrige Zeug von der Uniformjacke zu entfernen, hatte der Rudelführer seiner Erstfrau Bidd Nobb übertragen. Das war nur gerechtfertigt, schließlich hatte sie die Werferin, die unerkannt hatte entkommen können, zu der Tat angestiftet – was Bidd selbstverständlich vehement abgestritten hatte.

Priff Dozz hatte Dells Zärtlichkeiten in vollen Zügen genossen und sich bis an den Rand der Erschöpfung verausgabt, um sie ebenfalls zufriedenzustellen. Jetzt lag sie allein in einem Berg zerwühlter Kissen und ließ die wildesten Augenblicke des Liebesspiels noch einmal Revue passieren.

Du warst gut, mein Dickerchen, wirklich gut, lobte sie ihn in Gedanken. *Aber einen ganzen Kerl wie Pakk Raff wirst du niemals ersetzen.*

Obwohl sie sich längst mit ihrem Schicksal abgefunden hatte, sehnte sie sich nach Pakks starken Armen.

Sie stellte sich vor, wie die KRIEGSBRAUT plötzlich und unerwartet im All auftauchte und Pakk Raff seiner kampflustigen Meute den Befehl zum Entern der FREIHEIT gab. Nicht einer der desertierten Nomaden würde den Tag der Rache überleben. Lediglich Frauen und Kinder würden die Freibeuter verschonen. Zu guter Letzt würde der oberste Rudelführer aller Nomaden zweierlei wieder in seinen Besitz bringen: sein gestohlenes Schiff – und seine entführte Lebensgefährtin.

Zwar hatte er noch mehr Frauen, aber keine war wie sie, dessen war sich Dell sicher. Verglichen mit seiner Sehnsucht nach ihr war die Zurückeroberung des Raumschiffs vermutlich nur eine Bagatelle für ihn.

Es ärgerte ihn bestimmt maßlos, daß auf der KRIEGSBRAUT dreitausend Erwachsenen plus Nachwuchs weniger Lebensraum zur Verfügung stand als den auch zahlenmäßig unterlegenen Bewohnern der FREIHEIT. Die Kreuzbalken von Pakk Raffs Schiff waren nur 200 Meter lang, bei einem quadratischen Querschnitt von 30 Metern Kantenlänge.

Obwohl Pakk Raff auf der KRIEGSBRAUT das größte und schönste Quartier für sich und seine Frauen und Welpen beanspruchte, hatte er sich auf dem neuen Prototyp noch größere Räumlichkeiten einbauen lassen. Diese bewohnte jetzt Priff Dozz. Das allein wäre für Dell fast schon Grund genug gewesen, Priffs Liebeswerben nachzugeben.

In erster Linie war ihr Sinneswandel aber auf Dankbarkeit zurückzuführen. Immerhin hatte Priff ihr das Leben gerettet, als die aufgebrachten Frauen mit Knüppeln auf sie eingeschlagen hatten – zu sechst, denn einzeln hätten die schwachen, häßlichen Klappergestelle keine Chance gegen sie gehabt.

Hinzu kam Dells stille Bewunderung für Männer, die an den Hebeln der Macht saßen. Auf dem vorigen Schiff hatte Pakk Raff das Sagen gehabt – hier war es Priff Dozz. Wann immer es im Bereich seiner Möglichkeiten stand, würde er ihr jeden nur erdenklichen Wunsch erfüllen. Mit etwas Geschick, unter Einsatz ihrer nicht unerheblichen weiblichen Waffen, würde sie bei wichtigen Entscheidungen stets mitregieren, als unsichtbare Beraterin im Hintergrund.

Einziger Störfaktor dieser nahezu perfekten Symbiose war Bidd Nobb, die fortwährend auf ihre älteren Rechte pochte.

Wo steckte sie eigentlich? Dell Wudd war es gewohnt, kurze Zeit nach ihrem Zusammensein mit dem Rudelführer das Liebeslager räumen zu müssen, um Bidd Nobb Platz zu machen, die dort auf Priffs Rückkehr zu warten pflegte. Bidd bestand hartnäckig auf ihren ehelichen Rechten, insbesondere dann, wenn ihr Mann gerade von Dell kam und entsprechend ausgelaugt war.

Sowohl Priff als auch Bidd und Dell verfügten über eine eigene Privatkabine, in die sich zurückziehen konnten, wenn jeder für sich sein wollte. Hatten sich die beiden heute ausnahmsweise in Bidds privaten Bereich begeben? Oder vergnügten sie sich nebenan in der gemeinschaftlichen Wohnkabine auf dem Fußboden? Welpen hatten sie bislang noch keine zustande gebracht, so daß sie dort mit keiner unliebsamen Störung rechnen mußten.

Neugierig erhob sich Dell Wudd aus ihrem flauschigen Kissenberg und schlich auf Zehenspitzen zur geschlossenen Verbindungstür. Dort richtete sie konzentriert die spitzen Lauscher auf.

Sie erwartete, eine gewisse Art von Schnaufgeräuschen aufzufangen, doch in der Nachbarkabine wurde lediglich gestritten.

Bidd Nobb verlangte von ihrem Mann, ihr eine kostspielige Schönheitsoperation zu finanzieren. Das Geld dafür sollte er der Staatskasse entnehmen, aus einem noch zu gründenden Repräsentationsfonds.

Was für ein dummes Weib, dachte Dell Wudd, die Mühe hatte, ein lautes Auflachen zu unterdrücken.

Glaubte Bidd wirklich, ein paar Operationen würden eine Schönheitskönigin aus ihr machen?

Priff Dozz stimmte seiner Frau seufzend zu, damit sie ihm nicht länger die Hölle heiß machte. Daraufhin ließ sie ihn gehen, ohne daß er diesmal seinen Mann stehen mußte. Erleichtert verließ er das Quartier.

Dell begab sich leise zurück aufs Kissenlager. Vorerst würde sie für sich behalten, was sie gerade belauscht hatte. Bestimmt konnte sie die Informationen irgendwann einmal gut gebrauchen. Wenn es zu ihrem Nutzen war, würde sie nicht einmal davor zurückschrekken, ihr Wissen gegen ihren derzeitigen »Herrn und Gebieter« zu verwenden.

*

Nicht nur in Oorchs Hauptstadt Prokat, auch auf dem übrigen Planeten herrschten Trauer und Entsetzen. Und Ratlosigkeit. Wie hatte es »Rebell« nur geschafft, trotz strengster Bewachung eine Bombe im Regierungsviertel zu zünden?

»Baraton muß über Insiderinformationen verfügen«, äußerte sich Rateka auf einer nächtlichen Krisensitzung im Palais des Dhara. »Nicht zum ersten Mal habe ich den Verdacht, daß ihn jemand über geheime Aktionen von Regierung und Militär informiert.«

»Bedeutet das, wir haben einen Spitzel unter uns?« hakte Conok nach. »Denken Sie da an eine bestimmte Person?«

»Jeder könnte es sein«, antwortete der amtierende Singu der Rateken. »Sogar der Dhara selbst käme dafür in Frage.«

»Ragka? Das glaube ich nicht. Er ist für mich über jeden Zweifel erhaben.«

»Ich spreche nicht nur vom ausgeschiedenen Dhara«, stellte Rateka klar. »Auch die Kandidatinnen für seine Nachfolge hatten während der Wahlvorbereitung Zugriff auf vertrauliche Unterlagen, Conok.«

»Was fällt dir ein, du Stisock?« entrüstete sich Werre. »Wie kannst du es wagen, die neue Dhara zu verdächtigen?«

Obwohl sie Rateka immer wieder abblitzen ließ, gingen beide

überaus vertraulich miteinander um. Keiner sonst hätte es sich leisten können, den Singu einen Stisock zu nennen, ohne daß er denjenigen dafür zur Rechenschaft gezogen hätte.

»Stehe etwa auch ich unter Verdacht?« fragte ihn die Regierungsberaterin erbost.

»Du bildest keine Ausnahme, Werre«, antwortete er ruhig. »Freundschaft hin, Freundschaft her. Ich traue niemandem.«

Die Tür zum Sitzungssaal öffnete sich, und der Assistent des Singu kam herein, genau im richtigen Moment, als hätte er nebenan geduldig auf sein Stichwort gewartet.

Rateka deutete auf ihn. »Sogar er könnte theoretisch auf der Gehaltsliste von ›Rebell‹ stehen. Würde man mir heute entsprechende Beweise liefern, wäre er schon morgen tot.«

Ezzo hatte daran nicht den geringsten Zweifel.

Er erstattete seinem unerbittlichen Vorgesetzten und den übrigen anwesenden Regierungsmitgliedern Bericht.

»Die Botschaft von Esmaladan wurde total zerstört. Die beiden Häuser links und rechts davon sind zwar arg in Mitleidenschaft gezogen, werden aber voraussichtlich stehenbleiben.«

»Und die Alten Zwerge?« erkundigte sich Conok. »Hat einer von ihnen überlebt?«

»Nein, die Zwerge sind tot. Alle sieben.«

»Gab es noch weitere Verluste?«

»Glücklicherweise nicht, nur zwei Verletzte. Einem Wachsoldaten bohrte sich eine große Glasscherbe durch den Unterarm. Und ein Zivilist wurde fast von seiner Hrraggna zerfleischt. Die Explosion hatte sie völlig verwirrt. Es gelang ihrem Besitzer, das Tier mit bloßen Händen zu töten, allerdings wurde er dabei übel zugerichtet.«

»Selbst schuld«, bemerkte Rateka mitleidlos. »Der Geizhals hätte ihr mehr Grid unters Futter mischen müssen. Das Zeug ist nicht ganz billig, weshalb manche Haustierhalter sparsam dosieren. Solch ein Leichtsinn sollte verboten werden. Wie geht es dem Soldaten?«

»Er hat sich die Scherbe aus dem Arm gezogen, die Wunde notdürftig mit einem Stoffetzen verbunden und sich dann an der Suche nach den Terroristen beteiligt«, berichtete Ezzo.

»Gut, der Mann! Er soll sofort einen Medtech aufsuchen, bevor sich die Wunde infiziert. Ich würde nur ungern einen tapferen Soldaten wie ihn verlieren. Wie wurde die Sprengladung ausgelöst?«

»Vermutlich mit einem Zeitzünder. Der Bombenleger gelangte durch den Hintereingang in die Botschaft und plazierte sein unheilbringendes Geschenk in einem sicheren Versteck. Offensichtlich kannte er sich dort bestens aus, oder er besaß einen Lageplan. Zudem wußte er, daß die Botschaft weniger streng überwacht wurde als die anderen Regierungsgebäude.«

Rateka war erschüttert. Die Anordnung, die Überwachung der Alten Zwerge etwas laxer zu handhaben, stammte von ihm. Wie hätte er ahnen können, daß Baraton sich ausgerechnet an ihnen vergreifen würde?

Rateka hatte in den utarischen Botschaftsangehörigen nie mehr als eine Bande von zu klein geratenen, harmlosen Spinnern gesehen, Weltverbesserer und Heilsbringer, die auf einem fremden Planeten eine verlorene Mission ausübten. Für ihre stetigen Freundschaftsbemühungen hatte er immer nur ein mitleidiges Lächeln übrig gehabt.

Jetzt tat ihm sein Verhalten leid – zumindest für einen Augenblick.

Eine Regierungsangestellte betrat den Konferenzraum und verteilte frische Getränke an die ermüdeten Anwesenden.

Conok zog sich mit Werre ans Fenster zurück und beriet sich leise mit ihr darüber, ob es Sinn machte, die Sitzung fortzusetzen. Zwar hielt sie es für wichtig, die schrecklichen Geschehnisse auf höchster Ebene aufzuarbeiten, aber…

»… aber was käme am Ende der Debatte schon groß heraus? Wann wurde je auf einer politischen Konferenz ein konkreter, sinnvoller Beschluß gefaßt? Jeder Teilnehmer ergötzt sich an seinem eigenen hohlen Geschwätz, hört bei den Ausführungen der anderen nur halb hin, und hinterher wird den Medien vorgegaukelt, man habe hart und intensiv an dem Problem gearbeitet. Ehrlich gesagt, das möchte ich mir lieber ersparen.«

»Kann ich gut verstehen, Conok. Ich schlage vor, wir lösen die Versammlung auf, und ich verfasse irgendeinen inhaltslosen Pressetext fürs Volk. Die Schuldigen stehen eh fest: Baraton und seine Rebellenführer. Schließlich haben sie sich schon vor dem Anschlag zu ihrer Tat bekannt. Man wird der Regierung vorhalten, die Warnung auf den Flugblättern nicht ernst genug genommen zu haben. Daher wäre ich dafür, Rateka eine öffentliche Rüge auszusprechen, für seine Nachlässigkeit bei der Bewachung der Botschaft von Esmaladan.«

Conok war mit den Vorschlägen ihrer Beraterin einverstanden. Werre empfahl ihr zudem, die sterblichen Überreste der Alten Zwerge auf Oorch beizusetzen und eine medienwirksame Trauerfeier zu veranstalten. Auch hierin stimmte der Dhara ihr zu.

»Sobald es uns möglich ist, informieren wir das Volk der Alten Zwerge über die furchtbaren Geschehnisse, mit dem Ausdruck unseres tiefsten Bedauerns«, ordnete Conok an. »Das wäre längst geschehen, doch die Verbindung mit Esmaladan stürzt laufend ab. Die magnetische Strahlung im All nimmt offenbar immer mehr zu. Terra sendet ständig Funksprüche an alle Völker der Milchstraße aus, um sie über Einzelheiten der Expedition zum Schwarzen Loch zu unterrichten. Die Meldungen treffen allerdings ziemlich verstümmelt ein. Ich kann nur hoffen, daß diesem mutigen Terraner Rendhark gelingt, was er sich vorgenommen hat. Falls sein Plan fehlschlägt, wird die Jagd auf den Attentäter Baraton unser geringstes Problem sein.«

In diesem Moment blinkten und fiepten die Holoaugen, die rundum an den Wänden des Konferenzraums angebracht waren. Werre betätigte einen Sensorschalter. Das geräuschvolle Blinken hörte auf, und eine durchsichtige gelbliche Gestalt schwebte im Zimmer, etwa einen Meter über dem Fußboden.

Jeder der Anwesenden erkannte die holographische Darstellung auf Anhieb. Es handelte sich um einen jungen, verwegenen Rateken, der allen Grund hatte, hier und jetzt nicht persönlich zu erscheinen.

Baraton.

*

»Zum ratekischen Gruße!« sagte der Holo-Baraton, der von Kopf bis Fuß zu sehen war, mit einem spöttischen Zug um die vier Münder.

Er trug die rote Uniform der ratekischen Untergrundkämpfer, was kaum auffiel, weil bei dieser Form der Hologrammerzeugung fast ausschließlich die Farbe Gelb dominierte, ein Manko, das die genialen Erfinder des Holoauges nicht hatten beseitigen können.

Holoaugen gab es nahezu in jedem ratekischen Haushalt und in sämtlichen öffentlichen Gebäuden. Sie dienten der Kommunikation rund um den Planeten. Jeder Anschluß verfügte über einen eigenen Aktivierungskode.

Den Zahlenschlüssel zum Aktivieren der Konferenzzimmeraugen kannten eigentlich nur eingeweihte Regierungsmitglieder. Und zu denen zählte Baraton garantiert nicht.

»Ich möchte Sie nur kurz stören, meine Herrschaften«, fuhr das Hologramm fort. »Ich habe eine gute und eine schlechte Nachricht für Sie. Zuerst die schlechte. Die Tochter der neuen Dhara befindet sich in meiner Gefangenschaft. Es folgt die gute Nachricht. Ich liebe Frauen über alles und werde ihr nichts antun. Noch nicht! Sollte jedoch meine Forderung nicht erfüllt werden, sehe ich mich gezwungen, Asor der Gerichtsbarkeit von ›Rebell‹ zu überstellen, wo eine von mir unabhängige Jury über ihre unversehrte Weiterexistenz entscheiden wird.«

Rateka ergriff als erster die Initiative.

»Wie lautet Ihre Forderung, Baraton?« fragte er direkt heraus.

Auch Ezzo wußte, was er zu tun hatte. An seinem Handgelenk, verdeckt durch den Uniformärmel, befand sich ein tragbares Doppel-Holoauge. Damit konnten ebenfalls Hologramme versendet und empfangen werden, allerdings fielen die Darstellungen wesentlich kleiner aus. Gemessen an dieser Erfindung gehörte das terranische Armbandvipho mit seiner Bildschirmprojektion in die Steinzeit.

Ezzo wählte den Kode der »Zentralen Leitstelle für Kommunikationsholographie« (ZLK) und befahl, die Verbindung mit dem Konferenzraum zurückzuverfolgen und Baratons Standort festzustellen. Der Oberkörper seines Gesprächspartners schwebte in winziger Ausführung über seinem gewölbten Handrücken.

»Ich verlange den sofortigen Rücktritt von Asors Mutter Conok«, ließ Baraton die versammelten Politiker gerade wissen. »Oorch darf nicht von einer Dhara regiert werden, die nichts gegen die unsägliche Ausbreitung allmächtiger Gruppen unternimmt. ›Rebell‹ wird die Gründung von Staaten innerhalb des Staates niemals befürworten. Seit Jahren kämpfen wir dagegen an, seit Jahren werden wir deshalb Verbrechern gleichgesetzt und vom Militär und dem Ratekischen Bevölkerungsschutz gehetzt. Jetzt ist Schluß! Unsere Organisation läßt sich nicht länger unterdrücken. Tod und Verderben komme über all unsere Feinde und deren Sympathisanten!«

Mit diesen Worten entschwand das Hologramm aus dem Zimmer. Die Augen an den Wänden verlöschten.

Bei der ZLK wurde schnell gehandelt. Nicht nur, daß man dort innerhalb von Augenblicken feststellte, von wo aus sich Baraton gemeldet hatte, es wurde obendrein ein bewaffneter ZLK-Spezialtrupp ausgeschickt, um die Festnahme des gesuchten Verbrechers durchzuführen.

Die Männer der ZLK trafen zeitgleich mit Ratekas Soldaten an Ort und Stelle ein.

Man vermutete Baraton im Gasthof eines Sechshundert-Einwohner-Dörfchens, etwa hundert Kilometer von Prokat entfernt. Das Gebäude wurde umstellt. Zwei bewaffnete Trupps drangen durch den Vorder- und Hintereingang gleichzeitig ein.

In der schummrig beleuchteten Schankstube hockte eine Handvoll alter Männer an einem runden Tisch und spielte Ergo – ein ratekisches Würfelspiel, das auf Oorch verboten war, weil es schon ganze Existenzen ruiniert hatte. Der zwölfseitige Würfel rollte quer über die Tischplatte, und weil ihn keiner der erschrokkenen Spieler aufhielt, fiel er klackernd auf den Holzfußboden. Einer der Soldaten kickte ihn weg. Das Ausheben illegaler Spielstätten zählte nicht zu den Aufgaben des Trupps.

Nicht nur der Gasthof, auch das ganze Dorf wurde nach Baraton abgesucht. Die Proteste einiger entrüsteter Hausbewohner, die ohne viel Federlesens aus dem Schlaf gerissen wurden, ignorierte man einfach.

Baraton war nirgendwo zu finden. Niemand aus dem Ort war ihm jemals persönlich begegnet.

Conok ließ derweil die Stadt nach ihrer Tochter absuchen, doch in ganz Prokat war Asor nicht aufzufinden. Man hatte sie offenbar unter den Augen der Wachsoldaten aus »Nirwana« entführt. Wann genau, war nicht festzustellen. Conok hatte Asor zuletzt am Morgen des Wahltags gesehen.

*

Eigentlich hatte Priff Dozz mit den Brückenoffizieren über sein riskantes Vorhaben, Terra anzufliegen, diskutieren wollen. Doch nach seiner unschönen Auseinandersetzung mit Bidd Nobb verspürte er das Bedürfnis, sich über die Frauen an Bord im allgemeinen und über seine eigene Frau im besonderen auszulassen. Bidds Forderung nach einem Repräsentationsfonds, zum Zwecke der Verschönerung ihrer angeschlagenen »Fassade«, verschwieg er allerdings.

»In was für einer Welt leben wir eigentlich?« zeterte der Rudelführer, ohne daß ihn jemand zu unterbrechen wagte. »Da tun wir uns zusammen und zeigen Pakk Raff die Zähne, um unser Recht auf mehr Eigenständigkeit durchzusetzen – und plötzlich drehen die Frauen den Spieß um und verlangen das gleiche von uns. So geht das nicht! Auch in meinem Rudel haben die Traditionen unserer Väter und Vorväter noch ihre Gültigkeit, jedenfalls die meisten. Würden wir den Forderungen der Frauen nachgeben, käme das einem Verrat an unseren Ahnen gleich. Selbst dem Rat der klugen Alten, der eine grundlegende Umwälzung unserer nomadischen Gesellschaftsordnung angestrebt hatte, wäre das zu weit gegangen.

Was werden die Weiber wohl als nächstes von uns verlangen? Daß die Welpen der Kommandozentrale regelmäßig einen Besuch abstatten dürfen, um ihren Papis bei der Arbeit zuzuschauen? Daß Frauen der kämpfenden Truppe beitreten und sogar Offiziere werden können? Mal ehrlich, könnt ihr euch meine Alte hier auf der Brücke vorstellen, am Auslöser für die Torpedowerfer? Damit wäre sie garantiert noch nicht zufrieden. Wie ich sie kenne, würde sie nicht eher Ruhe geben, bis sie auf meinem Sessel sitzt und die Kommandos gibt.«

Allmählich beruhigte er sich wieder.

Funkoffizier Ross Nokk wagte als erster, das ursprünglich geplante Gesprächsthema anzuschneiden. Er hielt nicht viel von der Idee, mit den Terranern Kontakt aufzunehmen und sagte seine Meinung freiheraus. Andere Offiziere pflichteten ihm bei, jedoch nicht alle.

»Vielleicht sollten wir das ganze wenigstens für eine Weile verschieben«, versuchte Nokk die Befürworter des riskanten Vorhabens zu überzeugen. »Auf Terra scheint man derzeit sehr beschäftigt zu sein. Seit einiger Zeit empfangen wir verstümmelte Funksprüche der Erdenbewohner. Von einer gefährlichen Mission ist die Rede und der Rettung unserer Galaxien. So richtig schlau werde ich aus dem Funksalat nicht, aber wenn ich mich nicht irre, wurden in diesem Zusammenhang die Rahim erwähnt. Ehrlich gesagt, auf ein Zusammentreffen mit diesen Monstren, die unsere Heimatwelt zerstört haben, lege ich keinen Wert.«

»Die Rahim in der Milchstraße?« wunderte sich Priff Dozz.

»Unmöglich, du mußt dich verhört haben.«

Wenn es etwas gab, das Priff Dozz und seinen Anhängern furchtbare Angst einjagte, dann war es die Erwähnung der unbesiegbaren Rahim. Man erzählte sich die schrecklichsten Dinge von ihnen. Angeblich verfügten sie über gewaltige Parakräfte, die sie allmächtig machten.

Pakk Raff hatte das stets angezweifelt und Priff Dozz beauftragt, nach Spuren des verschwundenen Volkes der Rahim zu suchen, damit er ihnen die Vernichtung der nomadischen Heimatwelt Korr heimzahlen und als Bezwinger der Rahim in die Geschichte eingehen konnte. Doch Dozz hatte kein Verlangen danach verspürt, den Paramonstren leibhaftig zu begegnen und statt dessen die Flucht von der KRIEGSBRAUT vorbereitet.

»Vielleicht sollten wir abwarten, bis wir die Funksprüche im einzelnen analysiert haben«, schlug Ross Nokk vor, der zu den hellsten Köpfen auf der Kommandobrücke zählte. »Terra läuft uns schließlich nicht weg.«

Priff Dozz hörte ihm nicht zu. Er dachte darüber nach, was mit »gefährliche Mission« und »Rettung unserer Galaxien« gemeint sein könnte. Hingen die Funksprüche der Terraner mit den energetischen Anomalien zusammen, die von Parr Jipp angemessen worden waren, als sich die FREIHEIT zum ersten Mal in der Milchstraße rematerialisiert hatte? »Anscheinend sind wir in einem Bereich dieser Galaxis herausgekommen, der instabil ist«, hatte der Ortungsoffizier seinerzeit vermutet.

Von Anfang an hatte Priff Dozz eine düstere Vorahnung gehabt. Irgendwo da draußen geschah etwas, das nach kosmischen Maßstäben nicht normal war. Was, wenn es nicht nur diesen einen Bereich, sondern die gesamte Milchstraße betraf? Wären die Nomaden dann nicht besser geblieben, wo sie hergekommen waren? Oder war inzwischen auch die eigene Galaxis von den unerklärlichen Abnormitäten befallen? Natürlich – denn nicht umsonst funktionierten dort seit mehreren Jahrhunderten die Transitionstriebwerke nicht mehr richtig, hier hingegen sehr wohl.

»Terra – ja oder nein?« machte sich Ross Nokk erneut bemerkbar.

Priff Dozz betätigte ein paar Knöpfe, und die Sternenkarte, die sie von den Utaren erhalten hatten, erschien auf dem Bordbildschirm.

Das Sol-System lag in endloser Ferne.

»Wir könnten den Kurs ändern und nach dorthin transitieren«, sagte Nokk und lenkte von seinem Schaltpult aus den elektronischen Zeiger auf einen gekennzeichneten Bereich, der nicht so weit entfernt wie die Erde war. »Ist doch eh egal, mit welchem Volk wir als nächstes freundschaftliche Beziehungen knüpfen.«

Dozz war gegen einen Kurswechsel. »Die Utaren haben mich bei der Übergabe der Karte vor jenem Gebiet gewarnt und mir geraten, es weiträumig zu umfahren. Es sei das Hoheitsgebiet der Grauen Giganten, erklärten sie mir. Laut Ga Gasogu sind die Grauen in der gesamten Milchstraße gefürchtet, weil sie bei einem Zusammentreffen mit anderen Intelligenzen üblicherweise sofort ihre Bordgeschütze sprechen lassen und erst hinterher fragen, auf wen sie da eigentlich geschossen haben.«

»Die Utaren übertreiben wahrscheinlich maßlos«, mischte sich ein weiterer Offizier, Karr Sutt, ins Gespräch ein. »In ihrer Hauptstadt Mom wird gerade eine Botschaft der Grauen errichtet. Ich bin während unseres Landurlaubs zufällig an der Baustelle vorbeigekommen und habe einen Einheimischen dazu befragt. Auf Oorch, dem Heimatplaneten der Grauen Giganten, sollen bereits die ersten sieben Utaren ihre Botschaftertätigkeit aufgenommen haben. Ich vermute mal, die Zwerge machen mit der dortigen Bevölkerung lukrative Geschäfte und wollen ihre Goldgrube mit niemandem teilen. Nur deshalb erfinden sie solche Schauergeschichten. Im übrigen ist für die utarischen Winzlinge doch jedes Lebewesen außerhalb von Esmaladan ein Gigant.«

»Wie groß war die Botschaft in Mom?« fragte ihn der Rudelführer.

Karr Sutt überlegte kurz und antwortete dann: »Soweit ich mich besinne, war das zweite Stockwerk fast fertig. Die Breite des Gebäudes betrug ungefähr...«

»Mich interessiert weder die Anzahl der Stockwerke noch die Breite des Hauses, du Krahhirn!« unterbrach Dozz ihn unwirsch. »Ich will wissen, wie hoch jede Etage war, vom Fußboden bis zur Decke.«

»Ungewöhnlich hoch«, erwiderte Sutt, der jetzt begriff, worauf sein Anführer hinauswollte. »Vor allem die Ausmaße der Eingangshalle waren beeindruckend. Offensichtlich verfügen die Wesen, die dort einziehen sollen, über eine imposante Statur.«

»Na also«, knurrte Priff Dozz. »Von wegen Schauergeschichten. Wir werden das Sonnensystem der Grauen Giganten meiden wie eine ansteckende Krankheit.«

Er ordnete an, den Kurs auf Terra beizubehalten und gab Befehl zur nächsten Transition.

Auch die Terraner, die im Januar 2057 von den Rateken abgeschossen worden waren, hatten nie beabsichtigt, deren Hoheitsgebiet zu verletzen. Sie hatten sich, genau wie jetzt die FREIHEIT, auf dem Weg von Esmaladan nach Terra befunden. Dort, wo sich ihr Raumschiff – die BERNHARDT'S STAR – rematerialisiert hatte, hätten sie niemals eine Bereichsabgrenzung vermutet. Doch die Rateken nahmen mehr Raum für sich in Anspruch, als es in der Milchstraße üblich war.

So enorm viel, daß nicht einmal die Utaren den genauen Verlauf der ratekischen Grenze kannten und ihre Sternenkarte daher nur ungenaue Angaben erhielt.

Hinzu kam, daß massive magnetische Störungen fortwährend die Orientierung der Nomaden behinderten.

*

»Ein Rücktritt kommt nicht in Frage!«

Dieser Satz aus drei von Conoks Mündern war unmißverständlich, daran gab es nichts zu rütteln.

Rateka fühlte sich in seiner ersten Einschätzung bestätigt. Die neue Dhara war ein Segen fürs Volk. Conok stellte die Staatsinteressen vor ihre eigenen Muttergefühle, wie es sich für das Oberhaupt der Rateken gehörte. Sie zeigte sich unnachgiebig, ließ sich nicht von Baraton erpressen.

»Die Regierung läßt sich nicht in die Knie zwingen«, fuhr sie im Beisein der höchsten Regierungsmitglieder fort. »Schon gar nicht vom Staatsfeind Nummer Eins. Ich werde die Entführung meiner Tochter öffentlichmachen und auf Baraton ein Kopfgeld aussetzen – so enorm hoch, daß ihn sein eigener Vater dafür ans Messer liefern würde.«

Asors Versprochener Ezzo betrat den Konferenzraum. Er hatte an der Beratung nicht teilgenommen und statt dessen Taten walten lassen. Auch diesmal traf er genau aufs Stichwort ein.

»Zum ratekischen Gruße«, sagte er zu Conok. »Ich habe einen besseren Vorschlag.«

»Behalte deine Ratschläge gefälligst für dich!« erteilte Rateka ihm einen Tadel. »Die Dhara weiß schon, was sie tut.«

»Ich spreche jetzt nicht zur Dhara, sondern zu meiner künftigen Schwiegermutter«, erwiderte Ezzo unbeirrt. »Ich kenne Baraton gut und weiß, wie er reagiert. Er wird Asor töten, kaum daß er von dem Kopfgeld erfährt. Daher sollten wir ihn noch eine Weile in Sicherheit wiegen.«

»Wie lange?« fragte Conok, die bereit war, ihm Gehör zu schenken.

»Bis ich Asor befreit und Baraton mit eigenen Händen das Genick gebrochen habe«, entgegnete Ezzo grimmig.

In ihm tobte ein Sturm der Gefühle. Er war sich nicht sicher, ob er überhaupt fähig war, seine Ankündigung in die Tat umzusetzen. Immerhin war der Entführer ein Freund aus Kindertagen.

»Und wie willst du Asor finden?« warf Rateka ein. »Baraton ist schlau, er läßt sich nicht so leicht aufspüren.«

»Und ich lasse mich nicht so leicht abschütteln«, konterte Ezzo, in dessen Gesicht ein Ausdruck wilder Entschlossenheit lag. »Ich jage ihn, töte ihn und hole mir Asor zurück. Schließlich habe ich ihr das Ratekische Ehrenwort gegeben!«

Das Ratekische Ehrenwort war mehr als nur ein vorweggenommenes Treuegelöbnis. Es war der unverbrüchliche Schwur von zwei Liebenden, stets zueinander zu halten und gemeinsam alt zu werden, komme was da wolle. Eine Trennung war nicht vorgesehen. Auf Floskeln wie »... bis daß der Tod euch scheidet!« wurde verzichtet. Die Rateken glaubten fest an ein Weiterleben nach dem körperlichen Tod und somit an eine Fortsetzung ihrer Lebensgemeinschaft in einer anderen Welt.

Bis zur Heirat durften die Versprochenen nicht zusammenziehen. Erst wenn das zweite, endgültige Treuegelöbnis ausgesprochen war, nahm sich das Paar eine gemeinsame Unterkunft.

Damit die Gültigkeit des Ratekischen Ehrenworts nicht im nachhinein angezweifelt werden konnte, mußten die Eltern des Paares sowie zwei Zeugen anwesend sein – absolut neutrale Zeugen, die weder mit dem Paar noch mit deren Angehörigen und Freunden jemals zuvor Kontakt gehabt hatten. Die Neutralen unterhielten sich eingehend mit den Heiratswilligen, um zu prüfen, ob sich die beiden auch wirklich der Tragweite ihrer Handlung bewußt waren. Machten sie noch einen unreifen Eindruck, wurde ihnen die Einwilligung verwehrt. Erst nach Ablauf eines Ratekenjahres durften sie einen zweiten Versuch starten.

Auf eine solche Ablehnung reagierten nicht nur die Liebenden ungehalten, auch die Verwandtschaft beider Seiten geriet oftmals in Zorn.

Gaben sich zwei junge Leute das Ratekische Ehrenwort, bedeutete dies gleichzeitig den freundschaftlichen und wirtschaftlichen Zusammenschluß zweier Familien. Man gründete einen Clan, dem jederzeit weitere Familien beitreten konnten, vorausgesetzt, es fanden sich erneut zwei Liebende bereit, sich gegenseitig das Ehrenwort zu geben.

In einigen Landstrichen herrschten mächtige Sippschaften, die manchmal zwar ihre eigenen Spielregeln entwickelten, sich aber im großen und ganzen den Anordnungen des Dhara unterwarfen. Baratons Kritik an den angeblichen »Staaten im Staate« war daher völlig überzogen. Nie wäre es einem Clanchef in den Sinn gekommen, sich gegen die Regierung aufzulehnen, schon gar nicht mit Gewalt.

Letztere war auch gar nicht nötig. Die Ehrenwerten Gesetzesniederschriften boten jedem Bürger von Oorch die legale Möglichkeit, eine Volksbefragung zu beantragen, beispielsweise mit dem Ziel, Neuwahlen auszurufen und den amtierenden Dhara vorzeitig abzulösen. Voraussetzung war eine erhebliche Anzahl weiterer Bürger, die den Antrag auf Befragung stützten. Je größer ein Clan war, um so höher lag die Chance, in den eigenen Reihen ausreichend Mitstreiter zu mobilisieren. Nicht zuletzt deswegen bemühten sich zahlreiche Familien, in bestehende Clans einzuheiraten oder neue Clans zu gründen.

Hin und wieder verschwanden neutrale Ehrenwort-Zeugen, die sich dem Vereinigungswunsch des Paares beziehungsweise der jeweiligen Familien nicht gebeugt hatten, unter mysteriösen Umständen spurlos. Polizeiliche Ermittlungen verliefen meist im Sande, weil sich die Verdächtigen gegenseitig deckten. Kein Wunder also, daß sich auf Oorch niemand freiwillig darum riß, ein Heiratsversprechen zu bezeugen. Die Neutralen wurden daher von Amts wegen bestimmt, normale Bürger, die sich vor dieser leidigen Aufgabe aufgrund eines entsprechenden Gesetzes nicht drükken konnten.

»Ich habe mich mit dem GZW* in Verbindung gesetzt und in Erfahrung gebracht, daß ein nicht identifiziertes ratekisches Raumschiff unser Hoheitsgebiet verlassen hat«, berichtete Ezzo den versammelten Regierungsmitgliedern. »Es stand unter Ortungsschutz und wurde daher viel zu spät entdeckt. Nur weil der Schutzschirm für einen winzigen Moment ausfiel, wurde es sicht-

---

* Galaktisches Zentrum für Weltallüberwachung

bar, verschwand aber gleich wieder.«

»Und woraus schließt du, daß es sich um den Raumer der Entführer handelt?« wollte Rateka von ihm wissen.

»Bei der Flotte ist es schon lange bekannt, daß Baraton über ein Schiff mit nahezu perfektem Ortungsschutz verfügt«, setzte Ezzo zu einer Antwort an...

... wurde aber von seinem Vorgesetzten kraß unterbrochen. »Gerüchte, nichts als Gerüchte. Das GZW verfügt über die technischen Mittel, jeden uns bekannten Schutzschirm zu durchdringen. Baraton selbst hat die Behauptung ausgestreut, er habe ein perfektes Tarngerät entwickelt, um die Regierung lächerlich zu machen.«

»Und falls seine Behauptung zutrifft?« merkte die Dhara an. »Dann wäre es Ihre verdammte Pflicht und Schuldigkeit, Baratons Schiff zu kapern und das Gerät unseren Wissenschaftlern zu übergeben, Rateka, damit wir es für eigene militärische Zwecke nutzen können.«

»Niemand außer Baraton wäre so dreist, unser Hoheitsgebiet ohne amtliche Genehmigung zu verlassen«, setzte Ezzo seine Ausführungen fort. »Anhand der Richtung, die er eingeschlagen hat, kann ich mir in etwa ausrechnen, wohin er fliegt – vorausgesetzt, er hat den kurzen Ausfall des Ortungsschutzes nicht vorgetäuscht, um uns auszutricksen. Dieses Risiko gehe ich ein. Ich bin mir ziemlich sicher, Baraton will nach Hort.«

*

Mehrere Regierungsmitglieder machten ratlose Gesichter, schauten sich fragend an. Hort – mit diesem Namen konnte nicht jeder der Anwesenden etwas anfangen.

Rateka schon. Er kannte sich in der Geschichte seines Volkes aus wie kein zweiter.

»Außerhalb unseres Hoheitsgebietes gibt es in Grenznähe ein unbedeutendes Sonnensystem mit zwei nicht minder unbedeutenden Planeten«, erklärte er den Unwissenden. »Der erste befindet sich so nah an der Sonne, daß seine gesamte Oberfläche verbrannt ist. Dort wächst nicht mal der winzigste Grashalm. Der zweite Planet, eine Sauerstoffwelt, hat ungefähr die Größe von Oorch und fast die gleiche Rotationsdauer. Auf der Flucht vor den Magnetstürmen zogen unsere Ahnen in Erwägung, auf jenem Planeten, den sie Hort nannten, für immer seßhaft zu werden.«

»Hort verfügte zwar über mehr Masse als der Planet, den die Altvorderen gerade verlassen hatten, aber an die höhere Gravitation hätte sich unser Volk schon irgendwann gewöhnt«, setzte Conok Ratekas Schilderung fort. »Leider waren auch die übrigen Lebensbedingungen alles andere als ideal. Meere waren nicht vorhanden, nur Seen in verschiedenen Formen und Ausmaßen, die sich über den gesamten Planeten verstreuten. Die Anzahl der Flüsse und Wasserfälle war nicht gerade berauschend. Es gab auf Hort weitaus mehr Felswüsten als Wiesen und Wälder. Regen fiel in unregelmäßigen Abständen, kaum ausreichend für die eher kärgliche Pflanzenwelt. So habe ich es jedenfalls den Aufzeichnungen aus dem geschichtlichen Archiv entnommen. Persönlich war ich nie auf Hort. Wozu auch?«

»Mein spärliches Wissen beschränkt sich ebenfalls auf besagte Aufzeichnungen«, gab Ezzo offen zu. »Darin wird unter anderem von fleischfressenden wilden Tieren berichtet, die sich den harten Lebensumständen angepaßt hatten und gegenseitig Jagd aufeinander machten. Die unerfahrenen Neuankömmlinge stellten eine willkommene Beute für die Bestien dar. Doch die Siedler schlugen zurück und erweiterten umgekehrt ihren täglichen Speiseplan. Sie waren zäh und hielten einige Zeit durch. Weder die wilden Tiere noch die karge Umgebung konnten sie von Hort vertreiben.«

»Letztlich zogen sie dennoch weiter«, übernahm Rateka wieder das Wort. »Der Grund dafür waren anhaltende technische Schwierigkeiten. Funk und Ortung in den Raumschiffen und Beibooten funktionierten auf Hort so gut wie gar nicht. Am Anfang hatte man gehofft, das Problem mit Hilfe der Wissenschaftler und Techniker lösen zu können, doch die standen vor einem Rätsel. Die Einrichtung eines den Planeten umfassenden Kommunikationssystems erwies sich aufgrund fortwährender unerklärlicher Störungen als unmöglich. Daraufhin erklärte der damals amtierende Dhara Hort für unbewohnbar und ordnete die Weiterreise an. – Im nachhinein erwies sich diese zwangsweise getroffene Entscheidung als Glücksfall, denn schon bald darauf stießen unsere Ahnen auf den Planeten, auf dem wir heute leben.«

»Hat jemals wieder ein Rateke einen Fuß auf Hort gesetzt?« fragte einer der Zuhörer.

»Rateka ist vor vielen Jahren dort gewesen«, erinnerte sich die Regierungsberaterin Werre und wandte sich dem Singu der Rateken zu. »Soweit ich mich erinnere, hast du ein von der Regierung unterstütztes Forschungsprojekt geleitet, das sich mit den weit zurückliegenden Vorkommnissen auf Hort befassen sollte.«

»Nein, es war ein wenig anders«, erwiderte Rateka. »Die Leitung lag nicht in meinen Händen. Meine politische und militärische Laufbahn stand erst ganz am Anfang. Ich war noch sehr jung und wißbegierig und stöberte gern in den verstaubten Unterlagen diverser Archive. Dabei stieß ich auf die Aufzeichnungen über Hort. Der Zufall wollte es, daß sich gerade ein dreiköpfiges Forscherteam im Auftrag der Regierung mit der gleichen Sache befaßte. Ich erfuhr, daß das Trio nach Hort fliegen wollte und bat darum, mitkommen zu dürfen. Die schon etwas betagten Wissenschaftler waren einverstanden und betrauten mich für die Dauer unserer Zusammenarbeit mit Handlangertätigkeiten. Ich habe viel von ihnen gelernt, und war noch Jahre später mit den beiden befreundet.«

»Mit den beiden?« wiederholte Conok verwundert. »Ich dachte, sie waren zu dritt.«

»Einer von ihnen blieb auf Hort zurück«, sagte Rateka. »Er war gerade dabei, die Wurzeln eines Baumes zu untersuchen, als sich aus dem Geäst ein großes Untier auf ihn stürzte und ihm den Kopf abbiß. Ich beobachtete den Vorfall wie erstarrt aus der Ferne. Nie zuvor war mir ein derartiges Wesen begegnet. Es schien nur aus

Rachen zu bestehen und hatte viele hundert Zähne. Der kugelförmige Körper war rundum mit spitzen Stacheln besetzt. Über Arme und Beine verfügte es nicht. In Sprüngen bewegte es sich auf mich zu. Vor Angst blieb ich wie festgewurzelt stehen. Zum Glück kamen mir meine Begleiter zu Hilfe und vertrieben das Ungeheuer mit ihren Handfeuerwaffen. Meine eigene Waffe steckte unbenutzt im Holster. Damals nahm ich mir vor, künftig in brenzligen Situationen erst zu handeln und dann zu denken.«

»Was ist bei den Nachforschungen herausgekommen?« erkundigte sich Conok, der Dhara. »In den Aufzeichnungen stieß ich lediglich auf einige Randnotizen über hauchdünne Silberfäden, die das Erdreich von Hort durchziehen. Sind sie für die Funktionsstörungen verantwortlich?«

»Kann sein oder auch nicht«, antwortete der Singu. »Tatsache ist, daß unsere Testgeräte ebenfalls gestört wurden. Wir kehrten daher ohne brauchbares Ergebnis von der Forschungsreise heim. Im Abschlußbericht wurde das eigenartige, silbern glänzende Zeug, das dort überall im Boden zu finden ist, mit ein, zwei Sätzen erwähnt, und das war's. Von der Regierung wurden sämtliche Nachforschungen letztlich als überflüssig eingestuft und eingestellt. – Mir persönlich war aufgefallen, daß es auf Hort inzwischen mehr Gewächse gab, als die Siedler es in ihren Aufzeichnungen beschrieben hatten. Fast der halbe Planet war davon überzogen. Offenbar war die Pflanzenwelt zu neuen Kräften gekommen. Meine Beobachtung wurde jedoch als belanglos abgetan und fand im Bericht keinerlei Erwähnung.«

»Verstehen Sie jetzt, warum ich glaube, daß Baraton auf Hort ist?« sprach Ezzo in die Runde. »Ein abgeschiedenes Sonnensystem, in das sich nur selten jemand verirrt und das von den Rateken schon vor langer Zeit als bedeutungslos abgeschrieben wurde... gibt es einen besseren Schlupfwinkel für eine gesuchte Verbrecherbande? Die seltsamen technischen Störungen sind für ›Rebell‹ wie ein Willkommensgruß des Planeten. Auf Hort sind die Untergrundkämpfer sicher. Ohne funktionstüchtige Ortung kann kein Verfolger ihr Versteck ausfindig machen.«

»Und wieso glauben Sie, ausgerechnet Ihnen könnte es gelingen, Ezzo?« fragte Werre. »Mal angenommen, Baraton befindet sich tatsächlich auf Hort. Dann stünde er dort unter doppeltem Ortungsschutz. Zum einen schützt ihn der geheimnisvolle Spuk, der die unerklärlichen Störungen auslöst – zum anderen das wundersame Gerät, das ihn beim Flug durchs All tarnt. Meiner Meinung nach haben Sie keine Chance, ihn da aufzustöbern.«

»Ich finde ihn!« entgegnete Ezzo entschlossen. »Ich verlasse mich auf meinen Instinkt, mein Glück und meine Liebe zu Asor. Wenn mir die Dhara die Erlaubnis gibt, breche ich umgehend nach Hort auf.«

»Reine Zeitverschwendung«, meinte die Beraterin und wandte sich an Conok. »Ragka hat stets auf mich gehört, und ich habe ihm selten etwas Falsches geraten. Baraton ist nicht von Oorch geflohen. Wie ich ihn einschätze, hält er Asor ganz in der Nähe gefangen, irgendwo in einem sicheren Versteck, und er weidet sich voller Schadenfreude an unserer Hilflosigkeit. Hier müssen wir ihn suchen, und nicht irgendwo in der Ferne, in einem kleinen, erbärmlichen System, das auf den meisten Sternenkarten sicherlich nicht einmal eingetragen ist.«

3.

»Die Koordinaten stimmen«, informierte Parr Jipp in der Kommandozentrale der FREIHEIT den Anführer der Nomaden. »Ich habe alles zigmal nachgerechnet.«

»Aber auf der Sternenkarte der Utaren ist an dieser Stelle kein Sonnensystem eingezeichnet«, erwiderte Priff Dozz voller Skepsis. »Wer weiß, wohin uns die verdammte Fehltransition geführt hat.«

»Es war keine Fehltransition«, entgegnete Jipp beharrlich. »Wenn etwas fehlerhaft ist, dann die Sternenkarte. Die Utaren haben dieses unbedeutende Sonnensystem halt weggelassen. Oder sie haben es schlichtweg übersehen.«

»Betrügerbande!« knurrte Dozz. »Immerhin war die Karte Bestandteil unserer geschäftlichen Vereinbarungen. Da kann man doch wohl erwarten...«

»Eine Fehltransition liegt zumindest im Bereich des Möglichen«, räumte Funkoffizier Ross Nokk ein. »Deshalb wäre es das beste, wir landen auf einem der beiden Planeten und unterziehen die gesamte Technik einer eingehenden Überprüfung.«

»Dafür käme nur der äußere Planet in Frage«, warf Parr Jipp ein. »Auf dem anderen – eine Vulkanwelt – herrschen Temperaturen, die wir nicht überleben würden.«

»Wir landen nirgendwo!« entgegnete Priff Dozz ärgerlich. »Die FREIHEIT ist auf dem neuesten Stand der nomadischen Technik. Ein perfekteres Raumschiff hat unser Volk nie besessen.«

»Aber der Prototyp wurde ausschließlich für den Einsatz in unserer Heimatgalaxis entwickelt«, merkte Karr Sutt an. »Dort waren die Transitionstriebwerke nur höchst eingeschränkt einsatzfähig, weshalb wir uns ja per Wurmlochantrieb fortbewegten. Hier ist das anders. Transitionen über endlose Strecken hinweg sind seit unserer Ankunft in der Milchstraße kein Problem mehr. Möglicherweise haben das die Triebwerke nur schwer verkraftet und benötigen eine gründliche Inspektion.«

»Wir bleiben, wo wir sind«, ordnete Dozz an. »Sobald sich die Speicherbänke wieder aufgeladen haben, transitieren wir weiter auf dem vorgeschriebenen Kurs.«

»Wäre der Planet eventuell als Stützpunkt geeignet?« wandte sich Ross Nokk an Parr Jipp.

»Die Atmosphäre ist für uns wie geschaffen«, antwortete der Mann an der Ortung. »Und die Schwerkraft entspricht fast exakt der Gravitation auf unseren Schiffen.«

Der Rudelführer stellte die Lauscher auf.

»Gibt es dort unten intelligentes Leben?« erkundigte er sich.

»Schwer zu sagen«, entgegnete Ross Nokk. »Ich fange bruchstückweise seltsame Signale auf, ohne sie analysieren zu können. Vielleicht dienen sie zur Verständigung der Planetenbewohner untereinander. Oder sie haben keine besondere Bedeutung.«

»Irgendwer oder irgend etwas stört die Abtastvorrichtung«, teilte Parr Jipp mit. »Mit den Magnetfeldern, die fortwährend unseren Funk überlagern, hat das nichts zu tun, denke ich. Die Quelle der neuen Störungen liegt aller Wahrscheinlichkeit nach auf dem Planeten. Um Näheres in Erfahrung zu bringen, müßten wir landen. Nur direkt am Ausgangspunkt lassen sich die Mängel beheben.«

Priff Dozz dachte nach. Es reizte ihn, den ersten nomadischen Stützpunkt in der Milchstraße einzurichten. Aber mußte das ausgerechnet hier sein – am Hinterteil des Weltraums?

*

Aufgeregt durchstöberte der Welpe Witt Sturr das wild wuchernde Pflanzenparadies. So etwas hatte er in seinem jungen Leben noch nie gesehen. Er war schon gespannt, was er hier so alles entdecken würde.

»Geh nicht zu weit vom Raumschiff weg!« (über-)hörte er seine Mutter rufen. »Es gibt bald Mittagessen!«

Seine vier Schwestern waren von vornherein auf dem Schiff geblieben. Sie verspürten nicht die unbändige Abenteuerlust, die ihn befallen hatte, vernahmen nicht den Lockruf der Wildnis...

Zass Sturr bremste den Tatendrang seines übermütigen Söhnchens abrupt. Plötzlich stand er in voller Größe vor ihm und versperrte ihm den Weg.

»Du solltest deine Mutter nicht ignorieren«, sagte der Lebensmittelchemiker streng. »So etwas gehört sich nicht.«

»Ich will dir doch nur bei der Arbeit helfen«, rechtfertigte sich der Welpe. »Wie hast du mich überhaupt gefunden?«

»Wie wohl?« entgegnete sein Vater und deutete auf seine Nasenspitze.

Bei den hundeartigen Nomaden war der Geruchssinn besonders stark ausgeprägt. Der Wind stand günstig, so daß Zass Sturr den Aufenthaltsort seines Welpen problemlos hatte ermitteln können, trotz zahlreicher, stark duftender Pflanzen.

Zass hatte den Auftrag bekommen, herauszufinden, ob es auf dem Planeten eßbare Gewächse gab, von denen man einige Ableger zu Zuchtzwecken mit an Bord nehmen konnte. Außerdem sollte er nach leicht zu jagendem Wild Ausschau halten. Die künstliche Fleischerzeugung hatte auf den Raumschiffen der Nomaden zwar einen hohen technischen Stand erreicht, doch manchmal sehnten sie sich nach einem frischen, blutigen Steak zwischen den scharfen Zähnen.

Unter einem flachen Stein stöberte Witt Sturr ein mehrbeiniges Tier auf, mit zwei eingeklappten Flügeln auf dem Rücken und einem Stachel am Hinterteil. Vorsichtig schnupperte er daran.

»Bleib lieber davon weg«, riet ihm Zass. »Vielleicht ist das Biest giftig.«

Zu spät. Bevor Witt sich's versah, bohrte sich der Stachel in seine Unterlippe. Leise heulte der Welpe auf.

Dann ging er zum Angriff über!

Witt Sturr schnappte zu und zermalmte den Mehrbeiner zwischen seinen Kiefern. Die Flügel des buntschillernden Tierchens knackten und krachten in seinem Maul, was Witt nicht als unangenehm empfand. Auch am Geschmack gab es nichts auszusetzen. Lediglich der Stachel schmeckte etwas zäh und bitter, weshalb er ihn wieder ausspuckte.

Auf seiner Unterlippe bildete sich an der Einstichstelle ein winziger Pickel. Der Welpe spürte ihn kaum. Begeistert schilderte er seinem Vater, wie lecker seine kleine Zwischenmahlzeit war.

Zass Sturr beschloß, einen Mitarbeiter mit der Suche nach weiteren Mehrbeinern zu beauftragen. Wenn man den Stachel vorab entfernte, eigneten sie sich bestimmt hervorragend als Nachtisch.

»Wie hat unser Rudelführer Mutters Planeten eigentlich gefunden?« fragte Witt, während er mit seinem Vater die nähere Umgebung durchstreifte.

»Mutters Planet?« wunderte sich Zass Sturr. »Wie meinst du das?«

»Neulich hat sie uns doch davon erzählt, erinnerst du dich nicht mehr? Hohe Berge, blaue Seen, grüne Bäume und viele verschiedene bunte Pflanzen. Ach ja, und harmlose Tiere, die sich vegetarisch ernähren und nur darauf warten, gefressen zu werden.«

Zass lachte, was wie ein Gemisch aus Jaulen und Hecheln klang.

»Das war doch nur eine erfundene Geschichte, Junge. Solch ein Nomadenparadies existiert nirgendwo. Zugegeben, auf den ersten Blick sieht es hier aus wie in Mutters Erzählung, aber das täuscht. Auf diesem Planeten lauern mit Sicherheit die gleichen Gefahren wie auf anderen fremden Welten. Die Tiere sind vermutlich nicht nur Pflanzenfresser, deshalb paß beim nächsten Mal besser auf, wo du deine Nase reinsteckst.«

»Heißt das, es gibt hier nomadenfressende Ungeheuer?« erkundigte sich der Welpe, wobei er versuchte, sich seine Furcht nicht anmerken zu lassen.

»Wäre durchaus möglich«, antwortete Zass Sturr.

»Und warum sind wir dann hier gelandet?«

»Die Triebwerke brauchen eine Pause – und die Besatzung auch. Außerdem zieht unser Anführer in Erwägung, in diesem Sonnensystem eine Stützpunktwelt einzurichten, so wie in unserer Heimatgalaxis. Wie du weißt, gibt es dort diverse unbewohnte Planeten, auf denen unser Volk Stationen für Zwischenlandungen gebaut hat. Zudem konnten wir jederzeit eine der neutralen Freizonen anfliegen. Man nannte uns dort ›die Heimatlosen‹, weil wir auf unseren Raumschiffen zu Hause sind – aber richtig heimatlos geworden sind wir eigentlich erst jetzt. In dieser Galaxis stehen uns weder Freizonen noch Stützpunkte zur Verfügung. Höchste Zeit also, etwas dagegen zu tun, meinst du nicht auch?«

Noch bevor Witt Sturr seinem Vater antworten konnte, brach etwas Großes, Dickes aus dem Dickicht hervor – eine mit Stacheln bewehrte, lebende Kugel mit einem Riesenrachen und Unmengen von spitzen Zähnen. Das Wesen war hungrig. Sehr hungrig...

Der Lebensmittelchemiker Sturr war alles andere als eine harmlose »Laborratte«. Seine Arbeit war wichtig, und sie bereitete ihm Freude. Doch das Vermischen und Analysieren von Flüssigkeiten, das Prüfen chemischer Zusammensetzungen oder die Erzeugung von Lebensmitteln auf biologischer und künstlicher Basis füllte ihn auf Dauer nicht aus. Deshalb zog es ihn nach jeder Landung sofort nach draußen. Seiner Auffassung nach durften Wissenschaftler, gleich welcher Art, nicht im Hinterland versauern. Wer forschte, gehörte in die erste Reihe.

Und weil es ganz vorn mitunter brandgefährlich war, trug Zass Sturr stets sein Impulsgewehr bei sich.

Das Kugelwesen stieß sich vom Boden ab und sprang auf den Welpen zu. Zass betätigte seine Waffe. Fauchend jagte der Energiestrahl aus dem Lauf. Als der Angreifer auf dem Boden aufklatschte, war er nur noch ein zusammengeschmolzener, stinkender Klumpen.

Zass ahnte nicht, daß er soeben ein Wesen getötet hatte, das viele hundert Jahre alt war – das letzte seiner Gattung. Hätte er es gewußt, wäre es ihm wahrscheinlich auch egal gewesen. Das Leben seines Jungen zu verteidigen war ihm wichtiger als die Arterhaltung einer Raubtiergattung, deren wissenschaftliche Bezeichnung er nicht einmal kannte.

Vater und Sohn kehrten ins Raumschiff zurück.

Kaum hatte Zass sein Quartier betreten, erschien das Gesicht des Rudelführers auf dem Heimbildschirm. Er hatte allen Raumschiffsinsassen etwas zu verkünden…

»Das paßt zu ihm«, kommentierte Zass Sturr beim familiären Mittagessen die kleine Bildschirmansprache. »Großspurig wie er ist, benennt er die Sonne und somit das gesamte System nach sich selbst. Und der Name, den er diesem Planeten verliehen hat, zeugt auch nicht gerade von Bescheidenheit.«

*

Priff Dozz war mit seiner Entscheidung, auf dem unbekannten Planeten zu landen, nicht so richtig zufrieden. Es ärgerte ihn ein wenig, daß ausgerechnet Ross Nokk die Idee gehabt hatte, hier eine Stützpunktwelt einzurichten. Warum war er nicht selbst auf den Gedanken gekommen?

Ross Nokk war der Lebensgefährte von Cadd Dall, der augenblicklich besten Freundin von Priffs Erstfrau Bidd Nobb. Vor der Wahl hatte Bidd ihrem Mann vorgeschlagen, Ross als Gegenkandidaten in die Liste aufzunehmen. Aus gutem Grund. Ross Nokk war von ganz anderem Kaliber als Knapp Bozz. Mit ihm als Gegner hätte Priff Dozz nichts zu lachen gehabt.

Der Rudelführer hatte den Braten jedoch rechtzeitig gerochen und darauf geachtet, daß nur Bozz gegen ihn antrat.

Genaugenommen hatte Ross nicht das geringste Interesse gezeigt, für das höchste Amt an Bord der FREIHEIT zu kandidieren. Ihm schien es zu genügen, hin und wieder als Priffs Berater zu fungieren.

Dennoch traute Priff Dozz seinem eifrigen Brückenoffizier nicht über den Weg. Aus eigener Erfahrung wußte er, daß man sich vor vermeintlich wohlmeinenden Beratern ganz besonders in acht nehmen mußte.

Um seinem Rudel ein für allemal klarzumachen, daß er es war, der hier das Sagen hatte – und sonst niemand! – entschloß sich Priff Dozz, dem neuentdeckten Sonnensystem seinen eigenen Namen zu verleihen. Und für die beiden Planeten ließ er sich ebenfalls etwas Originelles einfallen.

Der Rudelführer betätigte einen Spezialschalter und klinkte sich mit den Worten »Jetzt rede ich!« in die laufende Nachrichtensendung von Grokk Terr ein.

»Hiermit erkläre ich dieses Sonnensystem zu unserer neuen Stützpunktwelt!« verkündete er. »Es ist der erste nomadische Außenposten in der Milchstraße – und es wird nicht der letzte sein. Auf der Sternenkarte, die wir von den Utaren erhalten haben, ist das System überhaupt nicht eingetragen, und sehr wahrscheinlich fehlt es auch auf zahlreichen anderen Karten. Ebendeshalb ist der Ort als Stützpunkt geradezu ideal. Wann immer wir uns auf der Flucht befinden – sei es vor Pakk Raff oder irgendwelchen angriffslustigen Rassen dieser Galaxis – bietet uns diese versteckte Welt einen sicheren Unterschlupf. So sicher wie eine Burg oder ein Palast.

Palast – so lautet der Name, den ich mir für diesen Planeten erdacht habe. Den zweiten, aufgrund der sengenden Hitze unbewohnbaren Planeten, benenne ich nach der Frau, die so heiß ist wie ein Vulkan: Dell. Und die Sonne heißt von nun an Großer Dozz!

Leider ist es uns bisher nicht gelungen, die eigenartigen technischen Störungen, von denen vor allem die Ortungsabteilung und der Funkverkehr betroffen sind, zu analysieren und zu beseitigen. Meine Offiziere und ich hatten gehofft, nach der Landung würde sich das Problem erledigen, aber alles ist nur noch schlimmer geworden. Ein Expertenteam arbeitet unermüdlich an der Beseitigung der Mängel. Bis es soweit ist, müssen wir uns halt in Geduld üben und versuchen, die Situation positiv zu sehen. Zwar sind wir momentan nicht in der Lage, landende Raumschiffe zu orten, dafür aber können umgekehrt auch wir nicht ausgemacht werden. Das Tal, in welchem wir gelandet sind, bietet uns ausreichenden Sichtschutz. Die Hänge sind rundum von mächtigen Bäumen, voluminösen Büschen und sonstigen einheimischen Pflanzen dicht bewachsen. Vielleicht sollten wir hier unsere feste Station einrichten. Darüber entscheide ich, sobald wir den Planeten näher erkundet haben.«

Nach dieser kleinen Ansprache war Priff Dozz wieder mit sich und der Welt zufrieden. Er hatte gleich drei Fliegen mit einer Klappe geschlagen.

Erstens hatte er seine Führungsposition nochmals deutlich hervorgehoben. Zweitens hatte er Gerüchten über die Störanfälligkeit der FREIHEIT von vornherein einen Riegel vorgeschoben und die bestehenden technischen Schwierigkeiten heruntergespielt. Und drittens hatte er seiner aufmüpfigen Erstfrau einen üblen Streich gespielt. Bidd Nobb ärgerte sich bestimmt schwarz, weil er Planet Nummer zwo nicht nach ihr, sondern nach seiner Geliebten benannt hatte.

Doch schon wenig später plagten den Rudelführer aufs neue erhebliche Selbstzweifel. Hatte er wirklich das richtige gesagt und getan?

Daß er die Sonne nach sich selbst benannt hatte, konnte man ihm als Überheblichkeit und Tyrannei auslegen. Und je mehr er beteuerte, die paar technischen Probleme seien eigentlich gar nicht so schlimm, um so weniger glaubte man ihm. War es wirklich ein guter Einfall, die bedrohlich wirkenden, überwucherten Hänge als vortrefflichen Sichtschutz zu lobpreisen? Ein kleines Beben würde ausreichen, um die FREIHEIT unter Bergen von Erde und Geröll zu begraben.

Wieso mußte ich ausgerechnet einen unbewohnbaren, verbrannten Planeten nach Dell Wudd benennen? fragte sich Priff Dozz besorgt.

Hatte er ihr damit tatsächlich eine Freude gemacht?

Ärgerte sich Bidd Nobb darüber, oder lachte sie sich gerade eins ins Fäustchen?

Wieder einmal wurde dem Anführer der intelligenten Fraktion der Nomaden klar, daß er mit einem rücksichts- und gewissenlosen Befehlshaber wie Pakk Raff nicht mithalten konnte. Sein Erzfeind hätte sich niemals solche selbstquälerischen Fragen gestellt. An Bord der KRIEGSBRAUT wurde nie über die Anweisungen des Rudelführers diskutiert, sie wurden in blindem Gehorsam ausgeführt, selbst wenn sie jeder Logik widersprachen. Keiner wagte es, ihn zu kritisieren. Raff wußte in jedem Moment seines Lebens, wer der Boß auf seinem Schiff war.

Priff Dozz hingegen fühlte sich ständig beobachtet. Kritik an seinem Führungsstil kam nicht nur von den Frauen. Auch seine Offiziere riskierten des öfteren ein offenes Wort, von den zivilen Mitreisenden ganz zu schweigen.

Das Päckchen der Verantwortung wollte ihm allerdings keiner der ewigen Meckerer abnehmen. Gute Ratschläge erteilen – ja! Die Konsequenzen einer eventuellen Fehlentscheidung mittragen – nein! Wenn es brenzlig wurde, war Priff Dozz auf sich allein gestellt.

Er war überzeugt, daß ihn neunzig Prozent seiner Weggefährten ohne mit dem Augenlid zu zucken an Pakk Raff oder sonstige Feinde verraten würden, wenn sie dadurch ihr eigenes erbärmliches Leben retten könnten. Keiner an Bord würde sich selbstlos für ihn einsetzen, ihm in der Not beistehen.

Es war verdammt einsam hier oben, auf dem Gipfel der Macht!

An diesen Worten geilte sich Priff Dozz immer dann auf, wenn er in Depressionen zu fallen drohte. Schließlich war der Ausspruch nur auf Personen gemünzt, die auch Macht besaßen. Kein kümmerlicher Befehlsempfänger durfte sich anmaßen, diesen Satz für sich zu beanspruchen. Hier auf der FREIHEIT gehörte er Priff ganz allein.

Als er sich dessen bewußt wurde, fühlte er sich wieder etwas besser.

*

Auf Außenstehende wirkten alle Rateken gleichsam furchterregend, unabhängig von ihrem Geschlecht. Fremdvölker erkannten ratekische Frauen vor allem anhand der verminderten Größe und der »Doppelausbeulung« im Brustbereich, die bei den Ratekinnen recht ansehnlich war.

Es kam nur gelegentlich vor, daß Ratekenfrauen mit Angehörigen anderer Rassen zusammentrafen. Der »Besucherstrom« auf Oorch hielt sich aufgrund der Aggressivität der Planetenbewohner in Grenzen, und in galaktischen Kampfverbänden engagierten sich nur verhältnismäßig wenige Ratekinnen. Die meisten von ihnen waren einfach zu klug, um sich in Weltraumschlachten den birnenförmigen Kopf wegschießen zu lassen – was für die Männer der schlüssige Beweis angeborener weiblicher Furchtsamkeit war.

Kein Wunder, daß auf Oorch kaum noch ein Mann bereit war, an den Wahrheitsgehalt der Verbotenen Schriftrolle zu glauben. Selbst viele Frauen zweifelten den Inhalt mittlerweile an, und von Generation zu Generation vergrößerte sich die Zahl der Skeptiker.

Auch für Conoks Tochter Asor, die unter ihresgleichen als bezaubernde Schönheit galt, gehörte die »Schrift der Schriften«, wie die Verbotene Schriftrolle von ihren Befürwortern respektvoll bezeichnet wurde, ins Reich der Phantasie. Zwar stufte sie nicht den gesamten Text pauschal als »einfältig und provokativ« ein, wie es die Hohe Gerichtsbarkeit vor vielen Ratekenjahren getan hatte, dennoch hielt sie den größten Teil für blühenden Unsinn.

»Meiner Ansicht nach ist der ganze Wirbel um die Schriftrolle völlig überzogen«, sagte sie zu Baraton, dem Kapitän des mittlerweile legendären Raumschiffs KRORRKGNIP, was auf Angloter soviel wie KASKADEUR bedeutete. »Von mir aus soll sich ruhig jeder Einfaltspinsel, dem danach ist, den Inhalt zu eigen machen. Schadet doch keinem.«

Sie hatte in einem drehbaren Sessel Platz genommen, der in Baratons Privatquartier stand. Das Kommando über den Raumer oblag derzeit dem Ersten Offizier.

»Heutzutage richtet die Verbotene Schriftrolle kaum noch Schaden an«, bestätigte ihr der meistgesuchte Mann von Oorch, der ihr gegenüber saß. »Zu früheren Zeiten war das anders. Meine Großeltern haben mir oft von den zahlreichen Auseinandersetzungen zwischen Befürwortern und Gegnern der Thesen erzählt. Sie sprachen von einem regelrechten Glaubenskrieg innerhalb unserer Bevölkerung, der mal mehr, mal weniger heftig ausgetragen wurde. Der Hohen Gerichtsbarkeit blieb schließlich nichts anderes übrig, als die Weise Schriftrolle, wie sie einst genannt wurde, zu verbieten. Ich persönlich begrüße diesen kühnen Entschluß, allerdings führt er mir noch nicht weit genug. Man hätte damals auch den stetigen Geschlechterwechsel bei der Wahl zum Dhara abschaffen müssen. Der periodische Machtwechsel zwischen den Geschlechtern ist ein verstaubtes Relikt, dessen Ursprung in den verquasten Lehren der Schriftrolle liegt.«

»Die Hohe Gerichtsbarkeit entschied aber anders. Zwar wurde vor vielen Jahren die Weise Schriftrolle offiziell zur Verbotenen Schriftrolle erklärt, doch das gewohnte und bewährte Wahlverfahren behielt man bei.«

»Eine krasse Fehlentscheidung. Hätte ich auf Oorch etwas zu sagen, würde ich diese für beide Geschlechter entwürdigende Prozedur abschaffen. Viel wichtiger ist mir allerdings mein legitimes politisches Verlangen nach einem gesetzlichen Verbot von Clangründungen. Leider ist es mir nie gelungen, mich gegenüber dem früheren Dhara durchzusetzen, und ich befürchte, daran wird sich auch in Zukunft nichts ändern. Schon während des Wahlkampfes hat deine Mutter keine Ambitionen gezeigt, dem Appell von ›Rebell‹ Folge zu leisten und im Fall ihrer Wahl ein Clanverbot in den Ehrenwerten Gesetzesniederschriften zu verankern. Ich schätze, inzwischen ist sie die neue Dhara, zumindest sah es vor unserem Aufbruch ins All ganz danach aus. Ihre Chancen standen zweifelsohne am besten. Falls sie ihre Einstellung nicht ändert, werde ich mich gezwungen sehen, sie zum Rücktritt zu drängen. Mit allen Mitteln!«

»Gehört zu euren Mitteln auch der Anschlag auf die Botschaft der Alten Zwerge?« fragte Asor ihn scharf.

Gespannt beobachtete sie seine Reaktion.

Baraton war entsetzt. »Was sagst du da? Man hat ein Attentat auf die Botschaft von Esmaladan verübt? Damit habe ich nichts zu tun, ehrlich! Woher hast du die Information?«

»Ich war zufällig in der Funkzentrale der KASKADEUR, als die Nachricht vom Wahlsieg meiner Mutter und dem grauenvollen Anschlag hereinkam. Einer deiner auf Oorch zurückgebliebenen Gefolgsmänner hat davon berichtet, als wir uns noch im ratekischen Hoheitsgebiet befanden. Du warst zu dem Zeitpunkt nicht auf der Brücke. Leider ließen die Magnetfeldstörungen im All nur einen eingeschränkten Empfang zu. Nicht alles konnte man genau verstehen, aber mit Sicherheit war von mehreren Toten die Rede. Furchtbar, nicht wahr? – Der Funker fing außerdem eine zerstükkelte Mitteilung der Terraner auf, die seit langem angekündigte Expedition zum Schwarzen Loch betreffend. Die Erdlinge haben sich Großes vorgenommen. Glaubst du, sie schaffen es?«

Baraton erhob sich aus seinem Sessel.

»Wir können nur zu unseren Göttern beten und hoffen«, antwortete er desinteressiert. »Wenn die Terraner und ihre zusammengewürfelte Begleitmannschaft versagen, werden wir alle darunter zu leiden haben. Vielleicht wäre es besser, sie lassen die Finger davon.«

»Aber irgendwer muß doch etwas unternehmen«, entgegnete Asor fassungslos. »Würden alle Völker nur tatenlos zuschauen…«

»Schon gut, du hast ja recht«, unterbrach Baraton sie ungehalten. »Ich möchte jetzt nicht darüber reden. Der Anschlag auf die Botschaft hat einen solchen Schock in mir ausgelöst, daß ich erst einmal meine Gedanken ordnen muß. Die vielen Toten gehen mir nicht aus dem Sinn. Warum erfahre ich das alles erst jetzt? Wieso hat mich niemand über den Wahlausgang und die schrecklichen

Ereignisse informiert? Immerhin habe ich als Kapitän dieses Schiffs ein Recht darauf, wichtige Neuigkeiten als erster zu erfahren.«

»Ich habe deinen Stellvertreter gebeten, dir die Nachricht persönlich überbringen zu dürfen«, klärte Asor ihn auf. »Daraufhin verpflichtete er den Funker zum Schweigen. Es tut mir leid, daß ich dich nicht schon eher unterrichtet habe. Ich wollte den passenden Moment abwarten. Du hattest ständig zu tun, so daß ich erst jetzt dazu gekommen bin, ausführlich mit dir darüber zu reden.«

Baraton atmete tief durch. »In Ordnung, ich mache dir keine Vorhaltungen. Ich bringe dich jetzt in deine Kabine und sehe auf der Brücke nach dem Rechten. Die Landung auf Hort steht kurz bevor, da muß jeder auf seinem Posten sein.«

Baratons einhundertfünfzig Meter durchmessender Doppelwulstraumer war auf Oorch in aller Munde. Er hatte ihn im ersten Jahr seiner »Karriere« als Untergrundkämpfer von einem schlechtbewachten militärischen Übungsgelände gestohlen und hatte damit in der Öffentlichkeit enormes Aufsehen erregt. Bis heute war es der Ratekischen Flotte nicht gelungen, sich ihr Eigentum wieder zurückzuholen.

Die Raumschiffe der Rateken waren hellbraun schimmernde Kugelraumer mit zwei Ringwulsten, von denen einer um den Schiffsäquator und einer von Pol zu Pol verlief. Die Wulste der KASKADEUR waren fünfzehn Meter breit und fünfundzwanzig Meter dick, verfügten also über ein großes Volumen. Wie auf allen anderen Schiffen verbargen sich darin leistungsfähige Triebwerke. Auch sonst war alles mit modernster Technik ausgestattet.

Baratons neueste Errungenschaft war ein zwei mal zwei Meter großer, kubusförmiger Apparat, der im Maschinenraum stand und in der Lage war, Ortungsstrahlen zu neutralisieren – die Techniker und Wissenschaftler von »Rebell« hatten lange und intensiv daran gearbeitet. Ganz ausgereift war das Gerät allerdings noch nicht, ab und zu gab es einen Aussetzer.

Baraton begleitete Asor bis vor ihre Unterkunft. Dann umarmte er sie von vorn und saugte sich mit seinem links gelegenen Mund an ihrer linken Kopfseite fest, genau an der Stelle, wo unter ihrer straffen grauen Haut der Gehörkanal vorbeiführte. (Rateken verfügten über keine Ohrmuscheln oder sonstige sichtbare Öffnungen ihrer Gehörgänge.) Dabei stieß er sanfte Grunzlaute aus.

Asor erschauerte unter der intimen Berührung. Gern hätte sie sich ihrem Geliebten ganz hingegeben, doch er schien mit seinen Gedanken nicht bei der Sache zu sein. Offenbar hatte ihn der feige Mord an den Alten Zwergen, die nie einer Ratekenseele etwas zuleide getan hatten, sehr erschüttert.

Daß sie ihn für einen Moment verdächtigt hatte, hinter dem Anschlag zu stecken, tat Asor inzwischen leid. Damit hatte sie ihn vermutlich furchtbar gekränkt.

Schon vor dem Start ins All hatte er ihr bei seiner Ehre geschworen, keine der zahllosen Greueltaten, die ihm öffentlich vorgeworfen wurden, jemals begangen zu haben. Auch für die Flugblätter, die in Prokat verteilt worden waren, sei er nicht verantwortlich.

Sie glaubte ihm.

Weil nicht sein konnte, was nicht sein durfte.

»Laß mich nicht zu lang allein«, bat Asor, während Baraton ihr die Tür zu ihrer Unterkunft aufhielt (manche Höflichkeitsgesten waren offenbar fast universell). »Ich warte auf dich.«

»Ich komme gleich nach der Landung zu dir«, versprach er ihr. »Auf Hort ist es Nacht, wenn wir ankommen. Morgen früh werden wir gemeinsam die KASKADEUR verlassen. Hort wird dir gefallen. Der Planet ist wunderschön – aber auch gefährlich.«

»Ich habe keine Angst, du paßt ja auf mich auf«, entgegnete Asor lächelnd.

*

In ihrer Kabine ließ sich Asor rücklings auf die gepolsterte Pritsche fallen. Himmel, was war sie verliebt! An manchen Tagen konnte sie ihr Glück kaum fassen.

Baraton war – in den Facettenaugen einer Ratekin – ein Bild für die Götter. Nie zuvor war Asor einem faszinierenderen Typen begegnet. Einerseits war er ein ganzer Kerl, ein Abenteurer, der die Gefahr nicht scheute und seine Fäuste und Waffen zu gebrauchen wußte. Andererseits konnte er wundervoll zärtlich sein.

Ein Mann zum Kuscheln.

Ein Mann, in dessen Armen eine Frau sich geborgen fühlte.

Ein Mann, der mit seinen streichelnden Händen jedes Ratekinnenherz zum Schmelzen brachte.

Die halbe Frauenwelt von Oorch schmachtete nach ihm, dem romantischen Freibeuter, der seit Jahren die Regierung an der Nase herumführte. So manche Ratekin hätte ihr Leben gegeben, um nur ein einziges Mal auf der KASKADEUR mitfliegen zu dürfen, Seite an Seite mit dem Geliebten ihrer Träume. Asor war überglücklich, daß Baraton sich für sie entschieden hatte.

Schon als Kinder hatten sich die beiden gemocht. Damals hatte Baraton, der einem vermögenden Elternhaus entstammte, mit seiner Familie auf dem Nachbargrundstück gewohnt. Asor und er hatten fast jeden Tag in einem nahegelegenen Wäldchen gespielt. Gemeinsam mit dem heutigen Singu-Assistenten Ezzo, der in Kindertagen in derselben Stadtrandsiedlung gewohnt hatte.

Dann war die Nachbarsfamilie weggezogen. Asor und Ezzo hatten Baraton lange Zeit nicht wiedergesehen.

Erst als er Schlagzeilen wegen des dreisten Raumschiffsdiebstahls gemacht hatte, hatten beide wieder von ihm gehört. Zu diesem Zeitpunkt hatten sich Asor und Ezzo bereits das Ratekische Ehrenwort gegeben – ein Schritt, den Asor inzwischen bereute.

Nicht der Zufall hatte sie später wieder mit Baraton zusammengeführt. Sie hatte die Begegnung gewollt. Über einen seiner Gefolgsleute hatte sie ihn ausfindig machen können…

… seither waren sie ein heimliches Paar.

Asor teilte Baratons politische Ansichten weitgehend. Daß er mit Mut und Entschlossenheit gegen die Übermacht der Clans ankämpfte, die er als »heimliche Herrscher« von Oorch bezeichnete, konnte sie gut verstehen.

»Je größer ein Clan ist, um so stärker können seine Angehörigen Einfluß auf die ratekische Politik nehmen«, sagte Baraton oft. »Die Regierung ist zu feige, dieses Treiben zu unterbinden. Ich nicht! ›Rebell‹ wird so lange dagegen ankämpfen, bis der Mißstand beseitigt ist.«

Auch Asor sah in der stetig zunehmenden Gründung neuer Clans eine Bedrohung der freien Welt. Ehrliche Politik und strikte Unabhängigkeit waren nicht voneinander zu trennen. Der frei gewählte Dhara durfte in seinen Entscheidungen von niemandem beeinflußt werden.

Ob Conok für das Amt des Dhara geeignet war, darüber war Asor geteilter Meinung. Ihre Mutter war zweifelsohne eine ehrliche graue Haut, die das ratekische Volk niemals verraten oder betrügen würde, aber sie weigerte sich hartnäckig, gegen die sich immer mehr ausbreitende Omnipotenz der Clans ins Feld zu ziehen.

Das Ratekische Ehrenwort, welches Ezzo und Asor sich vor langer Zeit gegenseitig gegeben hatten, hatte zur Bildung eines weiteren Clans geführt, der allerdings nicht sonderlich groß war. Asor war ein Einzelkind. Ihre Mutter war verwitwet und hatte ansonsten nur wenige Familienangehörige. Auch Ezzos Verwandtschaft hielt sich in vertretbaren Grenzen. Sobald sich herausstellen würde, daß Asor nicht im Traum daran dachte, ihr Heiratsversprechen einzuhalten, würde sich der »Mini-Clan« vermutlich wieder auflösen.

»Keine Macht den Clans!« lautete eine der Parolen von »Rebell«.

Dem konnte Asor nur voll und ganz zustimmen.

Über eine andere, wohl nicht ganz ernstgemeinte Losung schmunzelte sie lediglich.

»Die Verbotene Schriftrolle ist der Untergang des ratekischen Volkes!«

Das Original der Schriftrolle (falls überhaupt eines existierte) hatte kein lebender Rateke je gesehen. Der – angeblich – darauf enthaltene Text war in der Vergangenheit als Druckwerk, Tonaufnahme oder Datenträger auf Oorch massenhaft verbreitet worden. Über die inhaltliche Aussage hatte es über Jahrhunderte hinweg Auseinandersetzungen gegeben, die teilweise recht heftig verlaufen waren, weshalb Asor das seinerzeit ausgesprochene Verbot als einzig richtige Konsequenz empfand. Die meisten Bürger von Oorch sahen das genauso.

Zwar war es nicht grundsätzlich verboten, Abschriften der Texte zu besitzen und zu lesen, allerdings durfte der Inhalt nicht mehr weiterverbreitet werden. Es war nicht erlaubt, in aller Öffentlichkeit darüber zu diskutieren. Insbesondere Regierungsmitglieder – vom niedrigsten Minister bis zum Dhara – mußten sich jede Stellungnahme zur Verbotenen Schriftrolle verkneifen, wollten sie nicht Gefahr laufen, fristlos aus ihrem Amt entlassen zu werden.

Asor erinnerte sich noch gut an ihre erste Unterhaltung mit ihrer Mutter über die Schriftrolle. Conok hatte ihr die Zusammenhänge plausibel erklärt.

»Laut der Verbotenen Schriftrolle sind einst die Frauen das dominierende Geschlecht des ratekischen Volkes gewesen. Frauen gebaren den Nachwuchs und waren somit wichtig für die Weiterexistenz der Rasse. Sie betrachteten ihre männlichen Artgenossen lediglich als Lust- und Samenspender, was zur Folge hatte, daß Männer nur mit niederen Aufgaben betraut wurden. Obwohl selbige ein ganzes Stück größer und zudem körperlich viel stärker waren, unterwarfen sie sich, denn es mangelte ihnen an jeglicher Aggressivität und Durchsetzungskraft.

Irgendwann begannen die ersten Männer, sich zu organisieren und eigene Interessen durchzudrücken. Erstaunlicherweise führte bereits die erste zaghafte Gegenwehr zu kleineren Erfolgen. Nur zu gern ließen die Frauen ihre Lebensgefährten gewähren und schoben ihnen mehr und mehr Verantwortung zu. Nicht aus Großzügigkeit, sondern weil sie feststellten, daß es viel bequemer war, nicht ständig alles allein entscheiden zu müssen.

Generationen später hatten die Ratekenmänner die Ratekenfrauen längst überflügelt, nicht zuletzt aufgrund ihres neuerlernten aggressiven Verhaltens und unter Einsatz ihrer körperlichen Überlegenheit. Seither müssen wir Frauen manchmal etwas zurückstekken – wissen uns aber zu wehren, Kind, so etwas verlernt man nicht. Beispielsweise lassen wir nicht mit uns spaßen, wenn die Männer versuchen, den periodischen Geschlechterwechsel bei der Dhara-Wahl abzuschaffen. Vom Erhalt dieses bewährten Systems profitiert unser gesamtes Volk. Bei den anderen Milchstraßenbewohnern gelten wir als kampflustig und primitiv, doch ich bezweifle, daß auch nur eine einzige Nation ein derart liberales Wahlverfahren anwendet.«

Schon damals hatte Asor die meisten Ausführungen ihrer Mutter angezweifelt. Frauen, die Raumschiffe lenkten, Kriege führten, fremde Welten eroberten – und so ganz nebenbei ihre Männer unterdrückten...? Das war ihr unvorstellbar erschienen.

Bis heute hatte sich an ihrer Skepsis nichts geändert.

*

Charko, stellvertretender Kapitän auf der KASKADEUR, war sehr verwundert, als Baraton ihn übers tragbare Holoauge kontaktierte und ihn barsch aufforderte, seinen Posten auf der Brücke zu verlassen und nach draußen in den Gang zu kommen. Er übergab vorübergehend dem Funker Murrgar das Kommando und befolgte den Befehl.

Fast jedes ratekische Raumschiff war mit Zusatzgeräten ausgestattet, die es möglich machten, daß das auf Oorch praktizierte Kommunikationssystem überall an Bord funktionierte. Stand der Raumer auf dem Boden, konnte man sich von dort aus sogar ins planetare Netz einwählen. Nach dem Start ins All brach die Holoverbindung mit dem Heimatplaneten allerdings ab, dann mußte man auf den Bordfunk zurückgreifen.

Außerhalb der Zentrale stellte der Kapitän der KASKADEUR

seinen Stellvertreter zur Rede, wobei er seine gewaltige Stimme etwas drosselte, damit niemand mithören konnte. Baraton legte keinen Wert darauf, Charko vor allen anderen zu maßregeln, das war schlecht für die Moral in der Truppe.

Die Besatzung der KASKADEUR bestand aus Söldnern und Zivilisten, von denen keiner einen militärischen Dienstgrad bekleidete. Jeder wurde entweder mit seinem Namen oder mit seiner jeweiligen Berufsbezeichnung (Soldat, Maschinist, Funker usw.) angeredet. Dennoch gab es gewisse Regeln, die beachtet werden mußten. Dazu gehörte, daß der Kapitän über alle wichtigen Vorgänge auf dem Schiff in Kenntnis gesetzt werden mußte. Dagegen hatte Charko verstoßen.

»Ich habe gerade erfahren, welche Nachricht schon vor geraumer Weile in der Funkzentrale eingegangen ist«, hielt Baraton ihm vor. »Du hast mir den Eingang der Meldung verschwiegen und obendrein einen Außenstehenden auf die Brücke gelassen. Was ist los mit dir, du Stisock? Dich und Murrgar sollte man vors Kriegsgericht stellen! Wären wir drei keine jahrelangen Weggefährten, die Seite an Seite schon so manches gefährliche Abenteuer ausgestanden haben, wärst du jetzt ein toter Mann!«

»Asor bat mich, die Zentrale besichtigen zu dürfen, und ich hatte nichts dagegen«, rechtfertigte sich der Gemaßregelte. »Ich wollte Ärger mit dir vermeiden, immerhin ist sie deine zukünftige Frau.«

Baraton lachte dröhnend. »Bist du noch bei Trost? Ich bin ein freier, ungebundener Mann, und das will ich bleiben bis zum Rest meines Lebens.«

»Aber... aber ich dachte«, stammelte Charko.

»Überlaß das Denken lieber den Rossa, die haben größere Köpfe«, erwiderte der Anführer der Untergrundkämpfer. »Asor ist ein angenehmer Zeitvertreib, mehr nicht. Als ich sie nach all den Jahren wiedersah, stockte mir bei ihrem Anblick fast der Atem. Es reizte mich ungeheuer, ein Verhältnis mit einer Frau anzufangen, deren Mutter die aussichtsreichste Kandidatin für das Amt des Dhara war. Außerdem erhoffte ich mir ein paar Insiderinformationen aus dem Regierungsviertel. In dieser Hinsicht hielt sie sich leider immer sehr bedeckt.« Er lachte erneut. »Das war aber auch das einzige, das sie vor mir bedeckt hielt! Ihr Versprochener Ezzo und ich waren als Kinder beide hinter ihr her. Er hat sie am Ende bekommen – aber ich habe sie!«

Charko grinste. »Kann ich sie auch haben, wenn du ihrer überdrüssig geworden bist?«

»Die ganze Mannschaft kann sie dann haben«, entgegnete Baraton mit vierfachem Grinsen. »Und falls sie sich sträubt, werfen wir sie auf Hort den wilden Tieren vor. Oorch wird sie jedenfalls nie wiedersehen.«

»Ahnt sie, daß ›Rebell‹ hinter dem Anschlag auf die Botschaft der Alten Zwerge steckt?«

»Nein, sie bringt mich damit nicht in Verbindung. Was hat unser Gewährsmann noch berichtet? Ich möchte jede Einzelheit wissen.«

»Er übermittelte uns ein Protokoll der Wahlansprache der Dhara«, berichtete Charko. »Wegen der Funkstörungen empfingen wir es nur unvollständig, doch das meiste ist eh so sinnlos wie das Plappern der Qarrn in der Abenddämmerung. Interessant wurde es erst am Schluß der Rede. Conok ernannte Werre zu ihrer Beraterin und sprach in diesem Zusammenhang von einem unschlagbaren Duo – zwei Frauen an der Regierungsspitze. Dennoch, so sagte sie sinngemäß, bräuchten die Männer nicht zu befürchten, die neue Dhara wolle das Rad der ratekischen Geschichte zurückdrehen.«

»Ein indirektes Bekenntnis zur Verbotenen Schriftrolle«, meinte Baraton. »Ohne es auszusprechen deutet sie an, daß zu Beginn unserer Evolution die Machtausübung in den Händen der Frauen lag. Von Rechts wegen müßte sie für diese Meinungsäußerung ihres Amtes enthoben werden, doch im Zweifelsfall kann sie sich geschickt herausreden und behaupten, ihre Worte seien ganz anders gemeint gewesen.« In Baratons Stimme schwang ein wenig Bewunderung mit. »Sie ist die perfekte Politikerin – und eine würdige Gegnerin im Kampf um die Macht.«

Macht!

Kein anderes Wort im ganzen Universum übte auf den ratekischen Untergrundführer Baraton mehr Faszination aus.

Es genügte ihm schon lange nicht mehr, die Organisation »Rebell« anzuführen. Er wollte auf den Thron des Dhara. Erst wenn er an der Regierungsspitze von Oorch angelangt war, würde er zufrieden sein.

Vorerst…

4.

»Palast ist der reinste Urwald.«

Mit dieser knappen Zusammenfassung war eigentlich alles gesagt, was es über den Planeten, auf dem die FREIHEIT gelandet war, zu sagen gab. Priff Dozz hatte Beiboote mit Soldaten und Wissenschaftlern ausgeschickt, um die Gegend zu erkunden. Die Schilderungen der Rückkehrer waren fast alle gleichlautend. Ein jeder sprach von wild wucherndem, streckenweise undurchdringlichem Pflanzendickicht.

»Mich erstaunt vor allem die Vielfalt der einzelnen Gewächse«, ergänzte ein Botaniker aufgeregt seinen Bericht. »Laubwald, Nadelbäume, Bodenkräuter, exotische Riesenpflanzen...! Alle nur erdenklichen Spezies sind vorhanden. Gewächse, die anderswo überhaupt nicht miteinander harmonieren, wachsen hier an denselben Plätzen. Eventuell hängt das mit der Beschaffenheit des Erdreichs zusammen, das wir unbedingt einer gründlichen Untersuchung unterziehen sollten. Erste Proben haben ergeben, daß die Erde von seltsamen, silbrig schimmernden Fäden durchzogen ist, die sich in alle Richtungen erstrecken. Wahrscheinlich dehnen sie sich wie ein gigantisches Spinnennetz über den gesamten Planeten aus. Meere, die die Ausbreitung stoppen könnten, gibt es auf Palast nicht, nur Seen und Flüsse.«

»Eine botanische Spezies tritt besonders häufig auf«, fügte ein Forscherkollege, der ihn begleitet hatte, hinzu. »Die Pflanzenstauden sind durchschnittlich einen Kopf größer als wir und bestehen ausschließlich aus großen Blättern und Schlingen. Geht man ganz dicht heran, geraten sie leicht in Bewegung, ähnlich wie die Fangarme uns bekannter fleischfressender Pflanzen. Ein Pflanzenstiel ist nicht vorhanden, auch kein Blütenkopf oder sonst eine Freßöffnung. Deshalb vermuten wir, daß die Nahrungszufuhr ausschließlich über die Wurzeln erfolgt. Was die Fiqus zum Überleben brauchen, holen sie sich aller Wahrscheinlichkeit nach aus dem nährstoffhaltigen Erdreich.«

Fiqus, wiederholte Priff Dozz in Gedanken. Wieso mußten Wissenschaftler auf aller Welt jeder noch so primitiven Lebensform partout einen Namen verleihen?

»Demnach sieht es auf dem ganzen Planeten so aus wie in diesem Tal«, faßte der Rudelführer zusammen.

In der Tat wuchsen sowohl am Boden des Tals als auch an den Schräghängen Pflanzen aller Art, darunter mehrere Tausend Exemplare der frisch benannten Gattung Fiqus.

»Sind alle Beiboote zurück?« erkundigte sich Priff Dozz beim wachhabenden Offizier.

Der Gefragte verneinte. »Eins fehlt noch. Es ist mit zwei von unseren besten Soldaten besetzt, die Entbehrungen gewohnt sind. Die beiden haben sogar schon mal einen Kampf erlebt. Falls sie nicht zurückkehren, bevor die Dunkelheit hereinbricht, werden sie sich da draußen schon irgendwie zu helfen wissen.«

»Kann man sie inzwischen über Funk erreichen?« wandte sich Dozz an Ross Nokk.

»Völlig aussichtslos«, antwortete der Funkoffizier. »Seit unserer Landung ist das komplette Funksystem so gut wie tot – abgesehen von leichten, zeitbegrenzten Schwankungen. Die Beiboote sind unerreichbar, kaum daß sie den Hangar verlassen. Mit dem Armreiffunk verhält es sich genauso. Sobald man sich mehr als zehn Schritte vom Schiff entfernt, wird der Sprechkontakt unterbrochen.«

Die meisten Nomaden befestigten ihre tragbaren Funkgeräte nicht am Handgelenk, sondern an den Oberarmen, weil das für sie praktischer war. Eine leichte Kopfdrehung genügte, schon berührten sie das Gerät mit der Schnauzenspitze. Das war vor allem dann von Vorteil, wenn man seinem Gesprächspartner etwas zuflüstern wollte.

»Wir sollten über Nacht eine Wache rund ums Schiff postieren«, schlug der Wachoffizier vor.

Sein Anführer war dagegen. »Die Wachbereitschaft innerhalb der FREIHEIT bietet uns ausreichend Schutz. Draußen würde man im dichten Pflanzengewirr sowieso nichts erkennen.«

Er ordnete an, die Außenscheinwerfer einzuschalten, damit sich keine wilden Tiere anschleichen konnten. Außerdem würde die Lichtquelle den noch nicht zurückgekehrten beiden Mannschaftsmitgliedern eine nützliche Orientierungshilfe sein. Priff Dozz ging davon aus, daß sie sich aufgrund des fortwährenden Funk- und Ortungsausfalls verirrt hatten, darum stellte er ihnen »eine Kerze ins Fenster«.

Zwar handelte es sich bei den Vermißten lediglich um einfache Soldaten, aber gerade die waren auf der FREIHEIT »Mangelware«. An der Flucht von der KRIEGSBRAUT hatten sich überwiegend Theoretiker beteiligt, Denker und Strategen ohne praktische Erfahrung. Nomaden mit fundierter militärischer Ausbildung, die es gewohnt waren, in vorderster Front zu kämpfen, gab es in Priffs Rudel nicht. Deshalb waren schon ein paar ehemalige Reservisten unendlich wertvoll.

*

Dort, wo sich die KASKADEUR auf Hort herabsenkte, hatte die Finsternis längst ihren Einzug gehalten. Die manuell durchgeführte Landung erforderte die volle Konzentration des Kapitäns und seiner Mannschaft. Technische Hilfsmittel waren derzeit nur noch begrenzt einsetzbar. Je enger die Lücke zwischen Raumschiff und Boden wurde, um so mehr verstärkten sich die Störungen. Für Baraton nichts neues – er war im vergangenen Jahr schon einige Male hiergewesen.

Als das Raumschiff die kurzen Teleskopbeine mit den auffallend großen Landetellern ausfuhr und etwas unsanft auf dem breiten

Plateau eines ansehnlichen Hügels aufsetzte, atmete der Untergrundkämpfer erleichtert aus.

»Habe ich nicht gesagt, ich würde meinen gewohnten Landeplatz notfalls im Schlaf wiederfinden?« gab er sich überlegen, obwohl er bis zum letzten Moment mit dem Schlimmsten gerechnet hatte.

Ursprünglich hatte er im Hellen landen wollen, doch nachdem sein Ortungsschutz ausgefallen war, ausgerechnet kurz vor dem Verlassen des ratekischen Hoheitsgebietes, hatte er einen kleinen Umweg gewählt. Zwar hatten die Techniker das Problem gleich wieder in den Griff bekommen, doch Baraton war lieber einmal zuviel vorsichtig als einmal zuwenig.

Der Landehügel war von wild wuchernden Pflanzen regelrecht eingekesselt. Ein blütenkopfloses großes Schlinggewächs gedieh hier besonders gut. »Schaitun« nannten die Rebellen jenes allgegenwärtige Gewächs, von dem sie sich ständig beobachtet fühlten. Bei einem Gespräch mit Terranern hätte der Translator diesen Begriff wohl am ehesten mit »Aufpasser« oder »Gouvernante« übersetzt.

Bisher war der Hügel Baratons einziger Standort auf Hort. Allerdings plante er die Einrichtung weiterer Schlupfwinkel rund um den Planeten, damit er jedesmal dort landen konnte, wo es gerade taghell war.

Charko hatte sich wie alle anderen voll und ganz aufs Landemanöver konzentrieren müssen. Trotzdem hatte er in der Ferne einen Lichtschein ausgemacht, ein Leuchten, das aus der Erde zu kommen schien – oder aus einem Canyon oder Tal...

Möglicherweise hatte er sich aber auch geirrt, ganz sicher war er sich im nachhinein jedenfalls nicht mehr.

Er meldete seine vermeintliche Beobachtung dem Kapitän.

Baraton sah keinen Anlaß zur Besorgnis.

»Wir sollten das nicht überbewerten. Dieser Planet ist voller Rätsel. Vielleicht gibt es in irgendeiner Schlucht Edelsteine, die bei Dunkelheit schimmern. Oder das Licht wird von den merkwürdigen Silberadern erzeugt, die überall im Erdboden zu finden sind und die nach Ansicht unserer Experten für die dauernden Funk- und Ortungsstörungen verantwortlich sein könnten, welche uns wieder mal schwer zu schaffen machen. Im All konnten wir uns wenigstens noch halbwegs mit unseren Verbündeten auf Oorch verständigen. Seit unserer Landung auf Hort sind wir vom Rest der zivilisierten Welt wie abgeschnitten.«

»Und falls das Leuchten von einem anderen Raumschiff stammt?« gab Charko zu bedenken.

»Niemand, der einigermaßen klar bei Verstand ist, würde hier zur Landung ansetzen. Der Urwald da draußen ist das reinste Todeslabyrinth. Es gibt dort Monstren mit riesigen Augen und blutigen Schnauzen, heimtückisches, giftiges Krabbelgetier mit Saugnäpfen, Stacheln oder spitzen Zähnen sowie unbezähmbare Bestien mit messerscharfen Krallen. Hrraggna sind dagegen Schmusepuschel.«

Mit der geeigneten Dosis Grid und etwas Geduld ließen sich die Lieblingshaustiere der Rateken leicht zum Kampf abrichten. Beim Ratekischen Bevölkerungsschutz und dem Militär machte man sich diese Tatsache längst zunutze.

Auch bei »Rebell« hatte es vorübergehend eine Hrraggna-Staffel gegeben. Auf Dauer hatte sich die Ausbildung jedoch als zu zeitaufwendig erwiesen, weshalb man die raupenartigen Untiere eingeschläfert und die Staffel aufgelöst hatte.

»Glaub mir, Charko, außer uns gibt es hier weit und breit kein intelligentes Leben«, beendete Baraton seine Unterredung mit seinem Stellvertreter. »Was auch immer in dieser Nacht auf Hort herumkriecht oder -läuft, es handelt sich mit Sicherheit um keine denkende Spezies.«

*

Tratt Foxx schaute Kloff Kruzz ärgerlich an.

»Ich habe gleich gesagt, wir dürfen uns nicht zu weit vom Beiboot entfernen!« schimpfte er. »Das haben wir nun davon! Wir finden weder zum Raumschiff noch zum Boot zurück. Ich könnte Kröten kotzen! Hoffentlich schickt man bald einen Suchtrupp los, ich habe nämlich keine Lust, heute nacht auf der harten Erde zu schlafen.«

»Einen Suchtrupp für zwei einfache Soldaten?« entgegnete Kruzz, der Gelassenere von beiden. »Wie ich unseren Rudelführer kenne, liegt er gerade gemütlich in seinen Kissen, läßt sich zärtlich verwöhnen und verschwendet keinen einzigen Gedanken an uns. – Es war zwingend notwendig, das Beiboot zu verlassen. Von oben kann man einen Urwald schlecht erkunden, und mitten durchs Buschwerk zu rasen wäre zu gefährlich gewesen, ohne perfekt funktionierende Geräte.«

In der rechten Hand hielt er ein Peilgerät, das sie zum Beiboot hatte zurückführen sollen. Eine Zeitlang hatte es problemlos funktioniert, dann waren die Signale immer schwächer geworden und schließlich ganz ausgeblieben. Jeder Versuch, das Gerät wieder in Gang zu bringen, war bisher fehlgeschlagen. Trotzdem probierte es Kloff Kruzz immer und immer wieder.

Auch er war verzweifelt, ließ es sich jedoch nicht anmerken. Ohne funktionierende Technik, darüber war er sich genauso im klaren wie sein Kamerad, verlor man im undurchdringlichen Pflanzenlabyrinth leicht die Orientierung. Wer hier ein Mordopfer verschwinden lassen wollte, brauchte sich nicht besonders anzustrengen. Es genügte völlig, den Toten irgendwo abzulegen. Die Chance, daß der Leichnam niemals gefunden wurde, stand gut.

Kloff Kruzz bemühte sich, der prekären Situation etwas Positives abzugewinnen. »Hätten wir uns nicht verirrt, wären wir wohl nie auf den fremden Kugelraumer gestoßen. Jetzt wissen wir, daß wir nicht allein auf dem Planeten sind. Für diese Information wird man uns bei unserer Rückkehr mit Muun-Kristallen aufwiegen.«

»Was nutzt einem die wichtigste Information, wenn man sie nicht weitergeben kann?« erwiderte Tratt Foxx, während er vergebens versuchte, mittels Armreiffunk Verbindung mit dem Schiff aufzunehmen.

Beide Soldaten hatten aus dem schützenden Dickicht heraus zugesehen, wie die KASKADEUR mit eingeschalteten Lichtern auf dem Plateau gelandet war. Anschließend hatten sich mehrere Wachposten rund ums hell erleuchtete Raumschiff verteilt.

Wegen der Entfernung konnten Foxx und Kruzz die Schiffsinsassen bisher nur unzureichend erkennen, allerdings war ihnen nicht entgangen, daß es sich um wahre Giganten handelte.

»Wir müssen näher an den Hügel heran«, entschied Kloff, ohne seine unablässigen Reparaturbemühungen zu unterbrechen. »Vielleicht kriegen wir heraus, was die Riesen hier verloren haben.«

»Eventuell leben sie auf diesem Stern«, schätzte Tratt, verwarf seine Überlegung aber gleich wieder. »Unsinn! Kein denkendes Wesen würde sich hier auf Dauer niederlassen. Auch als Stützpunktwelt ist der Planet ungeeignet. Unser Anführer hatte schon mal bessere Einfälle. Offenbar läßt er nach.«

Auf einmal vernahm er eine Stimme aus seinem Armreif. Fast zeitgleich empfing Kloff Kruzz ein leises Signal aus dem Peilgerät.

Sekunden später herrschte erneut Funkstille.

»Der allmächtige Darrgg soll diesen heimtückischen Himmelskörper holen!« fluchte Tratt Foxx und schlug mit der Faust gegen den Reif an seinem Oberarm. »Möge der ganze Planet von innen heraus verfaulen und alles auf der Oberfläche mit ins Verderben reißen!«

Sein Fluch schien Wirkung zu zeigen. Plötzlich und unerwartet bebte der Boden unter seinen Füßen, und aus der Ferne hörte man ein beständiges Grollen, mal leise, dann wieder etwas lauter.

Erschrocken schauten sich Kloff Kruzz und Tratt Foxx an.

Auch die Giganten merkten offenbar, daß etwas nicht stimmte. Die beiden Nomaden beobachteten, wie weitere Wachleute aus dem Raumer stürmten und nach allen Seiten ausschwärmten.

Gefahr lag in der Luft – eine Bedrohung, die sich nicht näher definieren ließ.

Es sei denn, man steckte mittendrin im Schlamassel – so wie die FREIHEIT.

*

An den Hängen war die Erde in Bewegung geraten. Geröll donnerte in hohem Tempo hinab ins Tal und riß alles mit sich, was im Wege stand. Sogar ausgewachsene Bäume wurden entwurzelt.

Tiere, die sich nicht rechtzeitig in Sicherheit bringen konnten, wurden unter Steinen, Erde und umgestürzten Bäumen begraben.

Die als Fiqus beziehungsweise Schaitun bezeichneten Riesengewächse verdorrten innerhalb von Augenblicken auf gespenstische Weise, sobald sie den Kontakt mit dem Erdreich verloren. Tausende jener außergewöhnlichen Pflanzen fanden ein abruptes Ende.

Schrille, langgezogene Laute, die wie fremdartige Todesschreie klangen, erfüllten die Atmosphäre. Schreie, die nicht jeder hören konnte... und selbst wenn, wären sie vom Donnern der Lawinen übertönt worden.

Auf der FREIHEIT gab es niemanden, der die bizarren Laute vernahm. Auf allen Decks heulten die Sirenen und trieben selbst die hartnäckigsten Tiefschläfer aus den Kissen.

Knapp Bozz, der auf der Brücke als Nachtwache eingeteilt war, reagierte blitzschnell. Ohne zu zögern leitete er den Alarmstart ein.

Keine Sekunde zu früh. Kaum erhob sich der Kreuzraumer in die Höhe, tat sich unter dem Schiff der Boden auf. Was von den Hängen herunterkam, wurde von meterbreiten Erdrissen wie von gierigen Mäulern verschlungen.

»Höher hinauf!« befahl Priff Dozz, der in die Zentrale gestürmt kam.

»Was denn sonst?« erwiderte Knapp knapp.

Er schaltete die Automatik ab und übernahm selbst die Steuerung. Mit äußerster Präzision lenkte er das Raumschiff aus der

Gefahrenzone, ohne daß sein Anführer eingreifen mußte. Wenn es darum ging, die eigene Hundehaut zu retten, wuchs Knapp Bozz manchmal über sich hinaus.

Fernab vom Tal landete er das Raumschiff auf einer etwa 275 Meter durchmessenden Lichtung, so gekonnt und sicher, als hätte er sein Leben lang nichts anderes getan. Ein Lob bekam er dafür nicht, dafür war jeder an Bord viel zu sehr mit sich selbst beschäftigt.

Kurze Zeit später verließ ein kleines Beiboot den Hangar. Der Rudelführer höchstpersönlich saß am Steuerpult. Er überflog das Tal und inspizierte das Ausmaß der Katastrophe.

Die Hänge sahen aus wie leergefegt. Der Suchscheinwerfer erfaßte nur noch Geröllreste sowie stellenweise freigelegte, zerrissene Silberfäden. Bei genauerem Hinschauen hatte Priff Dozz das Gefühl, als besäßen sie ein Eigenleben. Täuschte er sich, oder fügte sich das Silberzeug tatsächlich wieder zusammen?

Alles andere war mit Karacho ins Tal gerauscht. Die riesigen Erdspalten hatten nicht alles in sich aufnehmen können, sie waren bis über den Rand vollgestopft mit entwurzelten, teils verwelkten Pflanzen, blutüberströmten Tierkadavern und zerbrochenen Felsbrocken.

Eine besonders merkwürdige Tiergattung entdeckte Dozz am Ende des Tals. Das gesichtslose Wesen steckte in einem schmalen Erdspalt fest, hatte schwere Verletzungen, schien aber noch zu leben. Zunächst ragte lediglich der Oberkörper, der über keine Arme verfügte, aus dem Spalt heraus.

Beinahe hätte Priff das Tier gar nicht bemerkt, weil dessen abgestumpfte, schmuddelige Haut dieselbe Farbe hatte wie das Erdreich. Nur weil es sich heftig bewegte, um aus dem Spalt herauszukommen, war es ihm aufgefallen.

Die Anstrengung lohnte sich. Mit Ausdauer und Zähigkeit arbeitete sich das gelenkige Tier nach oben, wobei es vor allem die kurzen, dicken, aber wendigen Beine einsetzte. Priff staunte nicht schlecht, hatte er doch geglaubt, es mit einem seltsam geformten, beinlosen Schlangenwesen zu tun zu haben. Riesige, mit großen schwarzen Grabkrallen ausgestattete Füße kamen zum Vorschein.

Als das Wesen versuchte, sich aufzurichten, brach es vor Erschöpfung zusammen.

Priff Dozz wollte gerade weiterfliegen, da sah er ein zweites armloses, erdfarbenes Tier aus dem Erdspalt kriechen, diesmal mit den Beinen voran. Es schlug beide Krallenfüße in den Körper des leblosen Tieres und zog es zurück in die dunkle Tiefe.

Der Boden geriet leicht in Bewegung. Der Nomade befürchtete ein neues Erdbeben. Doch es schloß sich lediglich der schmale Spalt – so nahtlos, als hätte es ihn nie gegeben.

Der Rudelführer überflog das Gebiet noch einige Male, stieß aber nirgendwo auf weitere lebende Wesen. Dort unten rührte sich nichts mehr. Das Tal war jetzt ein großes, stilles Massengrab.

Auf dem Rückflug dachte Dozz voller Sorge an die beiden vermißten Soldaten. Er konnte nicht ausschließen, daß sie ihr Beiboot eingebüßt und sich zu Fuß auf den Rückweg ins Tal gemacht hatten. Möglicherweise hatten sie sich gerade auf dem Abstieg befunden, als die Lawinen losgebrochen waren.

Seine Besorgnis war unnötig. Die Vermißten erfreuten sich bester Gesundheit. Noch – denn angesichts der vielfältigen Gefahren auf Palast konnte sich das jederzeit ändern.

*

»Hilf mir, Tratt! Das Biest will mich erwürgen!«

Kloff Kruzz schrie sich die Seele aus dem Nomadenleib. Von seiner gewohnten Gelassenheit war ihm nichts mehr anzumerken.

Tratt Foxx richtete seine Handlampe auf das aufregende Geschehen, das sich vor seinen Augen abspielte, und amüsierte sich königlich über die Todesangst seines Kameraden. Ständig markierte Kloff ihm gegenüber den Überlegenen, den angeblich nichts auf der Welt erschüttern konnte. Endlich ging er mal so richtig aus sich heraus.

Beim Versuch, den Hügel zu erklimmen, um näher an das doppelwulstige Kugelschiff heranzukommen, war Kloff Kruzz in die Fänge einer der Riesenpflanzen geraten. Er war versehentlich mitten in die Staude hineingetreten. Daraufhin hatte sie mit ihren großen langen Blättern und den beweglichen Schlingen zugepackt. Offensichtlich fühlte sie sich bedroht.

Kloff versuchte, an sein Strahlerholster zu gelangen, doch das wehrhafte Gewächs schien seine Gedanken zu erraten. Es umschlang sein rechtes Handgelenk und riß es vom Holster weg.

Noch gab der erfahrene Soldat nicht auf. Er schaffte es, die linke Hand freizubekommen und damit das Vibromesser aus dem Gürtel zu ziehen. Mit einer schnellen, geschickten Bewegung durchtrennte er eine Schlinge, die sich um seinen Hals gelegt hatte. Jetzt bekam er wieder Luft.

»Tratt, du elender Haufen Katzenscheiße!« schrie er seinen feixenden Kameraden an. »Zieh deinen Strahler, und mach dem Biest endlich den Garaus! Sonst gnade dir Darrgg, wenn ich freikomme!«

Weiter kam er nicht. Eine neue Schlinge legte sich wie ein Galgenstrick um seinen Hals. Gleichzeitig wurde Kloff das Messer aus der Hand geschlagen. Es fiel zu Boden, die Vibrofunktion erlosch.

Tratt Foxx sah, daß es jetzt wirklich ernst wurde. Er legte die Lampe in einer Astgabel ab und ging zum Angriff über.

Wie ein wildes Raubtier stürzte er sich auf den unteren Teil der Pflanzenstaude und grub seine scharfen Zähne hinein. Dann zerrte er mit aller Kraft an dem Gewächs, das umgehend von Kloff Kruzz abließ, um sich dem neuen Gegner zuzuwenden.

Kloff sah, was sein Freund vorhatte. Er ließ sich zu Boden gleiten und schlug ebenfalls seine Zähne in die fremdartige Pflanze, dicht über dem Wurzelwerk.

Gemeinsam zogen und zerrten die beiden Soldaten an dem riesenhaften Gewächs, bis sie es aus dem Erdreich gerissen hatten.

Von einem Augenblick auf den anderen verdorrte die Pflanzenstaude, als hätte man ihr soeben die gesamte Lebensenergie entzogen.

Die nomadischen Soldaten richteten sich wieder auf und klopften sich den Schmutz von der Kleidung. Unter Kloffs Schuhen klebte eine faulig riechende Masse, die er mit dem Vibromesser entfernte.

»Im Inneren der Staude wuchsen kleine schrumpelige Früchte«, erklärte er seinem Kameraden, obwohl der ihn gar nichts gefragt hatte. »Ich habe ein paar davon versehentlich zertreten. Vielleicht ist die Pflanze deshalb so böse geworden. Ich glaubte, einen schrillen Schrei zu hören, und die Atmosphäre war plötzlich von leichten Vibrationen erfüllt. Vielleicht habe ich mir das aber auch nur eingebildet. Oder das Vibrieren ging lediglich von meinem Messer aus.«

Tratt Foxx hörte ihm nur mit halbem Lauscher zu.

»Noch nie sah ich ein Gewächs derart schnell verwelken«, bemerkte er fasziniert. »Die Wissenschaftler unseres Volkes würden sich vermutlich jahrelang mit diesem Phänomen beschäftigen, ohne jemals zu einer plausiblen Erklärung zu gelangen.«

Daß nomadische Botaniker der blütenkopflosen Riesenpflanze vor kurzem den Namen Fiqus verliehen hatten, wußte er nicht.

Und daß die gigantischen Raumfahrer vom Hügel dieselbe Pflanzengattung als Schaitun bezeichneten, war ihm ebenfalls unbekannt.

Zwei Wissenslücken, die er getrost verschmerzen konnte.

Zwei andere Informationen wären momentan viel wichtiger für ihn gewesen. Erstens: Die Insassen des unbekannten Raumschiffs gehörten dem Volk der Rateken an. Zweitens: Rateken konnten sich geräuschloser und unauffälliger bewegen, als es ihre körperlichen Ausmaße erahnen ließen. Sie waren keine Elefanten im Porzellanladen, sondern wahre Meister im Anschleichen.

Als Tratt Foxx und Kloff Kruzz plötzlich in strahlendes Licht getaucht wurden und die Läufe ratekischer Strahlengewehre in ihren Rücken spürten, wurde ihnen schlagartig klar, daß sie sich im

Kampf mit der Schlingpflanze besser etwas leiser verhalten hätten – eine Erkenntnis, die leider zu spät kam. Selbst erfahrene Frontsoldaten wie sie machten manchmal Fehler. Dieser hier konnte ihr letzter sein.

Auf dem Weg den Hügel hinauf hielten Tratt und Kloff vergebens nach einer Fluchtmöglichkeit Ausschau. Vier schwer bewaffnete Rateken gegen zwei entwaffnete Nomaden – da bot sich keine Gelegenheit zum Abhauen, es sei denn, man war lebensmüde.

»Am besten, wir stellen uns dumm«, raunte Foxx Kruzz zu. »Die Hünen stammen sicherlich auch nicht von hier und kennen sich nicht aus. Wir könnten so tun, als seien wir harmlose Tiere.«

»Tiere mit Handstrahlern im Holster?« entgegnete Kloff Kruzz. »Das kaufen die uns nie ab.«

»Weißt du, was das Spaßige an der Sache ist?« sagte Tratt Foxx. »Kurz bevor du in die Pflanzenstaude reingelatscht bist, habe ich die Umgebung wiedererkannt. Ein Stückchen weiter befindet sich eine Weggabelung. Von dort aus hätte ich problemlos zurückgefunden.«

»Zu unserem Beiboot?«

»Richtig. Hätten uns die Großen nicht geschnappt, wären wir jetzt unterwegs zum Landeplatz unseres Raumschiffs.«

»Wir verlieren kein Wort über die anderen, klar?« sagte Kloff Kruzz. »Wenn man uns verhört, behaupten wir, auf diesem Planeten mit dem Boot notgelandet zu sein – zu zweit.«

Einer der ratekischen Söldner grinste über alle vier Münder. Vor seiner Brust baumelte ein Translator an einer Kette, verdeckt von seiner Uniformjacke. Das Gerät war auf verminderte Lautstärke eingestellt, so daß nur der Träger die Übersetzung der Unterhaltung hören konnte.

Danke, ihr Stisocks, sprach der Rateke in Gedanken zu den Gefangenen. *Baraton wird sich über diese Information freuen.*

*

Sonderlich lange konnte Baraton nicht bei Asor verweilen. Das Beben der Erde war auch auf dem Plateau zu spüren, was zu diversen hektischen Aktivitäten innerhalb und außerhalb der KASKADEUR führte.

Nachdem sich die Erde wieder beruhigt hatte, kehrte der Untergrundkämpfer in sein Quartier zurück. Asor war verängstigt, doch er fand die richtigen Worte, um auch sie zu beruhigen.

Einige Zeit später wurde er erneut aus den Armen seiner Geliebten gerissen. Sein Stellvertreter klopfte heftig an die Kabinentür.

Baraton sprang wütend aus der Koje und öffnete ihm.

»Ein rätselhaftes Licht in der Ferne«, zählte Baraton ärgerlich auf, »ein mysteriöses Erdbeben irgendwo weit weg… was ist jetzt schon wieder? Ist am Himmel ein geheimnisvoller Komet vorbeigeflogen? Sind schleierhafte Nebelschwaden am Horizont aufgetaucht?«

»Diesmal befindet sich das Problem an Bord«, antwortete Charko. »Unsere Söldner haben Gefangene gemacht. Zwei Fremde, mit einem seltsamen Aussehen, ziemlich schwächlich gebaut. Offensichtlich gibt es auf Hort noch mehr von ihnen.«

»Wo?« fragte Baraton, während er fix in seine Kleidung schlüpfte.

»Das wollen sie uns nicht sagen. Angeblich sind sie mit einem Beiboot auf diesem Planeten notgelandet. Einer der Söldner berichtete mir jedoch von einem Gespräch der beiden, aus dem hervorging, daß sie mit einem Raumschiff auf Hort eingetroffen sind, gemeinsam mit anderen. Offensichtlich befanden sich die beiden auf einem Erkundungsflug, stiegen aus und verirrten sich. Inzwischen hat einer von ihnen den Rückweg zum Boot wiedererkannt.«

Tratt Foxx und Kloff Kruzz waren in einen spärlich ausgestatteten Raum gebracht worden. Man hatte sie nicht gefesselt, doch sie wurden streng bewacht.

Eigene Translatoren hatten sie nicht mit dabei, allerdings hing unter der Zimmerdecke ein ratekischer Translator, der alles, was hier gesprochen wurde, in beide Richtungen übersetzte.

Die Nomaden fanden dennoch einen Weg, sich zu unterhalten, ohne daß ihre Bewacher mithören konnten. Sie bedienten sich dabei einer verschlüsselten Ausdrucksweise, die sie beim Militär gelernt hatten.

»Trübes Wetter heute. An einem solchen Tag kann man nichts Gescheites anfangen. Höchstens Insekten fangen und aufs Brett nageln.«

(»Was für ein schäbiger Raum. Zum Wohnen ist er zu eng, und auch sonst taugt er zu nichts. Vermutlich wurde er speziell zum Verhören und Foltern von Gefangenen eingerichtet.«)

»Stimmt, denn Insekten können nicht schreien. Was sind das für Leute, die auf diese Weise ihre Freizeit verbringen? Wahrscheinlich werden sie von keinem geliebt.«

(»Schon möglich, denn die Wände sind mit einem Schallschutz versehen, damit man die Schreie der Gequälten nicht hört. Was ist das für ein perverses Volk, das auf ihren Raumschiffen spezielle Verhörzimmer einrichtet? Offenbar haben sie eine Menge Feinde.«)

»Manche Insektenfänger haben keine Eile, mit ihrer Beute heimzukommen, denke ich mir.«

(»Auf dem Weg zu ihrem Raumschiff sind unsere Bewacher auffällig langsam neben uns hergegangen, hatte ich den Eindruck.«)

»Das sehe ich genauso. Hängt vielleicht mit ihren schweren Schuhen zusammen. Sie sind es von Haus aus nicht gewohnt, beim Gehen die Füße anzuheben. Wir haben bessere Manieren.«

(»Ist mir auch aufgefallen. Vielleicht hängt das mit der Anziehungskraft zusammen. Hier herrscht sicherlich nicht die Gravitation, die sie von ihrem Heimatplaneten gewohnt sind. Für uns hingegen sind die Bedingungen ideal.«)

Baraton betrat das Zimmer, zusammen mit Charko, der die Gefangenen direkt nach ihrer Ankunft einer kurzen Befragung unterzogen hatte. Charko erkundigte sich bei den Bewachern, worüber die Fremden während seiner Abwesenheit gesprochen hatten.

»Übers Insektenfangen an trüben Tagen«, erhielt er zur Antwort. »Und darüber, daß man beim Gehen nicht schlurfen sollte oder so was ähnliches.«

»Eine Geheimsprache, wie?« wandte sich Baraton mit freundlicher Stimme an die beiden unfreiwilligen Gäste. »Mein Name ist Baraton. Ich bin der Kapitän dieses Raumschiffs und der wahre Anführer des Volkes der Rateken. Derzeit sitzt zwar ein anderer auf dem Thron des Dhara, doch nach der Revolution wird sich auf Oorch vieles ändern. Und nun zu euch: Wie lauten eure Namen, und wie bezeichnet sich euer Volk? Von welchem Planeten kommt ihr? Was wollt ihr hier?«

»Wir sind Kloff Kruzz und Tratt Foxx, gehören dem Volk der Nomaden an und kommen aus einer benachbarten Galaxis«, antwortete Kloff. »Nach allem, was wir bisher herausgefunden haben, ist dieser Planet unbewohnt. Also haben wir das gleiche Recht hierzusein wie ihr.«

Und schon war es vorbei mit der Freundlichkeit.

Die Rateken waren das lauteste Volk der Milchstraße. Mit seiner mächtigen Vierfachstimme schrie Baraton die Nomaden wütend an.

»Ihr begreift wohl nicht, in welcher Lage ihr euch befindet? Ein Befehl von mir genügt, und meine Söldner verarbeiten euch zu Hraggnafutter! Schon bei meiner ersten Landung habe ich dieses kümmerliche Sonnensystem zu meinem Besitztum erklärt. Ihr befindet euch also auf meinem Hoheitsgebiet, und hier bestimme einzig und allein ich, wer bleiben darf und wer nicht!«

Die Nomaden zuckten erschrocken zusammen. Nicht einmal ihre militärischen Ausbilder hatten jemals dermaßen gebrüllt.

Keiner der ratekischen Söldner verzog die Miene. Auch Charko benahm sich, als wäre nichts Besonderes geschehen. Offensichtlich war dies der gewohnte Umgangston auf Ratekenraumern.

»Ich stelle euch die Frage von vorhin noch mal«, ergriff Charko das Wort, nicht ganz so geräuschvoll wie sein Kapitän. »Wo befindet sich euer Raumschiff?«

»Was geschieht mit uns, wenn wir euch den Standort verraten?« stellte Kloff Kruzz ihm die Gegenfrage.

»Ihr bleibt hier, bis wir mit eurem Anführer gesprochen haben«, antwortete Charko. »Sobald er sich bereiterklärt, weiterzufliegen, lassen wir euch frei, damit ihr an Bord gehen könnt.«

Kloff schaute Tratt an und fragte: »Führt der Pfad ans Ziel?«

(»Traust du ihm?«)

»Eher bekommt ein Wurm Flügel«, erwiderte sein Freund.

(»Keinesfalls.«)

»Schluß mit dem eigenartigen Gerede!« bewies nun auch Charko, daß er über ein kräftiges Stimmorgan verfügte. »Wenn ihr nicht sofort sagt, wo sich der Rest von euch Spitzschnauzen versteckt hält, reiße ich euch mit bloßen Händen den Kopf ab! Mit dir fange ich an, Trattfoxx!«

Rateken verfügten nicht über mehrere Namen, ihnen genügte einer. Bei Gesprächen mit Angehörigen fremder Völker faßten sie deren Namen oftmals zu einem einzigen zusammen, um zu demonstrieren, daß die anderen auch nichts Besseres waren als sie.

»Fang lieber mit mir an«, sagte Kloff Kruzz zu Charko, wobei er seinen ganzen Mut zusammennahm. »Tratt ist nämlich der einzige, der zum Beiboot zurückfindet.«

»Beschreiben kann ich euch den Weg allerdings nicht«, behauptete Tratt Foxx. »Ich kann euch lediglich hinführen. Das Boot hat einen Betriebsschaden und kann nicht starten. Ich habe es bei der Landung so abgestellt, daß ich aus der Position die Richtung ablesen kann, aus der wir gekommen sind.«

»Demnach würdest du den Weg zu eurem Raumschiff zu Fuß finden«, konstatierte Baraton. »Ist es sehr weit?«

»Nein. Wir befanden uns bereits auf dem Rückflug zu unserem Schiff, als Kloff vorschlug, zu landen und die Gegend zu Fuß zu erkunden. Beim Aussteigen war es noch hell. Glücklicherweise hatten wir unsere Notausrüstung mit den Handlampen dabei.«

»Du brichst morgen früh mit ein paar Abgesandten auf«, entschied Baraton. »Kloffkruzz bleibt hier.«

»Um sicherzugehen, daß wir uns nicht aufs neue verirren, wäre es besser, er käme mit«, entgegnete Tratt Foxx. »Falls mein Gedächtnis unterwegs versagt, erinnert er sich vielleicht.«

Baraton gab überraschend schnell nach. »Von mir aus, dann führt ihr halt beide die Truppe an.«

Die Unterhaltung verlief nicht die ganze Zeit über reibungslos. Der ratekische Translator war an Perfektion kaum zu überbieten, trotzdem übersetzte er manche mißverständlichen Sätze nur unvollständig, weshalb die Gesprächspartner immer mal wieder nachhaken oder neue Formulierungen kreieren mußten. An der Übersetzung des militärischen Begriffs »Truppe« gab es allerdings nichts zu deuteln.

»Eben noch war die Rede von ein paar Abgesandten«, hielt Kloff dem Kapitän vor.

»Denkt ihr, ich schicke unsere Verhandlungsberechtigten schutzlos zu eurem Raumschiff, damit sie dort von einer Übermacht massakriert werden?« erwiderte Baraton unwirsch. »Ein bewaffneter Söldnertrupp wird euch begleiten. Darüber wird nicht diskutiert.«

Er gab seinem Stellvertreter ein Zeichen. Beide begaben sich nach draußen.

»Mobilisiere jeden Söldner, der gerade abkömmlich ist«, ordnete Baraton vor der Tür zum Verhörraum an. »Die Truppe soll sich im Morgengrauen auf den Weg machen. Du übernimmst den Befehl. Sobald euch die Gefangenen zu ihrem Raumschiff geführt haben, tötet ihr sie – ich hasse Verräter. Anschließend nehmt ihr euch die anderen vor. Kein einziger Nomade darf den Planeten lebend verlassen.«

»Freiwillig werden sich die schmalbrüstigen Kläffer bestimmt nicht abschlachten lassen«, merkte Charko an. »Wir werden wohl etliche Verluste in Kauf nehmen müssen.«

»Und wenn schon. Für jeden gefallenen Söldner rekrutiere ich auf Oorch drei neue, ist alles nur eine Frage der Bezahlung. Solange unserer Organisation das Geld nicht ausgeht, brauchen wir uns keine Sorgen zu machen. Meine Eltern waren überaus vermögend, als sie starben. Ein bedauerlicher Unfall, der mich steinreich machte, denn laut den Ehrenwerten Gesetzesniederschriften ging ihr kompletter Besitz an mich über.«

Charko äußerte sich nicht dazu. Auf der KASKADEUR grassierte das Gerücht, Baraton habe sein eigen Fleisch und Blut umgebracht, um schneller ans Erbe zu gelangen. Ein ungeheuerlicher Vorwurf, den Charko nicht glauben konnte – nicht glauben wollte. Vater und Mutter waren jedem Rateken heilig. Es kam schon mal vor, daß man den eigenen Bruder vorzeitig zu den Göttern schickte, wenn er bei der Erbfolge im Wege stand, aber die Eltern waren unantastbar.

»In der Zelle werde ich die beiden nochmals eindringlich zum Landeplatz ihres Raumschiff befragen«, teilte Baraton seinem Stellvertreter mit. »Vermutlich werden sie sich auch weiterhin auf Ausflüchte und vage Angaben beschränken. Paßt daher gut auf, daß sie euch unterwegs nicht entwischen. Sonst findet ihr den Raumer der Fremden nie.«

»Keine Sorge, wir werden sie hüten wie unsere Facetten«, sagte Charko. »Im übrigen ahne ich bereits, wohin sie uns führen werden. Ich bin nach wie vor überzeugt, mir das ferne Licht nicht nur eingebildet zu haben. Das Raumschiff verbirgt sich vermutlich in einem Tal oder Krater.«

Baraton nahm am Ende des Gangs eine Bewegung wahr und drehte sich rasch um. Jemand hatte das Gespräch heimlich belauscht. Obwohl der Untergrundkämpfer nur noch einen Schatten weglaufen sah, ahnte er, wer der heimliche Zuhörer war.

»Schade um dich, Asor«, murmelte er. »Wir hatten eine schöne Zeit.«

*

Ich verfluche dich, Akna! Yentip ist nicht mehr unter uns. Mein geliebter Vater wollte die Söhne der Tanalen in der großen

Schlacht gegen die Vialuk anführen, doch ihr habt ihn umgebracht. Glaubt ihr wirklich, das rettet euch das Leben? Wir werden jetzt erst recht eure Vertreibung von Uzan vorantreiben.

Mach dich nicht so wichtig, Yelah! Ihr habt weder genügend Mut noch genügend Kraft, um einen Krieg gegen die Töchter der Vialuk zu gewinnen. Nicht einmal mehr die Dunkelheit schützt euch. Euer lächerlicher Versuch, sich von unten anzuschleichen, hat unzähligen Tanalen den Tod gebracht. Welch ein Freudenfest für die Vialuk!

Freudenfest? Hast du vergessen, wie viele von euch dabei ums Leben gekommen sind? Shuum hat euch für eure Vermessenheit bestraft. Ihr hättet ihn nie derart beeinflussen und in unseren Kampf mit einbeziehen dürfen.

Shuum ist großzügig, er versteht unsere Handlungsweise. Akades vereinte die Gedanken aller ihrer Töchter in sich – sie flossen ihr über Shuums Adern zu. Gemeinsam gelang es uns, Shuum in Bewegung zu setzen. Viele von uns haben das nicht überlebt, aber eure Verluste sind größer. Auch Akades weilt jetzt bei den Göttern des Lichts. Ich bin sicher, sie hat sich gern geopfert. Ich werde den Kampf gegen die Tanalen in ihrem Sinne weiterführen.

Ihr werdet diesen Kampf niemals gewinnen. Shuum wird euch nicht vergeben, daß ihr ihn für eure Zwecke mißbraucht habt – und wir auch nicht!

Dann zeigt euch doch, feiges Tanalenpack! Die Töchter der Vialuk warten auf euch. Kommt, laßt euch von uns umarmen! Es wird eure letzte Umarmung sein.

Wir kommen, wartet es nur ab! Ihr glaubt, eure stummen Begleiter seien eure Verbündeten? Wir werden sie zu Verrätern machen und uns in ihrem Schutz an euch heranschleichen. Gebt acht, Vialuk, denn hinter jedem Stummen könnte in Zukunft einer von uns lauern.

Ihr irrt euch, sie waren nie unsere Verbündeten. Vor endlos langer Zeit tauchten die ersten von ihnen auf, und es wurden immer mehr. Anfangs hielten wir sie für Freunde der Tanalen.

Warum habt ihr sie dann nicht bekämpft?

Weil sie uns nie etwas getan haben. Auch sie benötigen Shuum zum Überleben, doch das bißchen, das sie uns wegnehmen, haben wir ihnen immer gegönnt. Nicht sie sind die Schmarotzer auf Uzan – sondern ihr!

5.

Es faszinierte Ezzo immer wieder, zuzusehen, wie flink sich die raupenartigen, fetten Hrraggna bewegen konnten. Sobald sie das Ziel ihrer Blutgier ausgemacht hatten, robbten sie in hohem Tempo nahezu geräuschlos darauf zu. Und wenn sie sich erst einmal irgendwo festgebissen hatten, ließen sie so schnell nicht wieder los.

Ungefähr zu jedem zehnten Sonnenaufgang mußte man sie mit lebendem Kleingetier ernähren, das sie genüßlich mit den Zähnen zerfetzten; die restliche Zeit begnügten sie sich mit Fertigfutter. Mit der richtigen Dosis Grid im wabbeligen Schmerbauch ließen sie sich problemlos zu gesteuerten Kampfmaschinen abrichten, was schon so manchem Feind der Rateken schlecht bekommen war.

Der Assistent des Singu war kein Feind seines Volkes und schon gar kein Lebendfutter. Noch bevor die Hrraggna, die sich in der Zentrale auf ihn zubewegte, ihre Zähne in seine Wade schlagen konnte, verpaßte er ihr einen kräftigen Tritt. Einen pfeifenden Laut ausstoßend flog die Bestie durch die Luft, krachte hart gegen eine Wand, rutschte daran herunter und blieb nach einem leisen Schnaufer bewußtlos am Boden liegen.

Glücklicherweise war es nicht ihr letzter Schnaufer, wie ihre Besitzerin Enibas, Funkoffizier und einziges weibliches Besatzungsmitglied auf der HÄSCHER, erleichtert feststellte. Enibas nahm die ohnmächtige Hrraggna liebevoll auf die Arme, streichelte sie.

»Mußte das sein?« fragte sie den Kommandanten verärgert. »Lefka wollte doch nur spielen.«

»Wie reden Sie denn mit mir?« herrschte Ezzo sie mit machtvoller Lautstärke an. »Etwas mehr Respekt, wenn ich bitten darf! Dies hier ist kein Ausflugsschweber, sondern ein Kriegsschiff der Ratekischen Flotte, und ich bin Ihr Vorgesetzter, klar? Ich habe Ihnen ausnahmsweise gestattet, die Hrraggna mit auf die Brücke zu nehmen, weil auf dem Unterdeck keiner der Ausbilder mit ihr fertig wird. Es heißt, sie sei die reinste Killermaschine. Im Einsatz gegen Baraton und seine Mördertruppe könnte uns das von Nutzen sein – nur deswegen lasse ich das Mistviech nicht einschläfern. Geben Sie dem Biest gefälligst ordentlich Grid zu fressen, damit es sich in Zukunft friedlich verhält, verstanden?«

»Verstanden«, erwiderte Enibas. »Leider wird Lefka allmählich gegen das Gift immun. Es beruhigt sie nur für kurze Zeit, dann bricht wieder ihr Urinstinkt durch.«

»Verdoppeln oder verdreifachen Sie die Ration«, ordnete Ezzo an. »Und lassen Sie ihr das Zeug injizieren, damit es schneller wirkt. Greift mich die Bestie noch ein einziges Mal an, schmelze ich sie so zusammen, daß sie auf einen Schaschlikspieß paßt!«

»Wenn ich ihr zuviel gebe, wird die Hrraggna zur Knutschpuppe und taugt nicht mehr für den Kampfeinsatz«, widersprach Enibas vorsichtig. Als sie den zornigen Gesichtsausdruck des Kommandanten sah, fügte sie rasch hinzu: »Jawohl, wird gemacht! Ich begebe mich sofort mit ihr auf die Medtech-Station. Anschließend bringe ich sie zurück aufs Unterdeck.«

Sie hatte Lefka einst als daumengroßes Junges unter ihre Fittiche genommen und mit viel Geduld großgezogen. Die Hrraggna tat ihr nie etwas zuleide, auch dann nicht, wenn das Grid seine Wirkung verlor. Anderen Personen gegenüber verhielt sich das unbezähmbare Tier jedoch überaus angriffslustig, egal ob Freund oder Feind, ob mit oder ohne Grid.

Auf der Kommandobrücke der HÄSCHER sagte niemand einen Ton, als Enibas mit ihrem ungeliebten Geschöpf hinausging. Auch der Erste Offizier Jamak, berüchtigt für sein loses Mundwerk, hüllte sich lieber in Schweigen. Zwar war man auf ratekischen

Militärschiffen einen rüden Umgangston gewohnt, doch derart wütend erlebte Jamak seinen Vorgesetzten selten.

Ezzo fuhr eigentlich nicht so schnell aus seiner grauen Ratekenhaut, doch bei Enibas war das etwas anderes. Er hatte mal ein intimes Verhältnis mit ihr gehabt – vor langer Zeit, während seiner Ausbildung zum Offizier – und sie sollte sich jetzt nicht einbilden, daß er sie deswegen bevorzugen würde.

Enibas hatte sich zunächst riesig gefreut, als sie kurzfristig Ezzos Kommando zugeteilt worden war. Mittlerweile bereute sie, sich jemals mit ihm eingelassen zu haben. Seit die HÄSCHER auf Oorch gestartet war, schikanierte er sie jede Minute.

»Schade, daß du ihn nicht gebissen hast«, sagte sie leise zu ihrer Hrraggna, während sie im Antigravschacht abwärts schwebte. »Verdient hätte er es.«

Auch Ezzo war von diesem unerwarteten Zusammentreffen nicht sonderlich begeistert.

Ausgerechnet an Asors Befreiung sollte Enibas mitwirken. Wenn seine Versprochene erfuhr, daß er sie hintergangen und das Ratekische Ehrenwort gebrochen hatte, würde sie sich sehr wahrscheinlich dem zweiten Treuegelöbnis verweigern – ein Skandal, der gleich zwei Familien ins Unglück stürzte.

Rateka müßte sich dann nach einem anderen Nachfolger umsehen, denn wer mit dem Makel eines Wortbrechers behaftet war, konnte unter gar keinen Umständen Singu der Rateken werden.

Den Ersten Offizier Jamak hätte Ezzo ebenfalls gern ausgetauscht.

Der I.O. war bei der Flotte nicht nur als respektloser Sprücheklopfer verschrieen, er hatte auch einen lebensgefährlichen Hang zum Risiko. Mut und Entschlossenheit waren für jeden ratekischen Offizier eine Selbstverständlichkeit, aber Jamak schien das Henkersbeil des Todes regelrecht zu suchen – um sich direkt darunter zu stellen und dem Hieb im letzten Moment auszuweichen. Bisher hatte ihm diese Taktik diverse Verletzungen, aber auch mehrere militärische Tapferkeitsorden eingebracht. Außerdem war er in verhältnismäßig kurzer Zeit in die Offiziersgarde aufgestiegen.

Der dritte führende Mitarbeiter, den Ezzo liebend gern losgeworden wäre, saß an der Ortung.

Wasrun war ständig damit beschäftigt, irgend etwas in sich hineinzustopfen. Meist waren seine Jackentaschen vollgestopft mit Pugesen – knusprigen Insekten, die terranischen Grillen ähnelten. Sie wurden im offenen Feuer geröstet, schmeckten heiß am besten, konnten aber auch kalt verzehrt werden.

Ezzo war noch nie zuvor ein Rateke mit einer derart vermantschten Figur begegnet. Er nahm sich vor, bei Gelegenheit mit dem Bordarzt, den er bislang noch nicht kennengelernt hatte, über Wasruns gesundheitsgefährdendes Übergewicht zu reden.

Leider hatte er nicht genügend Zeit zur Verfügung gehabt, um sich eine bessere Mannschaft zusammenzustellen. Nachdem es ihm endlich gelungen war, Conok davon zu überzeugen, ihm ein Raumschiff für den Flug nach Hort zur Verfügung zu stellen, hatte Rateka ihm die HÄSCHER zugeteilt. Der ursprüngliche Kommandant des wendigen Einhundert-Meter-Kampfraumers war vor kurzem bei einem Manöver ums Leben gekommen, und einen »Nachmieter« hatte man bisher noch nicht gefunden.

Was für ein Glück, daß ich nicht ständig diesen Misthaufen von einer Mannschaft befehligen muß! dachte Ezzo. *Sobald ich mit Asor wieder auf Oorch gelandet bin, bringe ich so viel Entfernung wie möglich zwischen mich und diese militärischen Dilettanten.*

Falls er überhaupt mit Asor zurückkehrte...

Bisher wußte er noch nicht einmal, ob sie sich überhaupt auf Hort befand.

Das Raumschiff befand sich in der Umlaufbahn des Planeten. Wasrun holte die benötigten Daten ein – so gut es die magnetischen Störungen zuließen.

Seine unermüdlichen Versuche, Bilder von der Oberfläche auf den Schirm zu projizieren, scheiterten an jenen Störungen, die vom Planeten selbst ausgingen. Darüber wunderte sich der Ortungsoffizier in keiner Weise. Erstens hatte Ezzo ihn bereits vorab über die zu erwartenden Behinderungen informiert. Zweitens wunderte sich der behäbige Mann sowieso nie über irgend etwas – er nahm das Leben, wie es kam.

Aufgrund von Ratekas Beschreibung hatte Ezzo erwartet, mit einem zur Hälfte von Pflanzen überzogenen Wüstenplaneten konfrontiert zu werden. Statt dessen stellte er nach dem Eintauchen in die Atmosphäre fest, daß Hort von vorn bis hinten ein einziger Urwald war, mit unterschiedlich großen Lücken dazwischen.

»Ich orte ein fremdes Schiff«, sagte Wasrun plötzlich.

Seine Stimme war so tonlos, als hätte er gerade die Wetterdaten verkündet. Bewölkter Himmel mit leichten Regenschauern...

Jamak war sofort bei ihm. Ein fremdes Raumschiff auf einem fremden Planeten – das bedeutete Abenteuer und Kampf, und dafür war er immer zu haben.

»Wo ist es?« fragte er aufgeregt und starrte enttäuscht auf den leeren Ortungsschirm.

»Schon wieder weg«, antwortete Wasrun in aller Seelenruhe. »Ging alles so schnell. Erhebliche Störungen...«

»Haben Sie wenigstens den Standort abgespeichert?« unterbrach ihn Ezzo.

Wasrun übermittelte sämtliche Daten auf den Schirm des Kommandanten. Ein bestimmtes Gebiet hatte er weiträumig eingegrenzt.

»Genauer geht's nicht«, brummelte er. »Wie schon gesagt, es ging alles so schnell.«

»Wir gehen runter«, befahl Ezzo. »Landemanöver einleiten, und zwar sofort!«

Enibas betrat die Brücke – ohne ihre Hrraggna. Sie setzte sich an ihren angestammten Platz. Jamak informierte sie kurz über den Stand der Dinge.

»Soll ich versuchen, Funkkontakt mit dem Fremdraumer aufzunehmen?« erkundigte sie sich beim Kapitän.

»Auf wessen Seite stehen Sie eigentlich?« brüllte Ezzo gleich wieder los. »Wollen Sie Baraton warnen?«

Schon gut, ich bin ja nicht taub, du Ekel, antwortete ihm Enibas in Gedanken.

*

Baraton kehrte erst im Morgengrauen in sein Quartier zurück. Wo er sich den Rest der Nacht aufgehalten hatte, wußte Asor nicht. Es war ihr auch egal. Seit sie zufällig die Unterhaltung zwischen ihrem Geliebten und seinem Stellvertreter belauscht hatte, war ihr einziger Gedanke: *Wie komme ich weg von hier?*

Sie stellte sich schlafend. Baraton fiel nicht darauf herein. Unsanft rüttelte er sie an der Schulter.

»Komm mit!« befahl er. »Wir machen einen kleinen Ausflug.«

»Jetzt sofort?« wunderte sie sich. »Ich muß erst noch in die Naßzelle und...«

»Du kannst dich später schön für mich machen«, fuhr er ihr ins Wort. »Erst einmal müssen wir miteinander reden.«

Asor trug nur eine Nachtkutte, die ihre gewaltigen Körpermaße kaum verhüllte. Als sie sich ankleiden wollte, ergriff Baraton sie kurzerhand am Arm und zog sie mit sich.

Den im Hangar befindlichen Söldnern und Arbeitern fielen fast die Facettenaugen aus dem Kopf, als sie sahen, wie Baraton und Asor aus dem Antigravschacht stiegen, sich zu den Beibooten begaben und eins davon bestiegen. Einen terranischen Mann hätte Asors halbnackter Anblick sicherlich zum Zittern gebracht (vor Furcht, wohlgemerkt), von den weitaus kleineren und empfindsameren Utaren ganz zu schweigen. Die männlichen Rateken hingegen starrten sie an wie ein Weltallwunder.

»Eine Nacht mit dieser Frau – und dann leblos umfallen«, bemerkte einer der Maschinisten, während das Beiboot den Hangar verließ. »Welch ein wundervoller Tod!«

Die Beiboote der Ratekischen Flotte sahen aus wie die obere Hälfte eines knapp unterhalb des Schiffsäquators halbierten Doppelwulstraumers. »Fliegende Käseglocken mit Bullaugen« nannten die Terraner scherzhaft diese Boote, deren Durchmesser der jeweiligen Schiffsgröße angepaßt war. Auf der KASKADEUR war keines größer als zehn Meter. Das, in dem Asor und Baraton saßen, durchmaß sogar nur siebeneinhalb Meter.

»Wo fliegen wir hin?« erkundigte sich Conoks Tochter, das Schlimmste befürchtend.

»An einen Platz, an dem wir uns ungestört unterhalten können«, antwortete Baraton und fügte gedehnt hinzu: »Auf dem Raumschiff gibt es zu viele heimliche Mithörer.«

Er hat mich gesehen! schoß es Asor durch den Kopf. Geahnt hatte sie es bereits.

Wie versteinert schaute sie herab auf den Blätterwald, der unter ihr nur so dahinflog. Die Wipfel der Bäume waren unterschiedlich geformt und verschieden gefärbt. Baraton schwieg eine Weile, weidete sich an der Angst seiner Beifahrerin.

»Warum bist du so nervös?« fragte er sie schließlich. »Ich habe dir doch versprochen, dir gegen Morgen die verborgenen Schönheiten und Gefahren des Planeten zu zeigen.«

Ohne ihre Erwiderung abzuwarten, setzte er auf einer großen Lichtung zur Landung an. Weit hatten sie sich nicht von der KASKADEUR entfernt, man konnte sie in der Ferne noch sehen.

Die Lichtung war umgeben von massenhaften Pflanzenstauden der Gattung Schaitun, besonders prächtigen Exemplaren. Einige von ihnen waren größer als eine ausgewachsene Ratekin.

»Hier sind wir unter uns«, sagte Baraton, nachdem er und Asor ausgestiegen waren. Einschränkend fügte er hinzu: »Wenn man von den Schaitun absieht. Sie scheinen alles zu beobachten, was auf Hort vor sich geht, greifen aber nie ins Geschehen ein.«

»Was könnten sie auch schon groß tun?« entgegnete Asor. »Schließlich sind sie bewegungslos.«

»Sind sie nicht«, widersprach der Untergrundkämpfer. »Bei unserem letzten Aufenthalt auf diesem Planeten will einer meiner Söldner beobachtet haben, wie sich eine von ihnen fortbewegte. Ihre langen Wurzeln setzte sie dabei als Gehwerkzeug ein. Die ganze Aktion soll nur sehr langsam vonstatten gegangen sein, so als ob die Schaitun Angst gehabt hätte, den Kontakt mit dem Erdboden zu verlieren. Natürlich weiß ich, daß sich ein primitives, seelenloses Pflanzengeschöpf nicht wirklich fürchten kann, doch vermutlich spürt es instinktiv, was passiert, wenn es der Erde vollständig entrissen wird.«

»Es kann keine Nahrung mehr aufnehmen und verwelkt im Laufe der Zeit«, erwiderte Asor und hielt fieberhaft nach einem Fluchtweg Ausschau.

Noch hatte es die Sonne nicht geschafft, die Morgendämmerung zu durchbrechen. Es war kühl, und es nieselte. Asor zitterte. Sie fror. Und sie hatte Angst.

»Im Laufe der Zeit«, wiederholte Baraton und ging auf eine der Stauden zu. »Dann paß mal gut auf, du wirst dich gleich wundern.«

Er umschlang eine der Riesenpflanzen mit seinen muskulösen Armen und entwurzelte sie mit einem kräftigen Ruck. Das Gewächs verdorrte, noch bevor Baraton es losgelassen hatte.

Vor Staunen öffnete Asor gleich drei ihrer Münder, schloß sie aber rasch wieder, denn auf der Lichtung flogen diverse Insekten umher.

»Hast du gesehen, wie schnell es abgestorben ist?« fragte Baraton. »Ich habe das schon des öfteren getan, und niemals hat sich eins dieser komischen Gewächse zur Wehr gesetzt, wenn ich mich genähert habe. Erst wenn ich zupacke, spüre ich eine leichte Gegenwehr, aber dann ist es zu spät.«

»Eine Pflanze kann sich doch gar nicht wehren.«

»Wart's nur ab, Asor. Wie ich die Ginko einschätze, beantwortet sich deine Frage gleich von selbst.«

»Ginko?«

Zwischen den Pflanzenstauden liefen ein paar vierbeinige schwarze Tiere umher, die ab und zu quiekende Laute von sich gaben. Sie hatten lange Rüssel, mit denen sie unablässig das lokkere Erdreich nach etwas zu Fressen absuchten. Hätte Asor sich in der terranischen Fauna ausgekannt, hätte sie die putzigen Tiere als eine Mischung zwischen Ameisenbär und Ferkel eingestuft.

Auf Hort trugen Tiere und Pflanzen keine speziellen Bezeichnungen. Jeder konnte ihnen nach eigenem Gutdünken Namen verleihen. Baraton nannte die Ferkelbären Ginko.

»Sie sind genauso primitiv und dumm wie die Schaitun«, mokierte er sich. »Ständig befinden sie sich auf Futtersuche. Die Kinder der Schaitun sind ihre Lieblingsspeise, aber es ist noch keinem Ginko gelungen, davon mehr als einen Happen zu verzehren.«

»Kinder der Schaitun? Würdest du bitte aufhören, dauernd in Rätseln zu sprechen.«

Baraton nahm Asor bei der Hand und führte sie ganz dicht an eins der Riesengewächse heran. Die Pflanze bewegte ihre Blätter und Schlingen, was jedoch in keiner Weise bedrohlich wirkte, eher zutraulich, so als wolle sie das Paar streicheln.

Vorsichtig bog Baraton einige Blätter auseinander. Asor konnte jetzt tief ins Innere der Staude schauen, wo zahlreiche kleine, schrumpelige Früchte wuchsen.

»Normalerweise tragen Pflanzen ihre Früchte außen«, sagte der Kapitän der KASKADEUR. »Die Schaitun aber verbergen sie in ihrem Schoß, wohlbehütet wie schutzlose Kinder. Offenbar bedeuten ihnen die Früchte sehr viel. Möglicherweise brauchen sie sie für ihren Fortbestand. Schaitun sind, so vermute ich, Zwitterwesen, die sich selbst vermehren.«

»Warum zeigst du mir das alles?« wollte Asor wissen. »Was bezweckst…«

Weiter kam sie nicht. Baraton brachte sie mit einer kurzen Handbewegung zum Schweigen und deutet auf einen der Ginko.

»Sei leise, und gib gut acht, was gleich geschieht«, flüsterte er.

Wie gebannt starrte die Ratekin auf das schwarze Rüsseltier, das mit dem Kopf ganz tief in eine der Stauden eintauchte. Offensichtlich witterte es die Früchte darin, denn es stieß ein erfreutes Quieken aus.

»Der Ginko verspritzt vor der Nahrungsaufnahme ein Gift, das seine ausersehene Mahlzeit innerhalb weniger Augenblicke aufweicht«, erklärte Baraton. »Anschließend saugt er den Brei mit seinem Rüssel auf.«

Ein schriller, bizarrer Laut war zu hören, einem Schrei nicht ganz unähnlich. Mal kam er von weither, mal war er ganz nahe. Gleichzeitig schien die Luft zu vibrieren.

Asor wollte Baraton gerade fragen, ob auch er die schwankenden Töne und die leichten Vibrationen verspürte, da geschah etwas Furchtbares. Die große Pflanze ergriff den Ginko mit ihren Schlingen und strangulierte ihn. Das Quieken des Tieres klang anders als noch kurz zuvor – es war die Stimme des Todes.

Die Ratekenfrau fühlte einen Brechreiz. Zum Glück hatte sie an diesem Morgen noch nichts gegessen.

Jetzt ließ Baraton die Maske der Scheinheiligkeit fallen. Er umarmte Asor von hinten, erst zärtlich, dann drückte er etwas fester zu.

»Die kleinen schwarzen Biester sind so naiv, daß es einen zu Tränen rührt, nicht wahr?« raunte er ihr zu. »Unzählige von ihnen haben ihr Verlangen nach den Früchten schon mit dem Leben bezahlen müssen, trotzdem stecken sie ihren Rüssel immer und immer wieder dorthinein. Verspürst auch du Sehnsucht nach einer tödlichen Umarmung?«

»Was soll die Frage?« entgegnete Asor und versuchte, sich ihre Furcht nicht anmerken zu lassen. »Willst du mir Angst einjagen?«

»Ich will dir nur klarmachen, was mit dir geschieht, wenn du dich gegen mich stellst. Glaubst du, ich habe nicht gemerkt, daß du Charko und mich belauscht hast? Mein Befehl, die Fremden samt und sonders zu eliminieren, hat dich schockiert, stimmt's? Ich stehe zu dieser Entscheidung, mir blieb keine andere Wahl. Wenn Rateka erfährt, wo sich der geheime Schlupfwinkel von ›Rebell‹ befindet, bekommt die gesamte Ratekische Flotte Startbefehl, um Hort dem Erdboden gleichzumachen. Deshalb darf niemand überleben, der unser Geheimnis kennt. Das gilt auch für Verräter innerhalb unserer eigenen Reihen.«

*

Asor befreite sich aus Baratons Umklammerung und drehte sich zu ihm um.

»Löst du deine Probleme immer mit Gewalt?« fragte sie ihn mit verhaltenem Zorn. »Ich habe die Medienberichte über all die unvorstellbaren Greueltaten nie wahrhaben wollen und hielt sie für eine böswillige Erfindung der Regierung. Habe ich mich wirklich so in dir geirrt? Trifft es etwa doch zu, was man sich über dich erzählt?«

Baraton grinste spöttisch. »Nein. In den Berichten komme ich noch ziemlich gut weg. In Wahrheit bin ich viel schlimmer. Wenn man an die Macht will, darf man halt nicht zimperlich sein.«

»Du willst an die Macht? Und ich habe immer geglaubt, es käme dir in erster Linie darauf an, die unhaltbaren Zustände auf Oorch zu verbessern.«

»Was für unhaltbare Zustände? Meinst du damit die zahlreichen Clans? Deren Einfluß auf die Politik ist weitaus geringer als ich meinen Anhängern weismache. Denk doch mal nach. Wann ist es zuletzt einem Clanoberhaupt gelungen, eine bedeutsame politische Entscheidung zu verhindern, beziehungsweise seine eigenen Interessen durchzuboxen? So etwas kommt nur äußerst selten vor. Das Druckmittel der Volksbefragung wird gewaltig überschätzt. Von Mal zu Mal beteiligen sich weniger Rateken an den Abstimmungen. Es tritt allmählich eine Befragungsübersättigung ein. Je öfter das Volk befragt wird, um so weniger findet es sich bereit, zu antworten. Mitregieren wird als lästig empfunden. Die Entscheidungen des Dhara werden kaum noch angezweifelt.

Mir kann das nur recht sein. Wenn ich erst selbst Dhara bin, werde ich eh keine Widersprüche zulassen. Oorch befindet sich dann in meiner alleinigen Gewalt. Charko wird als neuer Singu der Rateken die Flotte übernehmen und in der Milchstraße Eroberungsfeldzüge durchführen – natürlich erst, wenn die Terraner für uns alle die Pugesen aus dem Feuer geholt haben.«

»Sobald deine Gefolgsleute herausbekommen, daß deine angeblich selbstlosen Motive nur Lug und Trug sind, werden sie sich von dir abwenden.«

Baraton lachte. »Meine Anhänger sind heillose Fanatiker, die mich anbeten wie einen Gott. Sie würden für mich durchs Feuer gehen, sollte ich es von ihnen verlangen. Der Rest meiner Rebellenarmee besteht aus bezahlten Söldnern – gewissenlose Draufgänger, die keine Fragen stellen, solange ihr Blutgeld stimmt. Einige habe ich aus den Bewahranstalten für Schwerverbrecher befreit. Die fremden Schwächlinge werden ihre helle Freude an ihnen haben.«

»Das ist glatter Mord«, hielt Asor ihm vor. »Kurz bevor du zurück in dein Quartier gekommen bist, habe ich von meinem Bullauge aus beobachtet, wie deine Söldner losmarschiert sind, mit deinem Freund Charko an der Spitze. Die beiden Gefangenen gingen voran. Zweifelsohne sind die Angehörigen ihres Volkes erheblich kleiner als wir und wesentlich dünner. Das wird kein fairer Kampf, sondern ein Gemetzel.«

»Na und? Ich liebe Schlachten, bei denen der Sieger von vornherein feststeht. Charkos Meinung nach wird es auch auf unserer Seite ein paar Verluste geben. Die Nomaden wirken flink und drahtig, sie haben spitze Zähne und sind zudem bewaffnet. Ist das nicht Fairneß genug?«

»Ich hasse dich!« schrie Asor ihn unbeherrscht an. »Du hast mich nur ausgenutzt!«

»Nun übertreibst du aber«, entgegnete Baraton verächtlich. »Wir hatten eine schöne Zeit miteinander, die du genauso genossen hast wie ich. Zugegeben, ich hatte mir mehr von dir erhofft, doch als Agentin unserer Organisation wärst du völlig ungeeignet.«

»Du hast gehofft, ich würde meine Mutter für dich ausspionieren?«

»Anfangs ja, aber irgendwann begriff ich, daß ich auf die falsche Person gesetzt hatte. Ein anderer aus dem Stab des neuen Dhara liefert mir jetzt die gewünschten Informationen. Der Mann ist ein über jeden Zweifel erhabener Geheimnisträger – und gerade das macht ihn zum idealen Spion. Ich habe Conok übrigens die Mitteilung zukommen lassen, daß du dich in meiner Gewalt befindest. Der Preis, den sie für deine unversehrte Heimkehr zahlen müßte, wäre ihr sofortiger Rücktritt. Was meinst du? Wird sie sich darauf einlassen?«

»Niemals! Die Dhara hat kein Recht, ihre familiären Interessen vor die des ratekischen Staates zu stellen.«

Baraton stieß einen vierfachen Seufzer aus. »Ich befürchte, deine Mutter wird das genauso sehen. Leider kann ich augenblicklich nicht mit meinem Agenten in der Regierung in Verbindung treten, sonst wüßte ich längst, wie Conok sich entschieden hat und was sie unternehmen will.«

»Wenn du keine Verbindung mit Oorch bekommst, wie konntest du dann meiner Mutter mitteilen, daß du mich entführt hast?« wollte Asor wissen.

»Das hat ein bei der Zentralen Leitstelle für Kommunikationsholographie eingeschmuggeltes Organisationsmitglied für mich erledigt. Ich habe ihm eine Holoaufzeichnung von mir hinterlassen mit dem Auftrag, sie im Fall von Conoks Wahlsieg über einen verschlüsselten Kanal ins Regierungspalais zu schicken. Wahrscheinlich hat man dort sofort versucht, mich über die ZLK ausfindig zu machen, doch unser Hintermann hat sich bestimmt ein originelles Ablenkungsmanöver einfallen lassen. Schade, daß ich nicht mit dabei war. Ich hätte zu gern die dummen Gesichter meiner Verfolger gesehen.«

Asor verspürte das Bedürfnis, Baraton den Schädel einzuschlagen. Leider hatte sie nicht die Kraft dafür. Wie hatte sie sich nur in dieses seelenlose Monster verlieben können?

»Eins muß man dir lassen«, zischte sie ihn an. »Du bist ein verdammt guter Schauspieler! Dein Entsetzen über den feigen Anschlag auf die Botschaft von Esmaladan wirkte völlig echt.«

»Ich war wirklich echt entsetzt«, erwiderte Baraton. »Daß du über den Anschlag Bescheid wußtest und obendrein das endgültige Wahlergebnis kanntest, im Gegensatz zu mir, hat mich total schockiert. Mein erster Gedanke war: Ich habe einen Verräter in meinen eigenen Reihen! Mittlerweile weiß ich, daß mein Stellvertreter und der Funker lediglich unser Liebesverhältnis falsch interpretiert haben. Sie waren davon ausgegangen, ich würde deinen Aufenthalt auf der Brücke billigen. Inzwischen habe ich Charko unmißverständlich klargemacht...«

Ein Stein traf mit voller Wucht seinen Hinterkopf, und er brach benommen zusammen.

Asor war nicht nahe genug an ihn herangekommen, um ihn niederzuschlagen. Glücklicherweise hatte der Steinwurf genügt. Zumindest für einen Moment war Baraton außer Gefecht gesetzt.

Als er mit dröhnenden Kopfschmerzen zu sich kam, sah er wie durch einen Nebelschleier, daß sich das Beiboot in die Lüfte erhob und über den Baumwipfeln verschwand.

Sofort betätigte er sein tragbares Holoauge, um mit der KASKADEUR Verbindung aufzunehmen. Doch obwohl sich das Raumschiff noch in geeigneter Reichweite befand, kam kein Kontakt mit dem Hologerät auf der Brücke zustande. Was auf jedem anderen Planeten ohne Schwierigkeiten geklappt hätte, wurde hier zum Problem.

Baraton ging zu Fuß zum Schiff zurück. Sein Plan war, umgehend Asors Verfolgung aufzunehmen – mit einem schnelleren Zehn-Meter-Beiboot.

*

Wenn es etwas gab, das Ezzo abgrundtief haßte, dann war es trübes Wetter mit Nieselregen. Andernorts strahlte die Sonne, aber er hatte ja unbedingt auf diesem Teil des Planeten landen müssen! Und wer war schuld daran? Wasrun und seine vage Ortung eines fremden Raumschiffs, von dem er weder Größe noch Form hatte genau bestimmen können, vom exakten Standort mal ganz zu schweigen.

Vor allem deswegen hatte Ezzo den übergewichtigen Ortungsoffizier mitgenommen. Falls Wasrun sich getäuscht hatte, sollte er wenigstens am eigenen verkorksten Leib spüren, was er angerichtet hatte.

Auf Enibas konnte der Assistent des Singu der Rateken zu seinem Bedauern leider auch nicht verzichten. Die Funktionsstörungen auf Hort waren weitaus gravierender als die Auswirkungen der magnetischen Störungen im All. Enibas' Aufgabe war es, in sporadischen Abständen die HÄSCHER anzufunken, um festzustellen, ob die technischen Behinderungen nur zeitweise oder dauerhaft auftraten.

Enibas' Meinung nach hätte man das auch auf andere Weise feststellen können. Sie wurde das Gefühl nicht los, Ezzo habe sie nur deshalb mitgenommen, weil er sie in seiner Nähe haben wollte.

Der Erste Offizier Jamak war für derartige Missionen genau der richtige Mann, das hatte Ezzo mittlerweile begriffen. Bei einem überraschenden Angriff würde er sich todesmutig auf den Feind stürzen – und somit weniger leichtsinnigen Kameraden Gelegenheit geben, vor einer eventuellen Übermacht den Rückzug anzutreten. Um Jamaks Wohlbefinden sorgte sich Ezzo dabei nicht. Ein Haudrauf wie er würde sich schon irgendwie durchbeißen. Und falls nicht: ein Problem weniger an Bord.

Rateka war ein beinharter Brocken. Sein Assistent hatte den Ehrgeiz, noch ein bißchen härter zu sein.

Selbstverständlich war Ezzo nicht nur mit seinen Brückenoffizieren unterwegs. Eine kampferprobte, schwerbewaffnete und zu allem entschlossene Soldatentruppe folgte ihren Anführern. Einige der Soldaten führten Hrraggna mit sich. Damit sich die zum Kampf ausgebildeten Tiere nicht durchs hohe Gras robben mußten, trugen ihre Besitzer sie als zusätzliches Marschgepäck auf dem Rücken.

Enibas hatte Lefka mit dabei. Ihre Hrraggna war bis zur äußersten Grenze vollgepumpt mit Grid, was ihr gut zu bekommen schien, denn sie schlief im offenen Rucksack wie ein sattes Baby – ganz im Gegensatz zu ihrer sonstigen Art.

Weil er mit einem schweren Gefecht rechnete, hatte Ezzo auch den Schiffsarzt mitgenommen. Seit er ihn erblickt hatte, konnte er sich ausmalen, warum Wasrun noch bei keinem an Bord durchgeführten Gesundheitstest unangenehm aufgefallen war. Rateken waren von Natur aus groß und breit, aber von halbwegs ebenmäßiger Gestalt. Medtech Frogk hingegen sah aus, als hätte er gerade den ersten Platz bei einem Wettessen belegt – mit Auszeichnung.

Wie Schwimmvögel bei einem Sonntagsausflug watschelten die beiden übergewichtigen Männer hinter der Truppe her und tauschten miteinander Kochrezepte aus.

Eine Zeitlang sah es so aus, als ob Wasrun sich in allen Punkten geirrt hatte. Außer einem kolossal bunten Urwald mit abwechslungsreichen Gewächsen und verschiedenartigen Wildtieren gab es nichts Ungewöhnliches auf Hort, schon gar keine Anzeichen für die Landung eines anderen Raumschiffs. Ezzo fragte sich, ob er nicht doch besser auf die erfahrene Regierungsberaterin Werre gehört hätte, die ihm vor dem Start noch einmal eindringlich nahegelegt hatte, Asor lieber auf Oorch zu suchen.

Gerade als der Abbruch der stundenlangen Suchaktion kurz bevorstand, war es Wasrun in höchsteigener Person, der den georteten Raumer ausmachte.

»Dort!« rief er in seiner kurz angebundenen Art und deutete auf ein metallisches Glitzern zwischen den Bäumen.

Der reflektierende Lichtschimmer hätte von allem möglichen stammen können, doch für den Mann an der Ortung stand fest, daß ein Raumschiff die Ursache dafür war. Er sollte recht behalten – allerdings nicht so, wie er sich das gedacht hatte.

Ezzo gab Befehl, das verdächtige Gelände – eine etwa 275 Meter durchmessende Lichtung – im Schutz des Dickichts zu umzingeln. Er, Enibas, Wasrun, Frogk, Jamak und die Soldaten erwarteten, dort Baratons legendäre KASKADEUR vorzufinden.

Was sich wirklich auf der Lichtung befand, hatte mit einem ratekischen Raumschiff so viel gemein wie eine Forga (Melkvieh auf Oorch) mit einem Begun (Hornochse auf Esmaladan).

»Was, bei allen Göttern unseres Volkes, ist das?« entfuhr es dem Kommandeur der HÄSCHER.

Die gesamte Lichtung wurde von einem mächtigen schwarzen Metallkreuz ausgefüllt, das sich nach allen vier Seiten erstreckte und an zwei Enden leicht ins Dickicht hineinragte.

»Vielleicht ein religiöses Denkmal«, vermutete Wasrun.

»Kann nicht sein«, meinte Jamak. »Ich kenne Völker, die das Antlitz ihrer Gottheiten in gigantische Holzstämme schnitzen oder ihre Götter von Kopf bis Fuß in Stein hauen. Aber ein Kreuz als Götze? Was für eine seltsame Religion soll das sein? Und wo sind die Gläubigen, die es anbeten?«

»Im Inneren des Kreuzes«, erwiderte Enibas. »Seht doch mal genauer hin! Das ist tatsächlich ein Raumschiff.«

Lefka blinzelte kurz, als sie die Stimme ihrer Herrin vernahm, schlief aber gleich wieder ein.

Die Soldaten schwärmten aus, sondierten das Gelände. Sie konnten niemanden entdecken. Gab es wirklich Raumfahrer, die so leichtsinnig waren, ihr Schiff unbewacht in dieser Wildnis zurückzulassen?

Möglicherweise versteckten sie sich im Raumer.

Oder…?

»Oder es ist eine Falle«, überlegte Ezzo laut.

Schritte und Stimmen waren zu hören. Der Kommandeur der HÄSCHER gab per Handzeichen den Befehl, abzutauchen. Innerhalb von Sekunden war kein einziger Soldat mehr auf der Lichtung zu sehen. Perfekt getarnt lauerten sie rundum zwischen Buschwerk, Bäumen und den allgegenwärtigen Riesenpflanzen.

Die Schritte kamen näher…

*

Charko, stellvertretender Kapitän auf der KASKADEUR, wischte sich mit dem Handrücken dicke Schweißperlen und winzige Regentropfen von der Glatze. Sonderlich lange war die Truppe noch nicht unterwegs, trotzdem keuchte er wie ein Liebespaar kurz vor dem Höhepunkt. Fußmärsche lagen ihm ganz und gar nicht.

»Wie weit ist es noch?« erkundigte er sich bei den beiden gefangenen Nomaden.

»Wir sind so gut wie am Ziel«, sprach Tratt Foxx in Charkos Translator.

»Das Raumschiff unseres Rudels steht ganz in der Nähe auf einer Lichtung«, fügte Kloff Kruzz hinzu. »Vertraut uns.«

Genau das fiel Charko und seinen bewaffneten Begleitern schwer.

Während des gesamten Marsches hatten die Fremden nicht ein einziges Mal versucht, zu fliehen. Um sie zu testen, hatte er ihnen zum Schein verschiedene Fluchtmöglichkeiten eröffnet, aber sie waren nicht darauf hereingefallen.

Am Beiboot hatten sie eine kleine Marschpause eingelegt. Charko hatte prüfen wollen, ob es wirklich startunfähig war, jedoch war er mit der fremden Technik nicht zurechtgekommen.

Vom Boot aus hatte die Gruppe eine gänzlich andere Richtung eingeschlagen, als Charko vermutet hatte. Nach wie vor war er überzeugt, bei der Landung der KASKADEUR in weiter Ferne ein schwaches Leuchten gesehen zu haben. Doch dies war nicht der Weg zum Licht.

Sein Mißtrauen verstärkte sich noch, als er und seine Männer endlich am Rand der angekündigten Lichtung eintrafen.

Der unheimliche, schwarze Kreuzraumer, zu dem ihn die Gefangenen geführt hatten, schien auf den ersten Blick unbewacht zu sein. Wo war die Besatzung? Versteckten sich die feigen Spitzschnauzen im Inneren des Schiffs und beobachten das Geschehen außerhalb des Raumers vom Bordbildschirm aus?

Oder...?

»Oder es ist eine Falle«, brummelte er.

Er spürte regelrecht die Blicke, die aus dem Dickicht heraus auf ihn gerichtet waren. Die Fremden hatten vermutlich längst einen dichten Ring um die Lichtung gezogen. Erst hatten sie den Trupp in Sicherheit gewiegt, dann hatten sie ihn umzingelt. Wie hatte er nur auf diesen alten Trick hereinfallen können? Er, ein mit allen Wassern gewaschener Rebell.

»Zu den Waffen!« ordnete er mit volltönender Stimme an. »Tötet alles, was nicht aussieht wie wir!«

Bevor Tratt Foxx und Kloff Kruzz etwas unternehmen konnten, richtete Charko sein Strahlengewehr auf die beiden.

»Mit euch fange ich an!«

*

Nicht nur auf dem großen Bildschirm in der Zentrale konnte man die Geschehnisse auf der Lichtung mitverfolgen. Der Rudelführer hatte angeordnet, die Bilder in allen Quartieren auszustrahlen, damit auch die Zivilisten an Bord jederzeit wußten, woran sie waren. Falls der Kreuzraumer von den gigantischen Fremden erstürmt wurde, war jeder auf sich allein gestellt.

Zass Sturr hatte seinen linken Arm um die Schultern seiner Lebensgefährtin Dogg Godd und seine rechte Hand auf den Kopf seines Sohnes Witt Sturr gelegt. Vor den dreien hockten Witts Schwestern auf dem Fußboden. Alle sieben schauten wie gebannt auf den Wandbildschirm in ihrem Quartier.

»Ich habe Angst, Vater«, gab der Welpe offen zu.

»Hast du nicht«, widersprach Zass Sturr. »Ein echter Nomade kennt keine Angst.«

»Jedes denkende und fühlende Wesen kennt Angst«, warf seine Frau ein. »Niemals Angst zu haben wäre ein lebensgefährlicher Fehler.«

»Glaubst du, die gräßlichen Riesen da draußen haben auch Angst?« wandte sich Witt an seine Mutter.

»Sie fürchten sich genau wie wir«, antwortete Dogg Godd.

»Warum gehen sie dann nicht weg?«

»Weil sie gelernt haben, ihre Angst zu überwinden«, sagte Zass Sturr. »Wer das nicht hinkriegt, steht sein ganzes Leben nur auf der Verliererseite.«

»Wir sind keine Verlierer, nicht wahr, Vater?« entgegnete Witt Sturr.

»Nein, sind wir nicht«, bestätigte Zass seinem Sohn. »Unser Anführer wird es nicht zulassen, daß uns unser Zuhause von fremden Eroberern weggenommen wird. Und ich auch nicht. Alle, die an Bord zurückgeblieben sind, haben sich bewaffnet, und ein jeder wird sein Quartier und seine Familie tapfer verteidigen – mit Waffengewalt und mit den Zähnen.«

»Wo sind die Soldaten?« erkundigte sich eine seiner Töchter besorgt. »Warum sind sie nicht im Raumschiff geblieben, um uns zu beschützen?«

»Sie sind hinausgegangen, um den Feind im Wald zu bekämpfen«, erklärte ihr ihre Mutter.

»Und um ihre beiden Kameraden zu befreien, die in die Gefangenschaft der grauen Riesen geraten sind«, ergänzte ihr Vater. »Unser Rudelführer läßt niemanden im Stich.«

»Sieh nur, der große Mann richtet sein Strahlengewehr auf die beiden!« rief Witt erschrocken. »Er wird sie töten!«

Plötzlich war rund ums Raumschiff die Hölle los. Über die riesenhaften Fremden brach ein gewaltiges Strahlengewitter herein. Gleichzeitig stürzten sich von allen Seiten Nomaden mit gezückten Vibromessern auf die unerwünschten Besucher.

Zass Sturr hätte sich am liebsten sein Gewehr geschnappt und mitgemischt. Aber er war Lebensmittelchemiker, kein Soldat.

»Gebt es ihnen, Jungs!« rief er in Richtung Bildschirm. »Zeigt ihnen, mit wem sie sich angelegt haben! Auf unserem Schiff gibt es nur mutige Kämpfer! Alle Schwächlinge und Versager haben die KRIEGSBRAUT schon vor langer Zeit verlassen – und das ist auch gut so!«

6.

Charko war der erste, der einen Volltreffer abbekam. Ein gleißender Strahl zischte heran, brannte sich mitten durch seine breite Brust und hinterließ ein großes Loch mit schwarz-roter Umrandung. Das Ende des stellvertretenden Kapitäns der KASKADEUR kam so schnell, daß er es selbst gar nicht zu begreifen schien. Mit einem ungläubigen Gesichtsausdruck kippte er nach vorn ins Gras.

Er hatte recht behalten. Dies war nicht der Weg zum Licht – es war der Weg in den Tod.

Die Bedrohung der beiden Gefangenen hatte Charkos Schicksal besiegelt. Tratt Foxx und Kloff Kruzz gehörten nicht unbedingt zu den beliebtesten Besatzungsmitgliedern auf der KRIEGSBRAUT, doch das spielte bei ihrer Rettung keine Rolle. Nomaden schützten das Leben ihrer Artgenossen grundsätzlich wie ihr eigenes.

Mit Selbstlosigkeit hatte das nichts gemein – nur mit Selbsterhaltung. Das Rudel durfte sich zahlenmäßig nicht allzusehr verkleinern. Nicht immer wurden Verstorbene sogleich durch Neugeburten ersetzt, weshalb jeder lebende Rudelangehörige ein »Wertgegenstand« war. Selbst diejenigen, die sich im Alltagseinerlei fortwährend bekriegten, standen füreinander ein, wenn sie in Todesgefahr schwebten.

Die aus dem Hinterhalt abgefeuerten Strahlensalven mähten zahlreiche Rateken um wie Kornhalme. An Gegenwehr war kaum zu denken, erst einmal mußte die eigene Haut in Sicherheit gebracht werden. Wer trotzdem versuchte, zurückzuschießen, wurde von nomadischen Nahkämpfern attackiert.

Was die Entwicklung immer schrecklicherer Waffen anging, kannte die Phantasie der Todesexperten oftmals keine Grenzen.

Das traf nicht nur auf die Herstellung von Bomben oder das Zusammenmixen biologischer Kampfstoffe zu, selbst für den Nahkampf wurden die grausamsten Erfindungen ausgebrütet. Das Vibromesser der Nomaden war eine davon. Wenn man seine Vibrofunktion aktivierte, gab es kaum ein Kleidungsstück, das die Klinge nicht durchdringen konnte. Sogar Schutzwesten versagten in der Regel.

Ein Rateke nach dem anderen fiel den Messerattacken der Hundeartigen zum Opfer. Nomaden respektierten nur ihr eigenes Leben – mit dem Leben anderer Völker gingen sie verschwenderischer um.

Nicht alle Rateken ließen sich leicht überrumpeln. Ein Söldner zerbrach den Arm eines nomadischen Soldaten wie morsches Holz über seinem Knie. Anschließend streckte er die Hand nach dem fallengelassenen Messer aus.

Noch bevor er es aufheben konnte, stürzte sich ein zweiter Nomade mit bloßen Händen auf ihn und riß ihn zu Boden.

Die sich ebenbürtigen Gegner wälzten sich durchs Gras und lieferten sich einen harten Zweikampf. Beide wußten, daß nur einer von ihnen überleben würde.

Der ratekische Söldner schaffte es, den anderen zu Boden zu drücken und sich auf ihn zu setzen. Zwei mächtig gewaltige Monsterpranken legten sich um den dünnen Hals des Nomaden und drückten erbarmungslos zu.

Was dann geschah, war für den Rateken so unfaßbar, daß er einen tödlichen Fehler beging.

Sein Gegner packte ihn bei den breiten Handgelenken und bog langsam seine Arme auseinander. Wie konnte das sein? Noch kurz vor dem Aufbruch hatte Charko seine Witze über die »schmalbrüstigen Spitzschnauzen« gerissen. Von einer »Bande von Schwächlingen« war die Rede gewesen. Und nun entpuppten sich die vermeintlichen Schwächlinge als die stärksten Gegner, mit denen es die Rateken je zu tun bekommen hatten.

Der Nomade nutzte die Verblüffung seines Widersachers rücksichtslos aus. Er schnellte mit dem Kopf nach vorn und verbiß sich in der Kehle des birnenköpfigen Giganten. Als er Blut zwischen seinen Lefzen schmeckte, wurde er noch rasender und riß ihm mit einem kräftigen Ruck die Luftröhre aus dem Hals.

1,3 Gravo betrug die Anziehungskraft auf Hort – so viel wie auf einem Kreuzraumschiff der Nomaden.

Die von der Körperfülle her wesentlich umfangreicheren Rateken hatten auf ihrem Heimatplaneten Oorch nur 1,2 Gravo zu bewältigen, weshalb ihnen hier das Gehen etwas schwerer fiel. Auch ihre sonstigen Bewegungen unterlagen leichten Einschränkungen und erforderten mehr Anstrengung als zu Hause.

Dieser Umstand allein hätte für einen Kantersieg nicht ausgereicht. Die ratekischen Krieger waren mindestens ebenso gefechtserfahren wie die nomadischen Kämpfer. Beide Völker waren es gewohnt, ihre ureigensten Interessen mit Gewalt durchzusetzen – beide Rassen waren eingeschworen auf Sieg oder Tod.

Daß sich die kriegerische Auseinandersetzung auf der Lichtung und im Urwald zu Gunsten der Nomaden entwickelte, hing mit ihrer skrupellosen Kampfstrategie zusammen. Von Anfang an hatten sie dem Feind keine Chance gelassen. Ihre im Gelände verteilten Späher hatten den Söldnertrupp rechtzeitig ausgemacht und ihm eine heimtückische Falle gestellt. Der Überraschungseffekt war auf ihrer Seite. Knapp die Hälfte der bedrohlich wirkenden Giganten hatten sie risikolos aus dem Hinterhalt erledigen können – allen voran den Anführer der Truppe.

Die Rateken hingegen hatten sich erst gar nicht die Mühe gemacht, eine Strategie zu entwickeln. Nicht eine Sekunde hatten sie an ihrem leichten Sieg gezweifelt. Für ihre Überheblichkeit mußten sie nun bitter bezahlen.

Etliche demoralisierte Söldner suchten ihr Heil in der Flucht. Andere blieben, wo sie waren und verschanzten sich im dichten Urwald.

Das war der Zeitpunkt, an dem Pakk Raff persönlich ins Geschehen eingriff.

Der Rudelführer harrte mit einer Notmannschaft auf der Brücke aus und verfolgte den Kampf am Bordbildschirm mit. Ständig wechselte er mittels Knopfdruck den Schauplatz.

Jetzt hatte er genug gesehen. Er gab den Befehl zum Starten.

Wie ein großes, schwarzes, fauchendes Ungeheuer erhob sich die KRIEGSBRAUT in die Lüfte.

Pakk Raff wollte nicht hoch hinaus. Über den Baumwipfeln blieb er stehen.

Aus dem Hangar schwebten mehrere Beiboote und schwärmten aus. Ihre Piloten machten Hatz auf jeden Rateken, dessen Aufenthaltsort sie ausmachen konnten. Unablässig ließen sie ihre Bordgeschütze sprechen. Auch auf Flüchtende wurde geschossen, niemand sollte entkommen.

Normalerweise hätten sie jedes Zielobjekt problemlos ausgemacht und ausgelöscht, doch nicht alle Geräte in den Booten funktionierten zuverlässig. Sogar die Bildschirme fielen gelegentlich aus, so daß die Schützen auf Sichtkontakt angewiesen waren. Kein leichtes Unterfangen angesichts des wild wuchernden Pflanzenwuchses und dem unablässig niedergehenden Nieselregen. An diesem Tag schien das »Morgengrauen« gar nicht mehr aufzuhören – obwohl es längst später Nachmittag war.

Zwei Piloten schafften es, durch die Wipfel der Bäume zu brechen und in den Wald einzutauchen. Nach kurzer Zeit stiegen die waghalsigen Flieger wieder empor, das Risiko einer Kollision war einfach zu groß.

Auch an Bord der KRIEGSBRAUT hatte man mit den ständigen Funktionsausfällen zu kämpfen. Pakk Raff wurde den Eindruck nicht los, daß es bald noch schlimmer werden würde. Sein Instinkt signalisierte ihm eine unmittelbar bevorstehende Gefahr. Er konnte die Bedrohung fast auf der Zunge schmecken, so nah war sie, doch zu fassen bekam er sie nicht.

Zur Unterstützung der Beibootpiloten setzte er leichtes Geschützfeuer ein. Exakte Treffer erzielte er damit zwar nicht, doch er brachte weitere Unruhe in die führungslose Söldnerschar.

Bald waren die Rateken derart weit verstreut, daß sie kaum noch Möglichkeiten hatten, sich untereinander zu verständigen. Jeder von ihnen versuchte nun, sich als Einzelkämpfer zurück zur KASKADEUR durchzuschlagen.

Doch die Nomaden waren ihnen ständig auf den Fersen. Zu Fuß und mit den Beibooten.

Pakk Raff flog ein ordentliches Stück höher hinauf, um sich einen Rundumblick zu verschaffen. Die Beiboote hielten sich weiterhin dicht über den Bäumen.

Was Raff auf dem Bildschirm in der Zentrale sah, übertraf seine kühnsten Erwartungen. Damit hatte er wirklich nicht gerechnet.

Als sich die KRIEGSBRAUT langsam wieder auf die Lichtung herabsenkte, umspielte ein böses Grinsen Pakk Raffs Lefzen.

*

»Sei still«, ermahnte Putt Grapp seinen Bruder Tuff. »Hast du das auch gehört? Klang wie Geschützfeuer.«

»Könnte aber auch Donnergrollen gewesen sein«, meinte Tuff Grapp. »Ich würde mich nicht wundern, wenn jeden Moment ein Gewitter losbricht. Der Himmel ist bewölkt und verregnet.«

»Das ist er schon den ganzen Tag«, entgegnete Putt. »Heute will es offenbar nicht richtig hell werden.«

Beide Soldaten betraten die Lichtung, auf der sich die FREIHEIT befand. Nach langen, gefahrvollen Irrwegen waren sie endlich am Ziel. Zu ihrer Erleichterung hatte sich das Raumschiff nicht zu weit von seinem ursprünglichen Landeplatz entfernt, sonst hätten sie es wohl niemals wiedergefunden.

Voller Dankbarkeit ließ sich Tuff auf die Knie sinken und küßte den Boden.

Putt schmunzelte über diese seltsame Geste. Auch ihm war die Erleichterung anzumerken. Als er am Rande des Abgrunds gestanden und ins zerstörte Tal hinabgeblickt hatte, hatte er schon befürchtet, für immer auf diesem schrecklichen Planeten bleiben zu müssen.

»Noch steht nicht fest, daß die FREIHEIT in der Erde versunken ist«, hatte ihm sein Bruder Mut gemacht. »Wir werden die Umgebung gründlich absuchen und uns nicht aufgeben, bis wir endgültige Gewißheit haben.«

In der Kommandozentrale des Kreuzraumers hatten sich Priff Dozz und sämtliche Offiziere aus allen Arbeitsbereichen und -schichten versammelt. Der Wachhabende hatte stummen Alarm gegeben, nachdem er die bewaffneten Riesen auf dem Bildschirm erblickt hatte. Auf die Sirenen hatte er vorsorglich verzichtet, damit die Fremden nicht gleich merkten, daß das Raumschiff besetzt war.

Die komplette Mannschaft befand sich auf den Beinen und stand bereit zum Kampf. Lediglich die Zivilisten hatte man schlafen lassen. Falls es zum Sturm auf die FREIHEIT kam, würden sie von allein aufwachen.

Daran, daß die Riesen wieder friedlich abziehen würden, hatte von Anfang an keiner geglaubt. Auch nachdem sie sich ins Dikkicht zurückgezogen hatten, wagte es die Besatzung nicht, nach draußen zu gehen.

Priff Dozz war drauf und dran, einen Fluchtstart einzuleiten, da betraten die Brüder Grapp die Lichtung.

»Ausgerechnet jetzt«, stöhnte der Rudelführer. »Einen schlechteren Zeitpunkt hätten sie kaum auswählen können.«

Er hatte die beiden vermißten Soldaten schon als Opfer von wilden Tieren abgeschrieben. Einerseits war er froh, daß sie noch lebten. Andererseits mußte er nun den Start verschieben, schließlich konnte er sie hier nicht schutzlos zurücklassen.

»Wir öffnen das Eingangsschott, holen sie herein und hauen ab«, schlug Knapp Bozz vor. »Nanu? Was macht Tuff denn jetzt? Gras fressen? Ist wohl verdammt hungrig, der arme Kerl. Kein Wunder, immerhin waren die beiden die ganze Nacht und länger unterwegs.«

Ross Nokk war ein besserer Beobachter. »Tuff küßt lediglich

den Boden – vermutlich aus Freude darüber, daß er uns wiedergefunden hat.«

Die Rateken wunderten sich ebenfalls über Tuffs Verhalten.

»Ich wußte nicht, daß man Gras essen kann, werter Herr Medtech«, flüsterte Ortungsoffizier Wasrun dem Schiffsarzt zu. »Ist das nicht ungesund?«

»Er ißt es nicht, er berührt es lediglich mit den Lippen«, erwiderte Frogk. »Wahrscheinlich so eine Art Begrüßungsritual. Die schwarzschimmernden Fremden scheinen ihre gleichfarbigen Raumschiffe regelrecht zu verehren.«

»Könntet ihr vielleicht etwas leiser reden?« ermahnte Ezzo die beiden in gedämpftem Ton. »Sie werden uns hören.«

»Na und?« entgegnete Wasrun respektlos. »Sollen sie doch. Ich wüßte nicht, warum wir uns vor den drolligen Kerlchen fürchten sollten. Sie reichen uns ja nicht einmal bis zum Kinn.«

»Stimmt auch wieder«, räumte der Kommandeur der HÄSCHER ein.

Gerade wollte er seinen Soldaten den Befehl erteilen, sich zu zeigen, da stapfte ein sage und schreibe vier Meter großes Untier auf die Lichtung. Es bewegte sich auf vier Beinen und hatte einen dicken langen Hals mit zwei Köpfen. Aus beiden Oberkiefern ragten jeweils zwei gekrümmte lange Hauer, geeignet zum Schlagen von Beutetieren.

Die Hautfarbe des Ungeheuers wechselte von erdbraun auf grasgrün mit schwarzer Tönung. Offensichtlich paßte es sich fortwährend seiner Umgebung an.

Zwischen zwei Kreuzbalken blieb es stehen. Es schien nervös zu sein und sicherte sich mit Blicken nach allen Seiten ab. Trotz seiner immensen Größe gehörte die Bestie zu einer Tierart, die durch und durch von Angst beseelt war. Sogar kleinere Lebewesen konnten die Doppelköpfigen in die Flucht schlagen, wenn sie genügend Entschlossenheit zeigten.

Das Untier war den zwei fremden Kreaturen schon seit einer Weile auf der Spur und hatte sie aus sicherer Entfernung beobachtet. Sie schienen harmlos und zudem geschwächt zu sein – eine ideale Beute.

Als Tuff und Putt Grapp das gewaltige Geschöpf erblickten, blieben sie wie festgewachsen stehen. Die Furcht lähmte ihre Schritte, zudem waren sie von ihrem anstrengenden Irrmarsch viel zu erschöpft zum Weglaufen.

»Wir müssen ihnen helfen«, verlangte Ross Nokk von seinem Rudelführer. »Soll ich eins der Bordgeschütze aktivieren?«

»Bist du verrückt?« fragte Priff Dozz entsetzt. »Dann erfahren die grauen Riesen, daß das Raumschiff nicht verlassen ist.«

»Putt und Tuff gehören zu uns«, redete Ross eindringlich auf ihn ein. »Nomaden eines Rudels lassen einander nicht im Stich.« Er streifte Knapp Bozz mit einem Seitenblick. »Ganz gleich, was sie angestellt haben.«

Priff Dozz kam diesmal um eine klare Entscheidung herum (was keinen mehr freute als ihn selbst). Aus dem Urwald kamen von allen Seiten dicke, raupenartige Tiere herausgekrochen und bewegten sich flink auf das doppelköpfige Ungeheuer zu. Dabei stießen sie pfeifende Geräusche aus.

Bevor sich das Untier versah, verbissen sich die Angreifer in seinen Beinen. Es brüllte, wankte, kam zu Fall.

Gnadenlos fielen die Hrraggna über ihr wehrloses Opfer her, bis es keinen Laut mehr von sich gab.

Die Rateken verließen ihre Verstecke. Ungerührt schauten sie zu, wie die Hrraggna das Skelett ihrer erlegten Beute bis auf den letzten Fleischrest abnagten.

»Wir hätten auch die Strahlengewehre benutzen können, aber so macht es mehr Spaß«, bemerkte der Erste Offizier Jamak.

Seine Worte wurden vom Translator in der Zentrale der FREIHEIT fast exakt übersetzt. Die Brückenoffiziere und ihr Rudelführer waren schockiert. Die Dreimeterkolosse sahen nicht nur fies aus, sie hatten auch einen fiesen Charakter.

Priff Dozz ging ein Licht auf. »Bis eben hatte ich angenommen, wir hätten es mit Bewohnern dieses Planeten zu tun. Doch ich befürchte, die Wahrheit ist viel schlimmer. Die Typen da draußen sind groß, grau und gemein. Genauso haben uns die Utaren das Volk der Grauen Giganten beschrieben. Ga Gasogu nannte sie die Geißel der Milchstraße.«

»Sind das nicht eigentlich wir?« warf Ortungsoffizier Parr Jipp zaghaft ein. »In unserer Heimatgalaxis hat man uns mindestens genauso gefürchtet.«

»Uns?« wiederholte Ross Nokk. »Du meinst wohl Pakk Raff. Bestimmt bereitet er sich schon darauf vor, auch in dieser Galaxis Angst und Schrecken zu verbreiten.«

»Sogar einem unerbittlichen Kriegsherrn wie ihm sind Grenzen gesetzt«, sagte Priff Dozz. »An den Terranern hat er sich bereits die Reißzähne ausgebissen, und die übrigen hier ansässigen Völker sind sicherlich auch nicht ohne. Mal angenommen, er legt sich mit den Grauen Giganten an und überfällt Oorch... das wäre sein sicheres Ende, und wir hätten ein Problem weniger.«

Er stellte sich das Gemetzel vor, das die Grauen unter Pakks Mannschaft anrichten würden und wünschte sich, dabei zusehen zu dürfen. Selbstverständlich aus sicherer Entfernung.

Auch Putt und Tuff Grapp hatten einen Wunsch. Sie wollten aufwachen aus diesem furchtbaren Alptraum. Die Hünen hatten ihnen zwar das Leben gerettet, aber weniger bedrohlich wirkten sie deshalb nicht.

Ezzo wies die Soldaten an, ihre Hrraggna zurückzuholen. Er wollte vermeiden, daß sie sich als nächstes auf die beiden Zittergestalten stürzten, die ihm gegenüberstanden.

Enibas packte Lefka wieder in den Rucksack. Sie hatte ihre Hrraggna wie die anderen im Gras abgesetzt – und genau dort war Lefka auch geblieben, selig schlummernd. Nicht einen Millimeter hatte sie sich vom Fleck gerührt.

»Ist sie tot?« fragte Ezzo seine Exgeliebte verächtlich. »Oder ruht sie sich nur für Wichtigeres aus?«

»Dir kann man es wohl nie recht machen!« fuhr Enibas ihn an. »Mal ist sie dir zu temperamentvoll, mal zu lahmarschig!«

Ezzo maßregelte sie diesmal nicht wegen ihres respektlosen Tonfalls. Er schaltete seinen Translator ein, der an einer stabilen Halskette hing, und wandte sich den verängstigten Fremden zu.

»Ihr verfügt über die Fähigkeit, miteinander zu kommunizieren, und ihr führt Schußwaffen mit euch«, sprach er sie an, so freundlich, wie es einem Rateken überhaupt möglich war. »Daraus schließe ich, daß ihr einer zivilisierten Rasse angehört. Ist das hier euer Raumschiff? Wo ist die Mannschaft? Wer ist euer Anführer?

Schußwaffen! ging es Putt Grapp durch den Kopf. *Richtig, wir sind ja bewaffnet!*

Das war ihm völlig entfallen, als plötzlich der doppelköpfige Vierbeiner auf der Lichtung aufgetaucht war. Sein Bruder und er waren vor lauter Furcht erst gar nicht auf den naheliegenden Gedanken gekommen, sich selbst zu verteidigen. Alles weitere war dann ganz schnell gegangen.

Nur kurz zog er in Erwägung, jetzt zur Waffe zu greifen und sich gegen die Grauen zur Wehr setzen. Die Übermacht war viel zu erdrückend.

Tuff Grapp schaute hilfesuchend zum Eingangsschott. Wie er Priff Dozz einschätzte, saß er in diesem Augenblick mit seiner gesamten Offiziersgarde in der Zentrale vor dem Bildschirm. Vermutlich debattierten sie hin und her, statt etwas zu unternehmen.

»Wir starten und greifen sie mit dem Raumschiff an«, machte derweil Ross Nokk einen Vorschlag.

»Dann kriegen wir Putt und Tuff niemals heil an Bord«, befürchtete Knapp Bozz. »Und selbst wenn es uns gelänge, die beiden zu retten und den Trupp komplett zu eliminieren, kämen wir nie heil von diesem Planeten weg. Ihre Freunde würden sich an uns rächen.«

Ihre Freunde? durchzuckte es Priff Dozz.

Das hatte er noch gar nicht bedacht. Die da draußen waren vielleicht nicht allein. Womöglich waren die Grauen Giganten gleich mit mehreren Raumschiffen auf Palast gelandet.

Wie lange waren sie schon hier? Waren sie erst vor kurzem eingetroffen, oder hielten sie sich bereits länger auf diesem Stern auf? Beim Anflug hatte man zwar kein intelligentes Leben auf dem Planeten ermitteln können, allerdings hatte Ross Nokk unerklärbare Signale aufgefangen. Von den Grauen Giganten?

Draußen setzte der Anführer der Grauen die beiden nomadischen Soldaten unter Druck, indem er sie furchtbar anbrüllte und ihnen seine Waffe vor die Nase hielt. Die Brüder Grapp weigerten sich jedoch weiterhin, ihm zu antworten und Einzelheiten über das Raumschiff und seine Insassen preiszugeben. Sie taten so, als würden sie die Fragen nicht verstehen.

Der Rudelführer beschloß, schleunigst etwas zu unternehmen, bevor die Situation eskalierte.

»Männer!« sprach er zu seinen Offizieren und reckte dabei seine Brust. »Ich weiß jetzt, was zu tun ist. Schnallt eure Halsband-Translatoren um. Wir gehen hinaus und ergeben uns.«

*

Sich zu ergeben kam für Asor nicht in Frage. Sie wollte lieber sterben als Baraton in die Hände fallen.

Mit dem gekaperten Siebeneinhalb-Meter-Beiboot jagte sie über den Urwald hinweg, auf der Suche nach einer Möglichkeit zum Abtauchen. Ihr Exgeliebter verfolgte sie mit einem Zehn-Meter-Boot, das bedeutend schneller war.

Asor war selbst schuld, daß er sie entdeckt hatte. Nicht allein der Zufall hatte ihn auf ihre Fährte geführt, auch Leichtsinn und Ängstlichkeit hatten ihren Beitrag geleistet. Wäre sie in ihrem geschützten Versteck geblieben, hätte Baraton sie niemals aufgestöbert.

Stunden zuvor:

Asor stieg aus dem Beiboot. Sie hatte ihren Vorsprung genutzt und die KASKADEUR weit hinter sich gelassen. Dabei war sie nicht nur in eine Schönwetterfront hineingeflogen, sie hatte obendrein ein ideales Versteck gefunden – eine kleine Lichtung, die von hohen Bäumen mit weit ausladenden Blättern umgeben und somit von oben nur schwer einzusehen war.

Nur weil sie zum Schluß mit stark gedrosselter Geschwindigkeit ganz dicht über den Wipfeln entlanggeflogen war, hatte sie diesen Platz entdeckt. Ihr Verfolger würde so viel Geduld und Sorgfalt mit Sicherheit nicht aufbringen, dafür kannte sie ihn zu gut.

Daß Baraton sie verfolgen würde, daran hatte sie nicht den geringsten Zweifel. Wie eine Klette würde er sich an sie heften. Sie hatte sich ihm handgreiflich widersetzt und ihn damit in seinem Stolz gekränkt. Außerdem durfte er es nicht zulassen, daß sie nach Oorch zurückkehrte und ihrer Mutter den Standort seines geheimen Schlupfwinkels verriet.

Im Beiboot befand sich eine Notausrüstung, bestehend aus Männerkleidung, einer Handlampe, zwei Signalgranaten, Feuerzündern und sonstigen nützlichen Dingen. Hose, Hemd und Jacke hatte sie inzwischen angezogen, obwohl ihr die Sachen viel zu groß waren. Vor dem Aussteigen hatte sie sich die beiden Granaten links und rechts in die Jackentaschen gesteckt.

Auch ein paar Lebensmittel gehörten mit zur Ausrüstung. Eine Zeitlang konnte sie sich damit sicherlich über Wasser halten.

Aber was dann?

Über diese Frage dachte sie auf einem Spaziergang nach, wobei sie achtgab, nicht die Orientierung zu verlieren, damit sie wieder zum Boot zurückfand.

Wann würde der richtige Zeitpunkt sein, um das Versteck und den Planeten zu verlassen? Und wohin sollte sie sich dann wenden? Zwar konnte man auch mit einem Beiboot von geringer Größe ins All vorstoßen, aber bis nach Hause würde sie damit nicht kommen. Wahrscheinlich nicht einmal bis zum nächsten Asteroiden.

Solange sie sich auf Hort aufhielt, konnte Baraton sie nicht ausmachen. Im Weltall funktionierte die Technik auf seinem Raumschiff wesentlich besser, abgesehen von den magnetischen Störungen natürlich, die aber nicht ständig auftraten. Falls er sie dort entdeckte, würde es ihm ein Leichtes sein, sie zu stellen und abzuschießen. Wirklich sicher war sie nur hier.

Dennoch konnte sie nicht auf ewig auf der Lichtung verharren. Spätestens wenn ihr Wasser und Nahrungsmittel ausgingen, war sie gezwungen, etwas zu unternehmen.

»Ich bräuchte ein Raumschiff«, sprach Asor kaum hörbar zu sich selbst, während sie auf einem Baumstumpf am Wegrand Platz nahm. »Nur so komme ich zurück nach Oorch.«

Leider war die KASKADEUR weit und breit der einzige Raumer, der für eine Flucht von diesem Planeten in Frage kam. Vielleicht gelang es ihr ja, sich heimlich an Bord zu schleichen.

Das Raumschiff der Fremden, die sich Nomaden nannten, kam ihr in den Sinn. Von den Insassen selbst konnte sie keine Hilfe erwarten, sie waren vermutlich schon nicht mehr am Leben. Aber was war mit dem Schiff? Hatten es Charko und die Söldner zerstört? Oder hatten sie es für »Rebell« in Besitz genommen? Falls letzteres zutraf: Stand es jetzt leer, oder hatte man Wachen darauf zurückgelassen?

Asor war eine Frau mit vielen Begabungen. Ein Beiboot zu stehlen und trotz Funktionsstörungen sicher von Punkt A nach Punkt B zu befördern, war für sie eine Kleinigkeit. Aber allein ein ganzes Raumschiff steuern? Damit wären selbst erfahrene Raumpiloten überfordert gewesen.

Hinzu kam, daß sie überhaupt nicht wußte, wo sie nach dem Nomadenschiff suchen sollte. Mit Sicherheit hatten sie es gleich nach der Landung gut getarnt. Nur ein größenwahnsinniger Revolutionär wie Baraton war so vermessen, als Landeplatz einen Hügel auszuwählen, der schon von weitem eingesehen werden konnte.

Asor hatte sich fest vorgenommen, sich nicht vom Weg zu entfernen. Womit sie nicht gerechnet hatte: Der Weg entfernte sich von ihr. Ihr Abstand zum Wegrand wurde immer größer.

Erschrocken sprang sie auf die Beine und sah, was passiert war. Der vermeintliche Baumstumpf war gar keiner. Sie hatte sich aus

Versehen auf ein sechsbeiniges Krötentier mit einem Rückenpanzer gesetzt. Die Farbe des Panzers war identisch mit der Farbe von Baumrinde. Offensichtlich legte die heimische Tierwelt viel Gewicht auf perfekte Tarnung.

Daß es noch perfekter ging erkannte Asor, als sie auf den rechten Pfad zurückkehren wollte. Ein ungefähr vier Meter großes, vierbeiniges Ungeheuer mit zwei Köpfen stapfte den Pfad entlang, in Richtung der Lichtung. Mit jedem Schritt wechselte es die Hautfarbe, passend zur jeweiligen Umgebung, die streckenweise sehr verschiedenfarbig war.

Die riesige Bestie sehen und sich ins Laub werfen war für die wendige Ratekin eins. Zwei Untiernasen rochen bekanntlich mehr als eine, doch glücklicherweise stand der Wind günstig für Asor. Das Ungeheuer, das sich mit gesenkten Häuptern fortbewegte, um nicht an die Kronen niedriger Bäume zu stoßen, bemerkte sie nicht.

Asor war sich bewußt, daß sie großes Glück gehabt hatte. Hätte der »Baumstumpf« sie nicht aus der Gefahrenzone getragen, wäre sie dem Riesentier direkt in seine beiden hungrigen Mäuler gelaufen.

Um nicht doch noch im letzten Moment entdeckt zu werden, preßte sie ihren Körper fest ins Erdreich.

Täuschte sie sich, oder vibrierte der Boden wirklich? Zunächst glaubte sie, das Aufstampfen des Ungeheuers würde das leichte Beben verursachen. Doch dies war eine andere Art von Vibration – sie schien aus den Tiefen des Planeten zu kommen und diente einem bestimmten Zweck.

Kommunikation!

Asor hatte das Gefühl, daß irgendwer oder irgend etwas versuchte, mit ihr in Verbindung zu treten. Erst nach einer Weile begriff sie, daß die eigenartigen Kommunikationssignale nicht für sie bestimmt waren. Sie belauschte lediglich eine fremde Unterhaltung. Unendlich viele Gesprächspartner – vielleicht Millionen oder mehr – versuchten, sich miteinander zu verständigen. Es war eine stumme Verständigung, für die offensichtlich keine Worte gebraucht wurden, sondern…

Gedanken?

Ein Gedankenstrom direkt unter dem Waldboden – so nah, daß Asor ihn fast schon mit ihren eigenen Gedanken berührte, und gleichzeitig so weit entfernt, daß er unerreichbar für sie war. Die telepathischen Botschaften, die unablässig durchs Innere der Erde strömten, waren nicht für Außenstehende bestimmt.

Asor fragte sich, ob hierin die Ursache für die fortwährenden technischen Störungen lag.

Sie erhob sich und klopfte sich den Schmutz von der Kleidung. Ihr Gesicht reinigte sie oberflächlich mit etwas Spucke. Einen Schönheitswettbewerb hätte sie mit ihrem derzeitigen Aussehen wohl nicht gewonnen, schon gar nicht in diesem lächerlichen Aufzug.

Unauffällig folgte sie dem doppelköpfigen Koloß, um eventuell zu verhindern, daß er sich an dem Beiboot zu schaffen machte. Wie sie ihn davon abhalten sollte, darüber war sie sich allerdings nicht im klaren.

Und wieder hatte sie Glück. Das Ungeheuer beschnupperte das Boot voller Desinteresse und ging dann weiter.

Zuviel Glück war jedem Lebewesen, ganz gleich aus welcher Galaxis es stammte, suspekt. Mit Asor verhielt es sich nicht anders. Bevor sie sich der Gefahr einer weiteren unheimlichen Begegnung dieser Art aussetzte, wollte sie lieber einen Platzwechsel vornehmen.

Die zweiköpfige Bestie bestärkte sie in ihrer Entscheidung. Asor hatte das Boot noch nicht bestiegen, da drehte sich das Untier um und kam zurück. Diesmal bewegte es sich nicht mehr so gemächlich, als ahnte es bereits, daß die potentielle Beute im Begriff war, sich aus dem Waldstaub zu machen.

Um sich einen Startvorsprung zu verschaffen, zog Asor eine der Signalgranaten aus der Jackentasche, betätigte den Auslöser und warf sie in hohem Bogen vor die mächtigen Füße des Kolosses.

Danach schob sie ihren oberen Wulst über den Augenschlitz und wandte ihr Gesicht ab.

Ein gleißend bunter Lichtblitz schoß beim Aufprall der Granate wie eine überdimensionale Wasserfontäne in die Höhe, weit, sehr weit über die Baumwipfel hinaus. Am Himmel breitete sich der Blitz über viele Kilometer hinweg aus – ein prächtiges Farbenspiel wie bei einem fröhlichen Feuerwerk.

Als Asor ihre Facettenaugen wieder öffnete, sah sie den furchtsamen Vierbeiner in der Ferne davontrampeln, so weit ihn die Stampfer trugen. Diesmal wurde das Beben des Waldbodens ausschließlich von ihm verursacht. Seine Haut hatte die buntschillernde Färbung der Lichtfontäne angenommen.

Asor verließ ihr Versteck und entschwand am Himmel.

In erster Linie hatte es Baraton natürlich dem Zufall zu verdanken, daß er sie so schnell hatte aufspüren können. Der Luftraum über Hort war so groß, daß man sich nicht zwangsläufig begegnen mußte. Doch hätte sie sich nicht von ihrer Furcht leiten lassen, wäre sie dort geblieben, wo sie vorerst sicher war. Und hätte sie nicht leichtsinnig die Granate gezündet...

Doch jetzt war keine Zeit für Vorwürfe. Es mußte ihr irgendwie gelingen, ihren Verfolger abzuschütteln.

*

Wie Jagdwild trieb Baraton das Siebeneinhalb-Meter-Boot vor sich her. Schon längst bestimmte nicht mehr Asor, sondern er die Fluchtrichtung. Ohne es verhindern zu können, flog sie zurück ins Dreckwetter. Dunkle Wolken und beständiger Nieselregen begrüßten sie wie eine gute alte Bekannte.

Überraschend kam ihr etwas entgegengeflogen. Auf den ersten Blick sah es aus wie eine große, flache Scheibe mit Scheinwerfern rundum. Mit hoher Geschwindigkeit raste die Scheibe auf Asor zu.

»Konfrontation erfolgt in eineinhalb Jahren«, erinnerte der Bordcomputer sie noch einmal daran, daß auf Hort die Technik voller

Tücken war.

Die Automatiksteuerung hatte sie längst abgeschaltet. Asor verließ sich lieber auf sich selbst. Sie drosselte ihr Tempo, wartete ab, bis Baraton und die Scheibe nahe heran waren und tauchte dann blitzschnell nach unten weg.

Ihr gewagtes Manöver hätte den Anführer der Rebellenorganisation beinahe das Leben gekostet – aber eben nur beinahe. Rechtzeitig zog er sein Boot in die Höhe. Die beleuchtete Scheibe zischte mit knappem Abstand unter ihm durch, die erwartete Kollision blieb aus.

Der Pilot des scheibenförmigen Zehn-Meter-Beibootes hatte normalerweise schwarzschimmernde Haut. Momentan sah sein Gesicht allerdings eher mehlfarben aus.

Asor entdeckte eine breite, kurvenreiche Schneise im Urwald und flog mitten hinein. Baraton ließ sich jedoch nicht abschütteln. Schon bald war er wieder hinter ihr und holte auf.

Obwohl er aufgrund der kurvenreichen Strecke nicht richtig zielen konnte, feuerte er mehrmals mit seinem Bordgeschütz auf das flüchtende Boot. Asor bog daraufhin in eine Schneise ab, die nur eine Breite von knapp acht Metern aufwies, zuviel für Baratons Zehn-Meter-Fahrzeug.

Ohne zu zögern zog er sein Boot hoch und setzte die Verfolgung über den Bäumen fort. Da auch er nicht die komplette Technik einsetzen konnte, verlor er Asor des öfteren aus den Augen. Mit einem funktionstüchtigen Ortungsgerät wäre ihm das nicht passiert.

Asors Probleme waren weitaus größer. Ständig mußte sie achtgeben, keinen der dicken Baumstämme am Wegrand zu streifen. Ein paar Büsche hatte sie bereits entwurzelt und durch die Luft geschleudert.

Plötzlich wurde es noch enger. Zwei links und rechts am Weg befindliche Bäume standen so nah beieinander, daß sie unmöglich zwischen ihnen hindurchfliegen konnte.

Oder doch? Die Höhe des Bootes betrug lediglich die Hälfte des

Bodendurchmessers, sie brauchte es also »nur« in Seitenlage bringen – und das möglichst schnell.

Augenschlitz zu und durch! Wenn jetzt nur nicht die Steuerung versagte!

Geschafft! Das Boot ging wieder in die Waagerechte.

Doch das nächste Problem, beziehungsweise der nächste Baum stand mitten auf dem Weg. Asor blieb nichts anderes übrig, als wieder aus dem schützenden Urwald aufzutauchen.

Zu ihrer Erleichterung suchte Baraton gerade an der falschen Stelle. Das gab ihr Gelegenheit, sich zu orientieren. Überall sah es irgendwie gleich aus. Asor hoffte, den Hügel ausmachen zu können, auf dem die KASKADEUR stand. Dafür hätte sie jedoch wesentlich höher fliegen müssen.

Gerade wollte sie nach oben durchstarten, da erwischte sie eine Geschützsalve. Baraton hatte den Augenblick ihrer Unachtsamkeit genutzt, um sich in Zielposition zu bringen.

Ein Drittel aller technischen Funktionen an Bord ist mittlerweile erloschen, dachte sie, während sie mitten hinein in die Baumkronen stürzte. *Hätte nicht auch sein gottverdammtes Geschütz kaputtgehen können?*

*

»Selbstverständlich wußten wir, wo unsere Späher plaziert waren«, beendete Kloff Kruzz seinen Bericht. »Wir führten die Rateken eine Weile im Kreis, bis wir sichergehen konnten, daß ihr uns bemerkt habt und eine Falle vorbereiten würdet.«

Pakk Raff schnaubte verächtlich. »Die Grauen hielten sich für Mordskerle und glaubten, leichtes Spiel mit uns zu haben. Jetzt hetzen wir die erbärmlichen Überreste ihrer Kampftruppe kreuz und quer durch die Botanik.«

»Und du hast wirklich ihr Schiff gesehen?« fragte Tratt Foxx.

»So wahr ich hier in meinem Kommandosessel sitze«, bestätigte ihm der Rudelführer. »Die Riesenkugel oben auf dem Hügel steht dort gewiß nicht nur zur Zierde. Ich fresse meine Uniform, wenn das kein Raumschiff ist.«

»Könnte es nicht einem anderen Milchstraßenvolk gehören?« fragte Plepp Riff, einer seiner fähigsten Brückenoffiziere.

»Zweifelst du an meinem Urteilsvermögen?« herrschte Pakk ihn an. »Wie groß ist wohl die Chance, daß außer uns und den Rateken noch weitere Völker auf Raff-Raff gelandet sind? Dieser verschissene Planet ist alles andere als ein Urlaubsparadies. Deshalb werde ich meinen ursprünglichen Plan, hier eine Stützpunktwelt einzurichten, noch einmal in aller Ruhe überdenken. Der harmlose Maschinenschaden, der uns zur Zwischenlandung gezwungen hat, ist mittlerweile behoben, wir könnten also jederzeit abfliegen.«

»Von mir aus lieber heute als morgen«, erwiderte Plepp Riff. »Man traut sich hier ja kaum vor die Tür. Überall wimmelt es von verrücktem Viehzeug, und jetzt kommen auch noch – laut Kloffs Bericht – nomadenwürgende Riesenpflanzen hinzu. Bist du dir eigentlich darüber im klaren, wie viele es von denen auf Raff-Raff gibt?«

Der Rudelführer hatte der Sonne seinen vollen Namen und dem Planeten die »Doppelausgabe« seines Zweitnamens verliehen. Die Vulkanwelt hatte er ausgelassen, sie interessierte ihn eh nicht.

»Mir waren die großen Pflanzenstauden von vornherein unheimlich«, behauptete er im Gespräch mit seinem Offizierskorps. »Ein Grund mehr, uns einen besseren Stützpunkt zu suchen. Doch bevor wir hier verschwinden, plündern wir das Kugelschiff.«

»Müssen wir nicht befürchten, auf massiven Widerstand zu stoßen?« warf sein Funkoffizier ein.

»In der Kugel befindet sich vermutlich nur eine kümmerliche Notmannschaft«, meinte Pakk Raff. »Die anderen haben wir erledigt, oder sie irren orientierungslos durch den Urwald. Wen unsere Männer nicht töten, der fällt den wilden Tieren zum Opfer, und der Rest braucht vermutlich eine halbe Ewigkeit, um zum Raumschiff zurückzufinden. Am liebsten würde ich sofort mit der Plünderung beginnen, aber wir müssen erst abwarten, bis alle unsere Soldaten von der Ratekenhatz zurück sind.«

Im Verlauf des Kampfes hatte es auch unter den Nomaden Verletzte gegeben, die in der medizinischen Station behandelt werden mußten. Zu Tode gekommen war bisher kein einziger nomadischer Soldat. Pakk Raff hoffte, daß das auch so blieb und daß die Mannschaft bis zum Einbruch der Dunkelheit wieder komplett sein würde.

Einer der Beibootpiloten kehrte in den Hangar zurück und setzte sich per Armreiffunk umgehend mit der Brücke in Verbindung. Innerhalb des Kreuzraumers funktionierte der Funk noch problemlos, was sich allerdings jederzeit ändern konnte.

»Fliegende halbierte Kugeln?« sagte Pakk Raff, nachdem er die Meldung entgegengenommen hatte. »Konntest du die Insassen erkennen?«

»Negativ«, ertönte es aus dem Funkgerät. »Ich war froh, meine Haut retten zu können. Das erste Boot flog dicht unter mir, das zweite dicht über mir hinweg. Für einen Moment glaubte ich, es sei aus. Ich konnte bereits in Darrggs Antlitz blicken…«

»Jammere mir nicht die Lauscher voll, Soldat«, unterbrach Raff ihn in seiner unbeherrschten Art. »Das nächste Mal guckst du gefälligst genauer hin. Ende.«

Er unterbrach die Verbindung.

»Jetzt gibt es zwei Möglichkeiten«, sprach er in die Offiziersrunde. »Entweder gehören die Beiboote den Rateken, was man aufgrund der äußeren Form annehmen könnte, oder es existiert tatsächlich noch ein drittes Raumschiff auf Raff-Raff, das einem anderen Milchstraßenvolk zuzuordnen ist.«

»Ich wüßte noch eine dritte Möglichkeit«, ergriff erneut Plepp Riff das Wort. »Die Rateken sind vielleicht mit zwei Schiffen gelandet. Der Besatzung des ersten Raumers haben wir weitgehend den Garaus gemacht. Dafür könnten sich die Soldaten des zweiten Raumers rächen. Womöglich gehörten die Beiboote, mit denen es fast zur Kollision gekommen wäre, zu einem Spähtrupp.«

»Falls Plepps Theorie zutrifft, müssen wir uns fragen, welches der beiden Raumschiffe auf dem Hügel gelandet ist«, bemerkte der Ortungsoffizier. »Womöglich steht Raumer Nummer eins irgendwo im Wald, und das Schiff, das du gesehen hast, Pakk, ist voller ratekischer Kämpfer.«

»Mit denen werden wir auch noch fertig«, knurrte der Rudelführer. »Ich werde die ganze Angelegenheit in der kommenden Nacht überdenken und euch morgen früh meine Entscheidung mitteilen.«

Damit betrachtete er die Versammlung als aufgelöst. Jeder ging wieder an seine Arbeit.

Pakk Raff zog sich in sein Privatquartier zurück. Seinen Frauen entging nicht, daß ihn etwas beschäftigte, und sie boten sich an, ihn etwas zu zerstreuen. Doch danach stand ihm augenblicklich nicht der Sinn. Er wollte allein sein und nachdenken.

Leider war Denken nicht gerade seine Stärke. Früher hatte das Priff Dozz für ihn übernommen. Jetzt mußte er alle Entscheidungen allein treffen, ohne seinen eigentlich unentbehrlichen Berater.

Einerseits neigte Pakk Raff dazu, ausschließlich seinem Instinkt zu folgen und im Morgengrauen den Befehl zur Erstürmung des Hügels zu erteilen. Andererseits konnte er sich größere Personalverluste nicht leisten. Die Flucht von Dozz und seinen zahlreichen Anhängern hatte sein Rudel um mehrere hundert Angehörige dezimiert. Noch kleiner durfte es nicht mehr werden, sonst befanden sich eines Tages mehr Nomaden auf der Kommandobrücke der KRIEGSBRAUT als im übrigen Raumschiff.

*

Priff Dozz, Ross Nokk, Ezzo und Jamak saßen auf der Kommandobrücke der FREIHEIT gemütlich beieinander und unterhielten sich wie gute Freunde. Die Nomaden plauderten ein wenig über ihre Heimatgalaxis, die Rateken erzählten ein bißchen was von Oorch. Jedoch täuschte die friedfertige Atmosphäre nicht darüber hinweg, daß die Grauen Giganten keine Sekunde zögern würden, ihren Gesprächspartnern die Gurgel umzudrehen, falls das notwendig sein sollte.

Knapp Bozz und die übrigen Offiziere weihten Enibas und Wasrun in die Geheimnisse der nomadischen Raumschiffstechnik ein. Der Assistent des Singu der Rateken hatte darauf bestanden, und die Nomaden hatten nicht gewagt, sich dagegen aufzulehnen.

Medtech Frogk stillte seine Wißbegierde in der medizinischen Station.

Die ratekischen Soldaten durften sich überall im Raumer umsehen.

Alle Schiffsbewohner waren inzwischen über die Anwesenheit der Fremden unterrichtet worden. Priff Dozz hatte darum gebeten, sie freundlich zu empfangen.

»Einige von euch haben vielleicht schon auf Esmaladan von den Grauen Giganten gehört«, hatte er hinzugefügt. »Sie selbst nennen sich Rateken und möchten auch so angeredet werden. Unterlaßt bitte alles, was sie kränken könnte.«

Bidd Nobb entschloß sich, den Besuch der Fremden zu einer spektakulären Protestaktion zu nutzen und setzte sich über den Bordfunk mit den Mitgliedern ihrer Frauengruppe auseinander. Die meisten Nomadinnen zogen es jedoch vor, in ihren Quartieren zu bleiben, in der Hoffnung, daß die unheimlichen Riesen an ihrer Tür vorübergehen und beim Nachbarn einkehren würden. Mehr als zwei Mitstreiterinnen fanden sich nicht bereit, Bidd zu unterstützen.

Nachdem Bidd Nobb das Quartier verlassen hatte, legte sich Dell Wudd auf einem sofaähnlichen bequemen Möbel in Positur. Auch sie fürchtete sich vor einer Begegnung mit den Rateken, war aber fest entschlossen, sie mit den Waffen einer Frau zu besiegen.

Als kurz darauf die Kabinentür mit einem leisen Summen beiseite glitt und in der Wandverkleidung verschwand, dachte Dell Wudd zunächst, Bidd Nobb sei noch einmal zurückgekehrt. Doch dann standen plötzlich zwei mächtige Gestalten vor ihr, in leicht gebückter Haltung, um nicht mit dem Birnenkopf an die Decke zu stoßen.

Neugierig musterten die beiden grobschlächtigen Rateken die grazile Nomadenfrau.

Dell setzte ihr bezauberndstes Lächeln auf und räkelte sich verführerisch auf dem Liegemöbel. Sie hatte nicht vor, mit den greulichen Gestalten anzubändeln, wollte ihnen aber zeigen, daß sie ihnen freundlich gesinnt war.

Nach einer Weile verließ das Gigantenduo wieder den Raum.

Priffs Zweitfrau atmete erleichtert auf. Das verstörte Benehmen der Fremden hatte ihr bewiesen, wie unwiderstehlich sie war. Wenn sie es darauf anlegte, konnte sie jedes Lebewesen im ganzen Universum becircen.

Ihre beiden »Kavaliere« bogen in den nächsten Durchgang ein und unterhielten sich über sie.

»Puh, was für ein häßliches Frauenzimmer! Nur Haut und Knochen.«

»Und erst dieses abstoßende Grinsen! Sie hat die Lippen so weit hochgezogen, daß man sogar ihr Zahnfleisch sehen konnte. Es erstaunt mich immer wieder, wie abgrundtief häßlich die meisten Fremdvölker sind!«

Auch in den übrigen Quartieren wurden die Bewohner durch ungebetene, neugierige Gäste aufgeschreckt, die allerdings nie lange blieben. Manchmal nahm sich ein Rateke ein kleines Souvenir mit, selbstverständlich nicht, ohne sich über den Halsketten-Translator dafür zu bedanken.

Keiner der Bestohlenen wagte es, aufzubegehren. Allerdings gingen auf der Brücke ein paar erboste Beschwerden ein, die Karr Sutt, der gelegentlich als Mannschaftssprecher fungierte, in Empfang nahm. Unauffällig reichte er sie als Notiz an den Rudelführer weiter.

Nicht alle Rateken zeigten Interesse am Privatleben ihrer unfreiwilligen Gastgeber. Einige von ihnen besichtigten lieber die Maschinenräume und ließen sich dort alles genauestens erklären. Bereitwillig gab ihnen das technische Personal Auskunft. Lediglich zu den Waffenkammern und zur Waffensteuerungsanlage wurde ihnen der Zugang verweigert, was sie fürs erste akzeptierten.

Verständigungsschwierigkeiten zwischen Priff Dozz und Ezzo gab es nicht, dafür sorgten ratekische und nomadische Translatoren gleichermaßen.

Der Singu-Nachfolger in spe schilderte dem Rudelführer von demokratischen Gnaden, was ihn hierhergeführt hatte.

»Asor ist die Tochter des amtierenden Dhara, unseres Staatsoberhaupts«, erklärte er seinem Zuhörer aus Drakhon abschließend. »Wir sind uns versprochen, das hat auf Oorch große Bedeutung. Ich werde nicht eher nach Hause zurückkehren, bis ich sie aus den Händen ihres Entführers befreit habe.«

Priff Dozz bot ihm daraufhin eilfertig seine Hilfe an. Nicht ganz selbstlos, er verlangte Handelsgüter als Gegenleistung.

»Handelsgüter?« wunderte sich Ezzo. »Unser Raumer ist ein Kriegsschiff. Es gibt dort nichts, das für einen Käufer von Intercssc sein könnte.«

»Abwarten«, entgegnete Dozz. »Wenn Sie meinen Leuten gestatten, sich auf Ihrem Schiff genauso gründlich umzusehen, wie es Ihre Soldaten gerade auf unserem Schiff tun, findet sich bestimmt der eine oder andere Gegenstand zum Verscherbeln.«

Ezzo begriff den Wink mit dem Zaunpfahl. Er gab seinem Ersten Offizier Anweisung, jeden Soldaten vor dem Verlassen des Raumschiffs nach »Erinnerungsstücken« zu durchsuchen und sie ihm wieder abzunehmen.

»Ich mache Ihnen einen anderen Vorschlag«, sagte er anschließend zu Priff Dozz. »Der gesuchte Rebellenführer Baraton befehligt ein Raumschiff, das um die Hälfte größer ist als die HÄSCHER. Der Singu der Rateken und die Dhara haben mir zu verstehen gegeben, daß eine Rückkehr der Rebellen nach Oorch nicht von staatlichem Interesse sei. Somit wird keiner von ihnen Hort lebend verlassen. Die KASKADEUR geht dann in den Besitz der Ratekischen Flotte über. Ich überlasse Ihnen das Schiff zum Ausschlachten, Priffdozz. Was halten Sie davon?«

»Meinen Sie denn, Ihr Staatsoberhaupt wäre mit dieser Schenkung einverstanden?« stellte Dozz ihm die Gegenfrage. »Wenn Sie ohne das Rebellenschiff heimkehren, könnten Sie sich gewaltigen Ärger einhandeln.«

»Das Risiko gehe ich ein. Ich vertraue darauf, daß die Familiengefühle der Dhara stärker sind als ihr wirtschaftliches Interesse an einem nicht mehr ganz neuen Raumschiff. Kann ich auf die Unterstützung der Nomaden zählen?«

»Bisher steht doch noch gar nicht fest, daß sich Baraton auf Pal... auf Hort befindet. Falls er sich anderswo aufhält, gucken wir in den Mond.«

»Sie können nur gewinnen und nichts verlieren«, konterte Ezzo. »Selbst wenn Sie die KASKADEUR nicht bekommen, gehen Sie nicht leer aus. Sie würden etwas viel Wichtigeres besitzen: die ewig währende Freundschaft unseres Volkes. Auf Oorch wären Sie jederzeit willkommen – was nicht jedes Volk von sich behaupten kann. Die Rateken haben es nicht nötig, um die Freundschaft anderer Rassen zu buhlen, aber sie zeigen sich dankbar gegenüber ihren Waffengefährten.«

Freunde – das war es, was die Männer, Frauen und Kinder auf der FREIHEIT am dringendsten brauchten, wollten sie in dieser fremden Galaxis überleben. Mit den Utaren hatten sie es sich schon verdorben. Bei den Rateken würden sie gewiß nicht denselben Fehler machen.

Der Rudelführer hatte nicht von der unrühmlichen Vergangenheit der Nomaden als Plünderer gesprochen. Auch Pakk Raff und die Flucht von der KRIEGSBRAUT hatte er unerwähnt gelassen.

»Ich bin einverstanden«, sagte Priff Dozz. »Wenn Baraton sich auf diesem Planeten aufhält, kriegen wir ihn.«

*

Der ratekische Ortungsoffizier Wasrun machte sich am Ortungsgerät der FREIHEIT zu schaffen, sehr zum Ärger des nomadischen

Ortungsoffiziers Parr Jipp.

Ezzo versuchte, zwischen beiden zu vermitteln. Wasrun war ihm eh ein Dorn im Auge.

»Was macht es für einen Sinn, sich mit dem Gerät zu beschäftigen?« fragte er den übergewichtigen Mann. »Es funktioniert vermutlich genausowenig wie die Ortung an Bord der HÄSCHER.«

»Stimmt«, bestätigte Wasrun ihm. »Aber wenn ich einige Kabel umpole und ein paar Schaltstellungen verändere...«

Ezzo begriff sofort. »Sie wollen die Erkenntnisse der Rateken mit dem technischen Wissen der Nomaden vereinen? Ein verrückter Gedanke – aber gerade deswegen gefällt er mir. In Ordnung, Sie haben freie Hand, Wasrun.«

Priff Dozz um Erlaubnis zu fragen – immerhin handelte es sich um sein Raumschiff – kam Ezzo erst gar nicht in den Sinn. Auch wenn er den Nomaden das Gefühl gab, mitreden zu dürfen, ließ er sie spüren, daß er ihr Schiff durch Aufgabe erobert hatte und sie im Grunde genommen nichts weiter waren als seine Kriegsgefangenen.

In diesem Moment betraten Bidd Nobb und zwei Frauen aus ihrer Gruppe die Brücke. Priff Dozz sprang auf und forderte seine Lebensgefährtin barsch auf, hinauszugehen. Sie beachtete ihn jedoch nicht und wandte sich dem Anführer der Rateken zu.

Bidd hielt ihm einen kurzen Vortrag darüber, wie an Bord der FREIHEIT die Gleichberechtigung mit Füßen getreten wurde und überreichte ihm eine gerollte Folie mit all ihren Forderungen.

Ihre beiden Begleiterinnen hielten die von Priff herbeigerufenen Wachleute mit harmlosen Beißattacken davon ab, Bidd abzuführen. Erst als Ezzo die Folienrolle entgegengenommen hatte, verließ die Frau des Rudelführers freiwillig die Kommandozentrale. Ihre Beschützerinnen folgten ihr, heilfroh, daß es nicht zu ernsthaften Beißkämpfen gekommen war.

»Was für ein Rasseweib«, bemerkte Ezzo anerkennend. »Sie hat ordentlich Speck auf den Rippen und Haare auf den Reißzähnen. Der Mann, der mit ihr zusammenlebt, muß der glücklichste Nomade an Bord sein.«

Ja, ja, er kann sein Glück kaum fassen, dachte Priff Dozz und unterdrückte einen Riesenseufzer.

Ezzo wollte ihm die Folie überreichen. Was gingen ihn die Probleme eines fremden Volkes an? Doch dann überlegte er es sich anders und steckte die Rolle ein, sozusagen als Gastgeschenk der weiblichen Nomaden. Er wußte auch schon, was er damit anfangen würde.

»Ich könnte mir vorstellen, ihr habt eure Weiber besser im Griff als wir«, sagte Priff Dozz zu Ezzo, wobei er es vermied, Enibas anzuschauen, denn er wollte keinen Zoff mit der kräftig gebauten Ratekenfrau.

»Unsere Lebensgefährtinnen müssen uns nicht gehorchen«, antwortete der Assistent des Singu. »Die Frauen tun, wozu sie Lust haben, und die Männer tun, was sie für richtig halten. Vor Jahrtausenden, so wird von einigen nicht ganz ernstzunehmenden Lästermäulern behauptet, soll das noch ganz anders gewesen sein. Damals haben angeblich die Frauen die Männer rücksichtslos versklavt.«

»Völlig unmöglich«, meinte der Rudelführer. »So etwas wäre gegen die Natur. Kein Mann würde es zulassen, daß eine Frau über ihn herrscht.«

»Ich spreche von totaler Unterdrückung, nicht vom Herrschen«, erwiderte Ezzo. »Gegen eine Frau als Herrscherin gibt es nicht das geringste einzuwenden. Die Mehrheit unseres Volkes sieht das genau wie ich. Immerhin wurde Asors Mutter erst kürzlich zur neuen Dhara gewählt.«

Der Dhara – eine Frau? Priff Dozz war geschockt, war er doch die ganze Zeit über davon ausgegangen, Conok sei Asors Vater.

Für den mächtigsten Mann auf der FREIHEIT brach eine Welt zusammen, und er betete zum Allmächtigen, daß sich das, was er gerade erfahren hatte, nicht auf dem Raumschiff herumsprechen würde. Ansonsten würde ihm Bidd Nobb wohl noch übler zusetzen als bisher.

7.

Asor hatte eine riskante Kletterpartie hinter sich gebracht und spürte festen Waldboden unter ihren Füßen. Trotzdem fühlte sie sich noch nicht sicher. Über ihr hing das (ihr unbekannte) »Schwert des Damokles« – in Gestalt eines tonnenschweren Siebenhalb-Meter-Beiboots, gehalten von vier dicht beieinander gewachsenen Baumkronen.

Wie durch ein Wunder hatten die mächtigen Bäume ihren Absturz aufgefangen, ohne daß sie einen Kratzer abbekommen hatte.

Hoffentlich kommt jetzt keiner von den doppelköpfigen Kolossen vorüber, dachte sie, während sie sich eilig vom Unfallort entfernte.

Schon die geringste Erschütterung konnte dem Boot den Rest geben. Asor legte keinen Wert darauf, seinen endgültigen Abgang aus nächster Nähe mitzuerleben.

Erst als sie weit genug weg war, blieb sie inmitten einer ungeordneten Ansammlung von Schaitun-Pflanzenstauden stehen und gönnte sich eine kleine Ruhepause. Sie war erschöpft, wußte aber, daß sie sich eine längere Rast nicht leisten konnte. Bestimmt war Baraton inzwischen gelandet und befand sich auf der Suche nach ihr. Jeden Moment konnte er wie aus dem Nichts gewachsen vor ihr stehen.

Asor spürte, wie es unter ihren Fußsohlen vibrierte. Die mit Lappen ausgestopften Männerstiefel, die sie trug, verfügten über extradicke Sohlen, dennoch fühlte sie die Vibration am ganzen Körper.

Ihr blieb keine Zeit, dieses Rätsel zu lösen. Plötzlich aber erwartet tauchte Baraton aus dem Dickicht auf. Der auf Töten eingestellte Impulsstrahler in seiner Hand ließ keinen Zweifel an seiner

Absicht.

Schritt für Schritt kam er näher. Die Angst stand Asor ins Gesicht geschrieben. Baraton sah das gern. Die Furcht anderer war das Elixier, das er zum Leben brauchte.

»Willst du noch ein letztes Gebet zu unseren Göttern sprechen?« fragte er sie und richtete den Lauf genau auf die Mitte ihres Facettenaugenschlitzes.

Asor antwortete ihm nicht. Ihr ging nur ein einziges Wort durch den Kopf:

AUS!

Das Vibrieren des Erdreichs wallte erneut auf und wandelte sich in ein leichtes Beben. Baraton spürte es auch. Er geriet etwas ins Schwanken, seine Hand zitterte.

Asor witterte ihre allerletzte Chance. Die Atem- und Geruchsschlitze unter dem Facettenring waren eine überaus schmerzempfindliche Körperstelle. Ein kräftiger Schlag mit dem Handballen traf Baraton genau auf den Punkt.

Der Rebellenführer ließ die Waffe fallen. Asor bückte sich danach, doch er kickte den Strahler blitzschnell mit dem Stiefel weg. Ein Glückstreffer – für einen gezielten Tritt war er viel zu benommen.

So schnell sie konnte rannte Asor davon.

Daß sie dabei ausgerechnet in die Richtung lief, aus der sie gekommen war, wurde ihr erst bewußt, als sie sich unter den vier Bäumen wiederfand, die ihr das Leben gerettet hatten. Über ihr hing das Boot im Geäst, nur noch wenige Astbrüche vom vollendeten Absturz entfernt.

Der Boden wurde erneut von einem Beben durchzogen. Asor fand keinen Halt. Sie stürzte, rollte sich auf der Schulter ab.

Ein lautes Knirschen und Krachen war zu hören. Auch ohne hinzusehen wußte Asor, was ihr gleich blühte.

Unter Aufbietung ihrer letzten Kraftreserven gelang es der erschöpften Frau, wieder auf die Beine zu kommen. Sie lief los, stieß sich mit den Füßen ab und brachte sich mit einem beherzten

Sprung in Sicherheit. Das tonnenschwere Beiboot brach durchs Geäst, jagte meterweit in die Tiefe und zerschellte dicht hinter ihr am Boden.

Asor war mitten in ein Gebüsch gesprungen. Halb benommen arbeitete sie sich dort heraus. Ihr Körper schmerzte an so vielen Stellen, daß sie sich erst gar nicht die Mühe machte, jede einzelne Verletzung zu begutachten.

Wieder einmal war sie einem furchtbaren Schicksal knapp entronnen. Dafür war ein anderer vom herabgestürzten Boot erschlagen worden. Asor hatte deutlich einen Todesschrei gehört – in ihrem Kopf.

Sie hoffte, daß es Baraton war, der ihn ausgestoßen hatte.

Das Beiboot der KASKADEUR war total zerstört. Baratons Geschütz hatte es erheblich beschädigt, der Sturz von den hohen Bäumen hatte ihm den Rest gegeben.

Asor ging um das Siebeneinhalb-Meter-Boot herum. Sie humpelte, hatte sich den Knöchel verstaucht. Welchen, das wußte sie nicht so genau, im Grunde genommen taten ihr alle Knöchel weh.

Baraton war nirgends zu sehen. Suchte er sie am falschen Platz? Lauerte er irgendwo im Gebüsch? Oder war er tatsächlich unter das Boot geraten?

Abrupt blieb Asor stehen. Zu ihren Füßen entdeckte sie ein Wesen, das ihr bis dato völlig unbekannt war.

*

Conok hatte ihrer Tochter eine perfekte und umfassende Ausbildung finanziert, an den besten Universitäten von Oorch. »Nichts verachten Männer mehr als dumme Frauen«, hatte sie immer zu ihr gesagt, wenn ihr das Lernen mal zuviel geworden war. Sogar ein Studium in verschiedenen Bereichen der Wissenschaft hatte Asor auf Anraten ihrer Mutter absolviert.

Mit wissenschaftlicher Neugier untersuchte sie das am Boden liegende Wesen, das sie zunächst für ein Tier hielt, näher.

Es war nackt. Seine erdfarbene stumpfe Haut war völlig verdreckt, woraus Asor schloß, daß es unter der Erde lebte. Die kurzen dicken Beine waren mit stabilen scharfen Krallen bewehrt, die wie Grabwerkzeuge aussahen, vermutlich aber auch zur Verteidigung eingesetzt wurden. Arme hatte das Tier keine.

Der leblose Körper war in sich zusammengesunken und sah aus wie eine eingefallene Ruine. Den Kopf konnte Asor nicht sehen, er war unter dem Boot eingeklemmt.

Sie schaute sich nach Baraton um, konnte ihn aber noch immer nicht entdecken. Theoretisch konnte ihr Verfolger überall und nirgends sein, deshalb war es im Grunde genommen egal, wo sie sich aufhielt.

Asor bückte sich und zog das armlose Tier vorsichtig unter dem Boot hervor. Leider war der Kopf völlig zerquetscht. Gesichtszüge waren dadurch nicht erkennbar.

Zwischen den Beinen des toten Tieres befand sich eine schlitzförmige Körperöffnung. Handelte es sich dabei um ein Geschlechtsorgan? Hatte hier ein Weibchen den Tod gefunden?

Das Beben wurde wieder stärker. Grollend bewegte sich die Erde auf und ab. Die Bäume gerieten ins Wanken, und die Büsche raschelten so laut, als würde ein böser Geist in ihnen wohnen.

Und dann wurde es erst richtig unheimlich!

Die Schaitun setzten sich plötzlich in Bewegung. In gemächlichem Tempo verteilten sie sich ziellos in alle möglichen Richtungen, wobei ihre Wurzeln die Erde durchpflügten, so daß sie nie den Kontakt mit dem Boden verloren. Asor erinnerte sich an Baratons Schilderung aus zweiter Hand.

Baraton. Auf einmal stand er hinter ihr. Er hatte sich leise an sie herangeschlichen, seinen geplanten Überraschungsangriff jedoch nicht zu Ende geführt. Mit dem Impulsstrahler in der Hand starrte er wie gebannt auf die wandernden Pflanzen.

»Eigentlich habe ich nie so richtig daran geglaubt«, kam es kaum hörbar über zwei seiner insgesamt acht Lippen.

Der Spuk erreichte seinen Höhepunkt, als sich an zahlreichen

Plätzen die Erde auftat und furchterregende Monster, deren Haut die gleiche Farbe hatte wie der Waldboden, aus der Tiefe gekrochen kamen. Sie besaßen keine Arme und keine…

Keine Gesichter! schoß es Asor durch den Kopf.

Bei der Untersuchung des vom Boot erschlagenen Tieres hatte sie nur deshalb keine Gesichtszüge mehr erkennen können, weil es gar keine gab. Diese außergewöhnliche Tiergattung orientierte sich allem Anschein nach weder mit optischen noch mit akustischen Sinnen, und vermutlich konnte sie weder riechen noch sprechen. Oder lagen die dafür benötigten Sinnesorgane im verborgenen, wie es mit den Gehörkanälen der Rateken der Fall war?

Eine andere Frage beschäftigte die Wissenschaftlerin in Asor noch viel mehr: Handelte es sich überhaupt um Tiere? Oder hatte sie es mit intelligenten Lebewesen zu tun? Oder einer Zwischenstufe?

Zu ihrer Erleichterung kümmerten sich die Erdfarbenen überhaupt nicht um sie oder Baraton. Statt dessen gingen sie mit ihren Krallen auf die Schaitun los. Sie sprangen mitten in die Stauden hinein, verkrallten sich in ihnen und versuchten dann, die Gewächse mit kraftvollen, ruckartigen Schwüngen total zu entwurzeln.

Dies alles ging überaus langsam vonstatten, sozusagen im Zeitlupentempo, denn »Die-aus-der-Tiefe-kamen« bewegten sich nur unwesentlich schneller als die lebenden Pflanzen.

Stauden, die vollständig aus dem Boden gezogen wurden, verdorrten auf der Stelle. Zurück blieben nur dunkelbraune verwelkte Überreste. Die Früchte im Pflanzeninneren – von Baraton als »Kinder der Schaitun« bezeichnet – schrumpften zu winzigen schwarzen Kügelchen zusammen. Auf Hort hatte der Tod viele Gesichter.

Die Riesenpflanzen wehrten sich mit ihren großen, scharfkantigen Blättern und ihren langen Schlingen. Gelang es ihnen, einen der Angreifer zu erdrosseln, ließen sie von ihm ab und wandten sich dem nächsten zu. Die Leiber der Getöteten lagen erschlafft am Boden, so als warteten sie darauf, von der Erde, aus der sie gekommen waren, wieder gnädig aufgenommen zu werden.

Baraton geriet in Panik, als ihm ein paar Gesichtslose zu nahe kamen. Er feuerte mehrere Impulssalven auf sie ab. Jedes Erdwesen, das er traf, implodierte und fiel in sich zusammen wie ein Ballon, aus dem man einen Teil der Luft herausgelassen hatte.

»Bist du verrückt?« fuhr Asor ihn an. »Damit machst du sie doch erst auf uns aufmerksam!«

Er drehte sich zu ihr um und blickte sie mit zornfunkelndem Facettenring an. Für einen Moment war er versucht, sie einfach niederzuschießen, aber vielleicht brauchte er sie ja noch, um sich gemeinsam mit ihr den Weg freizukämpfen. Töten konnte er sie genausogut hinterher.

Weiter kam er mit seinen Überlegungen nicht. Zwei Erdfarbene, die er nur leicht verletzt hatte, griffen ihn überraschend aus dem Hinterhalt an und hielten ihn fest. Die Waffe glitt ihm aus der Hand. Eins der Wesen stellte seinen Krallenfuß darauf und drückte den Strahler in den Boden.

»Hilf mir!« schrie Baraton, als ein dritter Gesichtsloser auf ihn zugestapft kam.

Asor überließ ihn seinem Schicksal und suchte ihr Heil in der Flucht. Aufgrund ihrer Verletzungen und Verstauchungen kam sie nicht sehr schnell voran, doch die Erdwesen waren noch langsamer. Sie wußte, daß sie dem sicheren Tod geweiht war, wenn sie hierblieb. Die Furcht verlieh ihr neue Kraft.

Von allen Seiten nahm sie schrille leise Todesschreie wahr.

Baraton konnte die Schreie nicht hören.

Mittlerweile vier Gesichtslose umringten den gewissenlosen Untergrundkämpfer und preßten sich ganz dicht an ihn. Obwohl sie kleiner waren als er, blieb ihm die Luft weg, denn ihre armlosen Körper dünsteten nicht nur einen penetranten Gestank aus, sie sonderten auch Erdstaub ab, der zu seinen Atemwegen emporstieg und sie allmählich verstopfte.

Er beobachtete, wie eins der absonderlichen Wesen den anderen gestikulierend stumme Befehle erteilte. Daraufhin ließ eine kleinere Gruppe von den Pflanzen ab und setzte sich in Baratons Richtung in Marsch, zur Verstärkung ihrer vier Artgenossen.

Sie kommunizieren miteinander! dachte der Untergrundkämpfer erschrocken.

Das bedeutete, seine unheimlichen Gegner waren mehr als nur Tiere – sie verfügten über einen Verstand. Womöglich verhielt es sich mit den Würgepflanzen ähnlich. Hatten sie gewußt, daß die Gesichtslosen kommen würden? Waren sie deshalb schon vorab in Aufregung geraten?

Die gespenstische, beklemmende Szenerie der fast lautlos vonstatten gehenden Schlacht zog Baraton voll in den Bann. Erst als seine Angreifer immer zahlreicher wurden und er kaum noch atmen konnte, besann er sich darauf, daß er Rateke war und über enorme Körperkräfte verfügte. Die Gravitation auf Hort schränkte ihn zwar ein wenig ein, doch für die »stinkenden Erdkriecher«, wie er sie verächtlich beschimpftc, genügte bereits ein geringer Energieaufwand.

Baraton schüttelte seine Beklemmungen ab wie ein lästiges Insekt und schlug mit seinen mächtigen Fäusten um sich. Ein Erdfarbener nach dem anderen ging zu Boden.

Auch die Schaitun schienen über einen Anführer zu verfügen. Eine besonders große, gutgewachsene Riesenpflanze gab den anderen Bodengewächsen stumme Anweisungen zur allgemeinen Kampfstrategie. Daraufhin formierten sich die Pflanzen neu.

Baraton schlug eine Schneise mitten durch seine Gegner und versuchte, dem Schlachtgetümmel zu entkommen. Das war leichter gesagt als getan, denn wo immer er hinkam, waren lautlose Kämpfe zwischen den Gesichtslosen und den Schlinggewächsen im Gange.

Irgendwie schaffte er es trotzdem, zu seinem Beiboot zu gelangen und einzusteigen. Beim Abflug mähte er rücksichtslos alles nieder, was sich seinem Fahrzeug in den Weg stellte. Quasi als Abschiedsgruß feuerte er noch ein paarmal mit dem Bordgeschütz wahllos auf die Kämpfenden.

Erst als er in seinem Raumschiff eingetroffen war, fühlte er sich halbwegs sicher. Die Pflanzen an den Hängen des Hügels standen bisher regungslos auf demselben Fleck. Auch bebte hier die Erde nicht.

Baraton informierte die an Bord gebliebene Restmannschaft über die ungewöhnlichen Ereignisse und erkundigte sich nach dem Verbleib von Charko und seiner Söldnertruppe.

»Bis jetzt hat sich noch keiner von ihnen zurückgemeldet«, gab Murrgar, der Funker, ihm Auskunft. »Wahrscheinlich plündern sie gerade das Schiff der Spitzschnauzen und streiten sich um die Beute.«

»Oder sie sind den Gesichtslosen in die Hände gefallen«, befürchtete der Rebellenführer. »Die Erdwesen sind sehr langsam und nicht sonderlich stark. Dafür sind es unendlich viele. Masse statt Klasse.«

»Falls sie wirklich in der Erde leben, haben sie dort vielleicht unterirdische Städte gebaut«, überlegte Murrgar laut. »Theoretisch könnte sich im Planetenkern eine uns weit überlegene mächtige Zivilisation befinden. Vielleicht werden die technischen Störungen von dort aus gesteuert.«

»Möglicherweise haben sie längst unseren Standort angepeilt oder tun es gerade«, spann Baraton den Faden voller Sorge weiter.

»Dagegen können wir uns schützen«, erwiderte Murrgar. »Die Ortungsgeräte sind tot, doch unser neuer Ortungsschutz funktioniert bestens. Allerdings haben wir ihn nach der Landung deaktiviert, weil auf Hort normalerweise keine Anpeilung möglich ist.«

»Einschalten!« ordnete der Rebellenführer an.

*

»Wir haben ihn!«

Wasrun war völlig außer sich, was bei dem behäbigen Mann fast an ein Wunder grenzte. Auch Parr Jipp konnte seine Aufregung kaum verbergen. Die beiden Ortungsoffiziere durften für sich einen Erfolg verbuchen, von dem sie nicht einmal wußten, wie er zustande gekommen war.

»Die ganze Zeit über rührt und rappelt sich überhaupt nichts«, berichtete Jipp seinem Rudelführer, »und dann empfangen wir ganz unerwartet Daten.«

»Einfach so?« fragte Priff Dozz zweifelnd.

»Einfach so«, bestätigte Wasrun und wandte sich seinem Kommandeur zu. »Baraton muß auf seinem Raumschiff irgendwas Unbedachtes getan haben, das uns jetzt auf seine Spur führt.«

»Heißt das, das Ortungsgerät auf diesem Schiff funktioniert wieder?« wollte Ezzo wissen.

»Leider hat es direkt nach dem Datenempfang gleich wieder sämtliche Funktionen eingestellt«, antwortete Wasrun. »Halb so schlimm, wir haben ja, was wir brauchen. Der Bordcomputer errechnet soeben den Standort eines kugelförmigen Gegenstandes, dessen Durchmesser genau mit den Maßen von Baratons Raumschiff übereinstimmt.«

»Das ist alles?« hakte Priff Dozz nach. »Keine näheren Informationen über die Ausstattung und die Insassen des Schiffs?«

»Was denn noch?« herrschte Wasrun ihn respektlos an. »Pazipp und ich waren froh, daß überhaupt etwas auf der Ortungsanzeige erschien, wenn auch nur für wenige Augenblicke. Danach herrschte wieder die gewohnte Totenstille, doch der Computer hatte die Daten bereits erfaßt.«

»Zugegeben, es könnte sich auch um ein anderes Raumschiff von gleicher Größe handeln«, sagte Parr Jipp, der es nicht wagte, gegen die Verunglimpfung seines Namens zu protestieren. »Doch das wäre schon ein seltsamer Zufall.«

»Wir brechen sofort...«, setzte Ezzo zu einem Befehl an, da wurde der nomadische Kreuzraumer plötzlich von Vibrationen erfaßt.

In der Zentrale gab es dafür keine Erklärung, daher stellte Priff Dozz Verbindung zum Maschinenraum her.

»Bei uns ist alles in Ordnung«, meldete ihm der leitende Maschinist. »Das Vibrieren muß eine externe Ursache haben.«

Der Rudelführer schaltete sämtliche Außenbordkameras ein. Auf dem großen Bildschirm in der Zentrale sahen Ezzo, er und die anderen voller Staunen, was sich Unheimliches am Rande der Lichtung abspielte.

Die großen Schlingpflanzen hatten sich »auf Wanderschaft« begeben. Sie setzten ihre Wurzeln als Gehwerkzeuge ein und marschierten einfach drauflos, ohne bestimmtes Ziel. Jedes Gewächs schlug den Weg ein, der ihm gerade gefiel. Manche Pflanzen wechselten die Richtung mehrfach. Kamen sich zwei entgegen, wichen sie einander geschickt aus. Einige begaben sich auf die Lichtung, gingen vor bis zum Raumschiff und machten dann wieder kehrt. Auf dem Rückweg passierten sie andere Pflanzen, die ihrerseits zum Kreuzraumer pilgern wollten.

Auf die Zuschauer am Bildschirm wirkte dieses seltsame Gebaren wie ein geisterhaftes Ballett.

»Was geht da draußen vor?« fragte sich Priff Dozz laut.

»Dieser Planet ist voller verrückter Geheimnisse«, meinte Ezzo nur und drängte zum Aufbruch. »Ihr bringt uns jetzt zu unserem Raumschiff. Anschließend fliegen wir zur KASKADEUR und nehmen sie von zwei Seiten unter Beschuß.«

»Moment mal, das war nicht vereinbart!« protestierte Priff Dozz. »Wir sollten euch bei der Suche nach Asor helfen und nicht gegen Rebellen kämpfen.«

»Wenn ihr den Rebellenraumer haben wollt, müßt ihr ihn euch auch verdienen«, sagte Ezzo in einem Tonfall, der keinen Widerspruch zuließ.

»Seht doch!« rief Enibas aufgeregt und deutete auf den Bildschirm.

Die Lichtung bebte. Gesichts- und armlose Wesen entstiegen dem Erdreich und griffen ohne langes Zögern die wandernden Gewächse an. Beide Parteien bewegten sich extrem langsam, dennoch gab es schon bald die ersten Opfer. Verdorrte Pflanzen und erdrosselte Erdwesen verteilten sich überall ums Raumschiff.

Wasrun preßte seine mächtigen Hände an die verdeckten Gehörgänge. Er empfand die leisen schrillen Schreie, die er plötzlich in seinem Kopf hörte, als äußerst unangenehm.

»Wie schaffen sie es bloß, diese unnatürlichen Töne auszustoßen?« bemerkte er. »Weder bei den Schaitun noch bei den Gesichtslosen kann ich den Ansatz eines Mundes entdecken. Dabei haben selbst primitive Lebewesen mindestens einen.«

Bedeutsame Völker haben sogar vier, setzte er gedanklich hinzu, sprach es aber nicht laut aus, um die Spitzschnauzen nicht zu beleidigen.

Auf der Brücke wußte keiner so genau, wovon er eigentlich sprach. Außer ihm hörte niemand das Schreien.

Medtech Frogk setzte sich von der Medostation aus mit der Brücke in Verbindung und bat um eine Erklärung für die heftigen Vibrationen, die bei einigen Frauen bereits zu Ohnmachtsanfällen geführt hatten.

Auch der Journalist Grokk Terr wollte wissen, was es damit auf sich hatte und verlangte eine (wörtlich) »unbedingte, schonungslose Aufklärung«. Priff Dozz tat ihm den Gefallen und übertrug die Ereignisse auf dem Bildschirm in sämtliche Quartiere.

In einer kleinen Ansprache erwähnte er seine erste kurze Begegnung mit den Gesichtslosen – beim Überfliegen des vom Erdbeben zerstörten Tales. Ansonsten zeigte er sich für einen Mann in seiner Position ziemlich ratlos und sorgte dadurch für Besorgnis und Unruhe auf dem Schiff.

Ezzo bestand nachdrücklich auf dem sofortigen Aufbruch. »Wir müssen uns beeilen. Wenn Baraton mitkriegt, daß wir ihm auf den Fersen sind, flieht er womöglich von Hort. Es heißt, er verfügt über ein Gerät, das ratekische Ortungsstrahlen neutralisiert. Ob an dem Gerücht was dran ist, werden wir erst wissen, wenn wir an Bord der KASKADEUR gelangt sind. Übrigens ist dieser ominöse Ortungsschutzapparat kein Bestandteil unserer Vereinbarung, Priffdozz. Sollte er existieren, bauen wir ihn selbstverständlich aus, damit sich unsere Wissenschaftler und Techniker auf Oorch eingehend damit befassen können.«

»Meinethalben könnt ihr mit dem Ding selig werden«, knurrte der Rudelführer. »Mir reicht das, was sich sonst noch auf dem Schiff befindet.«

Damit wißt ihr doch eh nichts anzufangen, ihr sabbernden Schwachköpfe, dachte Ezzo im stillen.

Um die technischen Errungenschaften seines Volkes zu begreifen, hätte es einer gründlichen Einweisung bedurft. Die aber würde er den Nomaden nicht zuteil werden lassen. Somit hatten die meisten Geräte auf dem Raumschiff des Rebellenführers nur Schrottwert für sie. Das galt auch für die Waffen, für deren Einsatz spezielle Programme benötigt wurden. Ezzo beabsichtigte, die entsprechenden Datensätze rigoros zu löschen.

*

Mittlerweile bebte es auf Hort alias Palast alias Raff-Raff an zahllosen Orten, und jedesmal spielte sich das gleiche Ritual ab. Die Schaitun alias Fiqus schlichen umher wie ruhelosen Seelen, die Gesichtslosen kamen gleich unheilbringenden Dämonen aus der Tiefe gekrochen – und die lautlose Schlacht begann. In keinem anderen Krieg töteten sich die Kontrahenten gegenseitig mit einer derartigen Langsamkeit. Nichtsdestotrotz überschritt die Zahl der Opfer bald die Millionengrenze.

Auch das Gebiet, in dem die KRIEGSBRAUT gelandet war, blieb nicht von den Unruhen verschont. Pakk Raff war die ganze Sache nicht geheuer, und er nahm die Gewächse und Erdwesen unter Strahlenbeschuß. Daraufhin versuchten einige von ihnen ins Raumschiff einzudringen, was jedoch mißlang, da alle Schotts fest verschlossen waren.

Der Rudelführer stellte das Feuer ein. Im Raumer fühlte er sich verhältnismäßig sicher.

Seine Soldaten, die im Urwald Jagd auf die weit verstreuten

flüchtenden Söldner machten, wurden an mehreren Plätzen mit dem geräuschlosen Kampfgeschehen konfrontiert. Vernünftigerweise verhielten sie sich passiv. Nicht einer von ihnen machte den Fehler, sich einzumischen. Diese Auseinandersetzung ging die Nomaden nichts an.

Die ratekischen Söldner hingegen fühlten sich bedroht und glaubten, sich gegen die gruseligen Gestalten verteidigen zu müssen. Töten war bei ihnen zur festen Gewohnheit geworden, schließlich verdienten sie damit ihren Lebensunterhalt. Manchmal griffen sie schon aus nichtigem Anlaß zur Waffe.

Diese bei zahlreichen Kriegseinsätzen und privaten Konflikten praktizierte Verhaltensweise kostete jetzt nicht wenigen von ihnen das Leben. Sowohl die Würgepflanzen als auch die Gesichtslosen setzten sich rigoros gegen Einmischungen von außen zur Wehr. Jede Attacke eines Söldners wurde sofort mit einer Gegenoffensive geahndet, die fast immer mit dem Tod des Angreifers endete – es sei denn, er ergriff rechtzeitig die Flucht.

Die lebenden Gewächse wandten dabei die gleiche Taktik an wie die Erdwesen. Der betreffende Söldner wurde von einer Überzahl Pflanzen umringt, und sie ließen erst dann von ihm ab, wenn er seinen letzten Atemzug getan hatte. Danach widmeten sie sich wieder ihren eigentlichen Feinden, in aller Gemütsruhe, so als wäre gerade nichts Besonderes geschehen.

Den Nomadensoldaten war das nur recht. Geriet ein Rateke aus Unverstand in die Fänge einer Gruppe von Gesichtslosen oder Riesenpflanzen, schauten sie ungerührt zu wie der Betreffende sein unrühmliches, aber verdientes Ende fand. Anschließend ging seine Schußwaffe in nomadischen Besitz über.

*

Asor hatte schnell erkannt, daß ihre Panik unnötig war. Solange sie die miteinander kämpfenden Planetenbewohner in Frieden ließ und sich nicht einmischte, wurde sie von ihnen überhaupt nicht beachtet. Unbeschadet durchquerte sie mehrere Schlachtfelder.

Dafür hatte sie jetzt ein neues Problem. Sie hatte sich hoffnungslos im Urwald verirrt.

Allmählich brach die Abenddämmerung herein.

Als Asor auf einer Lichtung auf ein schwarzes Raumschiff in Form eines gewaltigen Kreuzes stieß, wußte sie nicht, ob sie hier Rettung oder nur neue Schwierigkeiten finden würde.

*

Es gibt keine Rettung mehr für euch Parasiten, Akna! Ihr habt die Warnungen der Söhne der Tanalen nicht ernstgenommen, nun müßt ihr die Konsequenzen tragen. Eure endgültige Ausrottung hat begonnen.

Unsere? Du verkennst offenbar eure Lage, Yelah! Wir *sind im Begriff,* euch *auszurotten! Es gibt jetzt keinen Ort mehr, an dem ihr euch vor uns verstecken könnt. Shuum schützt euch nicht länger vor uns. Er vertreibt euch aus seinem Schoß, damit wir euch leichter vernichten können.*

Shuum hat uns nicht vertrieben. Wir sind freiwillig nach oben gekommen, um euch zu beweisen, daß wir euch überlegen sind. Wir bekämpfen euch auf ganz Uzan – dort, wo die Götter der Finsternis herrschen und auch dort, wo die Göttin des Lichts zu Hause ist. Eure stummen Begleiter dürfen bleiben, wir haben nichts gegen sie. Doch von den Töchtern der Vialuk wird keine mehr existieren, wenn sich Uzan einmal um sich selbst bewegt hat.

Solange brauchen wir nicht, um euer erbärmliches Dasein auszulöschen, Tanalen-Pack. Schon jetzt gehen wir aus den meisten Kämpfen als Sieger hervor.

*

Baraton stieß nacheinander ein halbes Dutzend ratekische Flüche aus. Er kam aus dem Maschinenraum und befand sich auf dem

Weg zu einem Antigravschacht – eine schmale Röhre mit Platz für höchstens zwei Personen in Ratekengröße.

Grund für seinen Ärger waren zeitweilige Aussetzer des Ortungsschutzes. In unterschiedlichen Abständen schaltete sich das Gerät ohne erkennbare Ursache selbsttätig ab und ließ sich erst mit viel Mühe wieder aktivieren. Die Techniker gaben dem Planeten die Schuld. Sie waren überzeugt, daß der Apparat im All fehlerfrei funktionieren würde. Baraton glaubte nicht so recht daran, schließlich hatte es bereits innerhalb des ratekischen Hoheitsgebietes einen Zwischenfall gegeben.

Andererseits konnte er nicht leugnen, daß die rätselhaften Störungen mittlerweile zirka fünfundsiebzig Prozent der Technik an Bord beeinflußten. Man konnte keiner Berechnung mehr trauen, und einige Geräte gaben derart abrupt ihren Geist auf…

Jäh wurde er aus seinen Überlegungen gerissen. Ohne Vorwarnung stellte der Schacht seine Funktion ein, kurz bevor der einzige Passagier sein Ziel erreicht hatte. Für den Rebellenführer ging es nur noch in eine Richtung weiter: abwärts.

Er reagierte instinktiv, indem er Rücken und Ellbogen fest an die Wandrundung preßte und seine muskulösen Beine ausstreckte. Auf diese Weise stoppte er den Fall. Da der Weg nach oben kürzer war als der Abstieg, arbeitete er sich unter größter Kraftanstrengung Stück für Stück wieder empor. Kein leichtes Unterfangen, denn das Innere der Röhre war spiegelglatt.

Als er schließlich die Brücke betrat, hatte sich die Anzahl seiner Flüche verdoppelt. Heute war offenbar nicht sein Tag – und er war noch nicht vorüber.

In der Zentrale herrschte Aufregung. Zu Füßen des Hügels hatten die ersten Kämpfe zwischen den furchteinflößenden Schlingpflanzen und den nicht minder schreckenserregenden Erdmonstern begonnen. Der Hügel vibrierte. Die Gewächse an den Hängen stiegen langsam herab, um ihren Mitgeschöpfen zu Hilfe zu »eilen«.

Die Bildschirme der KASKADEUR erfaßten nur einen Teil des

Geschehens.

»Zweimal sind sie bereits ausgefallen«, sagte Murrgar, der während Baratons Abwesenheit das Kommando über die Notmannschaft in der Zentrale hatte. »Man könnte meinen, die gespenstischen Kämpfe und das immer stärkere Anschwellen der Störungen stehen irgendwie in Zusammenhang.«

»Korinko praat!« ließ Baraton ungeniert Fluch Nummer dreizehn heraus, was soviel bedeutete wie »Scheiß drauf!«

»Ich brauche Fakten, keine Hypothesen!« schimpfte er. »Wenn das so weitergeht, sind wir technisch bald nicht mehr in der Lage, diesen unseligen Planeten zu verlassen.«

»Vielleicht sollten wir verschwinden, solange es noch geht«, schlug eins der Mannschaftsmitglieder vor.

»Wir lassen Charko und die anderen nicht im Stich!« stauchte Murrgar ihn zusammen. »Der unverbrüchliche Zusammenhalt hat unsere Organisation erst groß gemacht. Bevor nicht alle Überlebenden wieder an Bord sind, rühren wir uns nicht vom Fleck.«

Da wäre ich mir an deiner Stelle nicht zu sicher, erwiderte Baraton in Gedanken. *Noch bin ich der Kapitän dieses Schiffes, und wenn Charko nicht bis zum Einbruch der Dunkelheit zurück ist, gebe ich den Startbefehl.*

Er rechnete mit heftigem Widerstand seines langjährigen Weggefährten Murrgar, hatte dafür aber schon eine Problemlösung parat. In seinem Holster steckte inzwischen ein neuer Impulsstrahler.

Während sich die Besatzung auf die Ereignisse unten am Hügel konzentrierte, brach das Unheil von backbord her über sie herein. Eine der Außenbordkameras erfaßte ein stromlinienförmiges Objekt, das mit hoher Geschwindigkeit herankam.

Der Rebellenführer erkannte als erster, worum es sich handelte.

»Das ist ein Raumtorpedo!« schrie er durch die Zentrale, so laut, daß man ihn noch ein Deck tiefer hören konnte. »Sofort starten!«

»Und nach wohin weichen wir aus?« fragte Murrgar, der vor den größtenteils erloschenen Kontrollen saß, nervös. »Ich kann die

Flugbahn des Torpedos nicht berechnen.«

»Ist doch klar, wo er aufprallt! Sein Ziel sind wir! Wir müssen weg, bevor...«

Aber es war bereits zu spät.

*

Der Torpedo jagte an der KASKADEUR vorbei, ohne sie auch nur zu streifen. Die fliegende Bombe verschwand in der Ferne am Horizont. Früher oder später würde es irgendwo weit weg zum unvermeidlichen Aufprall kommen – wahrscheinlich mitten in einem der vielen tausend Kampfplätze auf dem Planeten.

Ein mächtiges fliegendes schwarzes Kreuz näherte sich aus derselben Richtung wie zuvor der Raumtorpedo.

»Wer auch immer in dem schauerlichen Ding an der Waffensteuerung sitzt, er versteht nichts von seinem Handwerk«, bemerkte Baraton verächtlich.

Daß er eben noch fest daran geglaubt hatte, sein letztes Stündlein habe geschlagen, sah man ihm nicht mehr an.

»Möglicherweise ist seine Zielvorrichtung gestört«, sagte Murrgar. »Hoffentlich arbeitet unsere besser.«

Baraton und er konnten lediglich vermuten, daß es Nomaden waren, die das fremdartige Raumschiff steuerten. Die beiden Gefangenen hatten nur allgemein von der Landung ihres Raumers gesprochen, ohne die äußere Form näher zu beschreiben.

Die nomadischen Raumtorpedos, welche im Weltall nach einer etwa zehnminütigen Beschleunigungsphase ihre Endgeschwindigkeit von etwa 80% Licht erreichten, waren mit Zielsuchköpfen ausgestattet. Einzeln waren sie verhältnismäßig leicht auszumanövrieren, doch als Fächer gestreut stellten sie sogar für die wendigen S-Kreuzer der Terranischen Flotte eine nicht zu unterschätzende Bedrohung dar.

Die Zielvorrichtung auf der FREIHEIT war intakt, ein Fehlschuß auf die KASKADEUR war daher ausgeschlossen. Priff Dozz hatte absichtlich danebengezielt. Erstens war der Beschuß mit dieser machtvollen Waffe, die eigentlich für Kämpfe im All gebaut worden war, lediglich ein Ablenkungsmanöver gewesen. Zweitens würde Priff niemals ein Raumfahrzeug beschädigen, das demnächst in sein Eigentum übergehen sollte.

Mit übermäßiger Gegenwehr rechnete er nicht.

Das war ein Fehler. Er ahnte nicht einmal annähernd, was es bedeutete, den Kampf gegen ein ratekisches Schiff aufzunehmen. Doppelwulstraumer wurden in der Milchstraße so sehr gefürchtet, daß sich viele Raumfahrer spontan zu einem Umweg entschlossen, wenn sich einer auf dem Ortungsschirm zeigte.

Mit Ausnahme der beiden Wulste war die kugelförmige Hülle des Raumers glatt und ebenmäßig – abgesehen von einigen abgeflachten Höckern, die in gleichmäßigen Abständen darauf verteilt und überaus beweglich waren. Priff Dozz maß dieser Beobachtung keine besondere Bedeutung bei.

Erst als sich die Höcker als Strahlengeschütze entpuppten, wurde ihm der Ernst seiner Lage klar.

Eine Batterie gelber Blitze traf den Schutzschirm der FREIHEIT. Die Belastung betrug gleich auf Anhieb 90 Prozent. Die Nomaden feuerten mit energetischen Impulsgeschützen zurück, schienen den Schirm der KASKADEUR jedoch nicht einmal anzukratzen.

Die FREIHEIT ging auf Fluchtkurs. Wie ein kreuzförmiger Bumerang zog das Schiff am Himmel einen weiten Kreis, wobei es sich mehrfach um die eigene Achse drehte. Baratons Geschütze flammten noch ein paarmal auf, doch die Strahlen verloren sich irgendwo über den Wolken. Einen weiteren Treffer hätte der nomadische Schutzschirm vermutlich nicht überstanden.

»Schieß ihn endlich ab!« brüllte der Rebellenführer seinen Funker, der den Platz im Geschützstand eingenommen hatte, unbeherrscht an. »So schwierig kann das doch nicht sein!«

»Der Pilot ist verdammt gut«, rechtfertigte sich Murrgar. »Solange wir uns nicht vom Fleck rühren, können unsere Geschütze sein verrücktes Fluchtmanöver nicht nachvollziehen. Soll ich ihm nachsetzen? Im Luftkampf hätte er keine Chance gegen mich.«

»Funktioniert unsere Waffensteuerung einwandfrei?«

»Leider nicht so ganz, sie hat ihre Macken.«

»Dann ist das Risiko zu hoch«, entschied Baraton. »Wir bleiben auf dem Hügel und beobachten weiter die Umgebung.«

Daß er genau das nicht gründlich genug getan hatte, wurde ihm schlagartig bewußt, als das Krachen einer Explosion die KASKADEUR erschütterte.

»Die Steuerbordschleuse wurde weggesprengt«, meldete ihm ein Mannschaftsmitglied nach einem Blick auf die Anzeige, schränkte aber sogleich ein: »Falls die Angabe stimmt. Derzeit herrscht an sämtlichen Schaltpulten das reinste Chaos, außerdem haben wir gerade einen totalen Kameraausfall.«

»Die Angabe ist korrekt, verlaß dich darauf«, entgegnete der Rebellenführer, der das Angriffsmanöver allmählich durchschaute. »Wir haben die Spitzschnauzen gewaltig unterschätzt. Sie sind mit mindestens zwei Schiffen auf Hort vertreten. Während uns das eine backbord abgelenkt hat, näherte sich das andere unbemerkt von steuerbord – unter Ausnutzung unserer technischen Störungen, ansonsten wäre es ihnen nie gelungen, sich auf diese primitive Weise anzuschleichen.«

Murrgar löste Alarm aus.

Auf der KASKADEUR befanden sich nur wenige Personen. Jeder bewaffnete sich, rüstete sich zum letzten Kampf. Dann verteilten sich alle strategisch im Schiff, um den Eindringlingen dort aufzulauern, wo das Durchkommen aufgrund von Engpässen am schwierigsten war.

»Vielleicht treffen Charko und seine Männer noch rechtzeitig zur Verstärkung ein«, sagte Murrgar, glaubte aber selbst nicht so recht daran.

»Vergiß es«, erwiderte Baraton. »Bestimmt wurden sie von diesen heimtückischen Teufeln umgebracht, und jetzt sind wir an der Reihe. Aber kampflos ergeben wir uns nicht!«

*

Zufälligerweise lag der Rebellenführer mit seiner Vermutung, daß sich zwei Nomadenschiffe auf Hort befanden, richtig. Allerdings wäre er nie auf den Gedanken gekommen, es könnte sich dabei um zwei verfeindete Parteien handeln, die zudem nichts von ihrer gegenseitigen Anwesenheit wußten.

Sämtliche Bildschirme auf der KASKADEUR waren schwarz wie die Nacht. Es lohnte sich nicht, zu spekulieren, wie lange diese spezielle Störung anhalten würde. Die Mängel kamen und gingen wie die Passagiere auf einem Raumflughafen.

Ratekenraumer besaßen keine Polschleusen. In etwa fünfzig Metern Höhe lagen in gleichmäßigem Abstand vier halbbogenförmige Öffnungen, die sich in geschlossenem Zustand nahtlos in die glatte Außenhülle einfügten. Zwei Luken dienten zum Beladen des Raumschiffs, die beiden anderen waren für den Ein- beziehungsweise Ausstieg gedacht. Für den sicheren Transport nach unten sorgten ausfahrbare Rampen mit Laufbändern.

Ezzo war dicht an Baratons Schiff herangeflogen und hatte die HÄSCHER so gedreht, daß eine ihrer Schleusen exakt gegenüber dem Einstieg zur KASKADEUR lag. Da auch er mit erheblichen technischen Mängeln zu kämpfen hatte, wollte er das Entern des Rebellenraumers und die Befreiung von Asor schnellstens hinter sich bringen.

Nachdem Enibas den Einstieg durch eine gezielte Sprengung geöffnet hatte, betätigte sie auf der HÄSCHER vergebens die automatische Vorrichtung zum Ausfahren der Rampe. Daraufhin schoben Ezzo und Jamak eine schmale Notrampe hinüber zum anderen Schiff.

Jamak rannte als erster darüber hinweg.

»Wir machen keine Gefangenen!« rief Ezzo ihm nach.

Für seinen Ersten Offizier klang das wie Musik in den Gehörkanälen. Er hatte sowieso nicht vorgehabt, einen der Entführer am Leben zu lassen.

Enibas ging als dritte hinüber, mit Lefka unter dem Arm. Hinter ihr stürmte die Hrraggna-Staffel in den Kugelraumer, danach folgten mit Strahlengewehren bewaffnete Soldaten.

Bis auf eine kleine Schar, die in der Zentrale und im Maschinenraum die laufenden Funktionen überwachte und in einem fort versuchte, die Störungen in den Griff zu bekommen, war die HÄSCHER jetzt leer.

Wasrun hatte kurzfristig den Befehl über das Raumschiff übernommen. Die immer wiederkehrenden Schreie in seinem Kopf disqualifizierten ihn vorerst für jeglichen Kampfeinsatz.

In den Gängen und Kabinen der KASKADEUR kam es zu kurzen, aber heftigen Gefechten. Es gab Tote auf beiden Seiten. Die Überfallenen wehrten sich mit dem Mut der Verzweiflung, waren den Angreifern aber zahlenmäßig weit unterlegen.

Die Hrraggna wurden immer dann vorausgeschickt, wenn sich der Gegner an einem Platz sicher verschanzt hatte. Um zu verhindern, daß ihnen die blutrünstigen Tiere zu nahe kamen, mußten die Rebellen ihre Deckung verlassen und auf sie schießen. Dadurch hatten Ezzos Soldaten freies Schußfeld.

Enibas setzte Lefka vor einer Kabinentür ab, hinter der sie einen Rebellen vermutete. Anschließend betätigte sie den Öffnungsmechanismus. Die Hrraggna kroch im Schneckentempo nach drinnen.

Nachdem Enibas keine Schreie vernahm, folgte sie ihrem Haus- und Kampftier mit gezückter Waffe. Die Wohnkabine war leer. Lefka hatte es sich auf einem Sitzmöbel bequem gemacht und ruhte sich von den »anstrengenden Strapazen« aus.

Enibas befürchtete, daß die Überdosis Grid, die dem Tier injiziert worden war, wohl niemals ihre Wirkung verlieren würde. Wahrscheinlich würde Lefka irgendwann sanft einschlummern und nie wieder aufwachen.

Die Ratekin verließ den Raum, zog hinter sich die Tür zu und ließ die Hrraggna allein zurück. Sie wollte das Tier später abholen, wenn sich die KASKADEUR endgültig in der Hand der Ratekischen Flotte befand.

Enibas beeilte sich, Ezzo einzuholen.

Von einem Moment auf den anderen flammten in der Zentrale der KASKADEUR die Bildschirme wieder auf. Einer davon zeigte die HÄSCHER von nahem, die anderen lieferten 3-D-Aufnahmen aus dem Inneren des Schiffs, in das der Feind mittlerweile weit vorgedrungen war.

Baraton, der gemeinsam mit Murrgar und drei weiteren Organisationsmitgliedern die Kommandobrücke gegen den vermeintlichen Ansturm der Nomaden absicherte, staunte nicht schlecht, als er sah, mit wem er es wirklich zu tun hatte.

»Er!« entfuhr es ihm aus allen Mündern. »Ich hätte mir ja denken können, daß er seine Versprochene nicht einfach aufgibt!«

Der Rebellenführer erinnerte sich noch gut daran, wie Ezzo und er in ihrer Kindheit fortwährend um Asors Gunst gebuhlt hatten. Von ihm aus konnte er sie zurückhaben, doch damit würde er sich gewiß nicht begnügen. Wenn Ezzo von seinem Verhältnis mit Asor erfuhr, würde er ihn ohne mit dem Facettenwulst zu zucken töten – und sie vermutlich auch.

*

Enibas hatte sich bis an Ezzos Seite durchgeschlagen und kämpfte sich mit ihm immer tiefer ins Raumschiff vor. Beide befanden sich in einem schrägen, aufwärts führenden Tunnel. Die Soldaten hatten sich in diverse Gänge verteilt, und Jamak war im Alleingang weit nach vorn gestürmt. Kameras gab es in diesem Tunnel nicht.

»Ehrlich gesagt, ich hätte mit mehr Gegenwehr gerechnet«, sagte Ezzo zu seiner ehemaligen Geliebten. »Man könnte fast meinen, der größte Teil der Mannschaft sei auf einem Betriebsausflug.«

»Dabei fällt mir der Tag ein, an dem wir uns kennengelernt haben«, entgegnete Enibas und blieb stehen. »Wir befanden uns auf einem Unterwasserausflug, erinnerst du dich?«

»Das war kein Ausflug«, widersprach Ezzo. »Während unserer Offiziersausbildung testeten wir neuartige Tauchgeräte und Taucheranzüge für den Kampfeinsatz unter Wasser. Der Zufall wollte es, daß wir derselben Tauchgruppe angehörten. Mit den neuen, druckbeständigen Anzügen konnte man ohne Unterseeboot tiefer als je zuvor auf den Grund des Meeres vordringen. Ich habe dort Fische und Wasserpflanzen gesehen, die bis dahin in keinem Lehrprogramm abgebildet waren.«

Enibas lächelte. »Es war wunderschön dort unten, nicht wahr? So schön wie unsere Liebesnächte am Strand. Eben deshalb empfinde ich das ganze im nachhinein als Ausflug. Schade, daß die Zeit dort so schnell vorüberging.«

»Sind Sie eigentlich noch bei Trost?« kehrte Ezzo wieder den Vorgesetzten heraus. »Wir befinden uns hier mitten im Einsatz, und Sie reden mit mir über eine längst vergessene Beziehung zwischen uns beiden?«

»Für mich ist sie nicht vergessen«, entgegnete Enibas sanft. »Und für dich auch nicht, wenn du aufrichtig zu dir selbst bist. Ich beabsichtige nicht, an die Vergangenheit anzuknüpfen, doch falls du jemals Lust auf eine kleine Affäre mit mir verspürst, sollst du wissen, daß auch ich nicht abgeneigt bin.«

»Kein Interesse«, erwiderte Ezzo kühl. »Ich habe damals mein Treuegelöbnis gebrochen und schäme mich dafür. Denselben Fehler mache ich nicht noch einmal. Asor spart sich für mich auf. Und wie habe ich es ihr gedankt? Indem ich sie mit dir hinterging.«

»Seit ihr euch in jungen Jahren das Ratekische Ehrenwort gegeben habt, ist viel Zeit vergangen. Bist du sicher, daß sie dich nie betrogen hat?«

»Hundertprozentig sicher! Sollte sich jemals herausstellen, daß ich mich irre, behalte ich das Kommando über dieses Chaotenschiff noch für mindestens ein Jahr, und bis ich es wieder abgebe, werden wir die heißeste Affäre aller Zeiten haben.«

Ich nehme dich beim Wort, mein Lieber, dachte Enibas.

Am Ende des Tunnels gab es eine Abzweigung. Dort stießen

beide auf eine Gruppe Soldaten, die die Zentrale belagerte. Ezzo erfuhr, daß es bislang keinen Schußwechsel mit den Männern auf der Brücke gegeben hatte.

»Es herrscht dort Totenstille«, berichtete ihm einer der Uniformierten. »Wir vermuteten eine Falle und wollten uns vorsichtig nähern, aber unser Erster Offizier befahl uns, in Deckung zu bleiben. Einer allein könne in einem solchen Fall mehr ausrichten als eine ganze Armee, sagte er.«

»Heißt das, Jamak ist schutzlos auf die Brücke gegangen?« fragte Ezzo aufgebracht. »Und das habt ihr zugelassen? Wir stürmen sofort!«

An der Spitze des Trupps begab er sich mit gezogener Waffe durch das offenstehende Schott in die Zentrale der KASKADEUR. Enibas bildete die Nachhut.

Auf der Brücke erwartete sie ein Bild des Grauens. Murrgar und drei weitere Mitglieder der Rebellengruppe waren tot. Jemand hatte sie aus dem Hinterhalt niedergeschossen. Sie saßen teilweise noch an ihren Plätzen, so schnell hatte sich die Hinrichtung vollzogen.

Mitten im Raum stand Jamak mit seinem auf maximale Leistung eingestellten Impulsstrahler.

»Gratuliere, mein Held«, bemerkte Enibas spitz. »Sie hatten nicht einmal den Hauch einer Chance.«

Ihre romantischen Erinnerungen waren schlagartig verflogen.

»Reißen Sie sich zusammen!« ermahnte Ezzo sie. »Sie haben kein Recht, Ihren vorgesetzten Offizier zu kritisieren. Jamak hat lediglich seine Arbeit getan. Schließlich befinden wir uns auf einem Kriegseinsatz, da darf man nicht zu feinfühlig sein, wenn man überleben will.«

»Ich hatte geplant, die Rebellen auf dieselbe Weise zu erledigen«, gab der I.O. offen zu. »Kurz, schmerzlos und ohne Risiko. Aber Baraton ist mir wohl zuvorgekommen. Ihn konnte ich hier nirgends finden.«

»Baraton?« wunderte sich Enibas. »Wie kommst du ausgerechnet auf ihn? Warum sollte er seine eigenen Männer liquidieren?«

»Weil er allein von diesem Raumschiff fliehen wollte«, antwortete Ezzo an Jamaks Stelle. »Ein einzelner wird nicht so schnell entdeckt wie eine fünf Mann starke Gruppe. Kommt, wir durchsuchen das Schiff nach Asor. Hoffentlich hat er sie nicht mitgenommen.«

8.

Es war nicht das erste Mal, daß Asor einen Nomaden sah. Aber es war ein erheblicher Unterschied, ob man die Fremden aus der Ferne beobachtete – wie beim Abmarsch der Söldnertruppe – oder einem von ihnen leibhaftig gegenüberstand.

Das dürre, sabbernde Gerippe wirkte abstoßend auf die gut gebaute Ratekin...

... und umgekehrt erging es Krott Tukk nicht anders. Hatte er jemals etwas Abscheulicheres als dieses fette, birnenköpfige Weib gesehen?

In der vergangenen Nacht war er im Wald mit zwei Kriegern derselben ekelerregenden Rasse zusammengestoßen, was ihn beinahe das Leben gekostet hätte. Als er sich im fahlen Mondlicht an den einen hatte heranschleichen wollen, hatte sich der andere von einem Baum herab auf ihn gestürzt. Beim anschließenden Kampf um Leben und Tod hatte Krott sein Gewehr eingebüßt. Zu seinem Glück hatte er sich losreißen und davonrennen können. Sie hatten ihm einen Energiestrahl nachgejagt, doch der Schuß hatte ihn lediglich am Arm gestreift.

Nun befand er sich auf dem Rückweg zur KRIEGSBRAUT. Dort würde er wohl endlich erfahren, woher die Fremden kamen, wie sie sich nannten und warum sie Tratt Foxx und Kloff Kruzz in ihre Gewalt gebracht hatten. Bisher hatte er nicht viel Zeit gehabt, darüber nachzudenken. Ohne Fragen zu stellen hatte er die Befehle seines Rudelführers Pakk Raff befolgt und sich am Rand der Lichtung in den Hinterhalt gelegt. Danach war die gnadenlose Jagd auf die Fremden angeordnet worden.

Krott Tukk würde nicht als Verlierer auf dem Raumschiff eintreffen. Zwar war es eine Schande für jeden Nomaden, im Kampf seine Schußwaffe einzubüßen, doch wenn er den anderen erst erzählte, wie viele Birnenköpfe er seit Beginn der Hatz erledigt hatte, würde man ihm das nachsehen.

Das fette Frauenzimmer sollte den krönenden Abschluß seiner siegreichen Kämpfe bilden. Sie war kleiner als die Männer ihres Volkes, deshalb konnte er es riskieren, das Vibromesser stecken zu lassen und sie mit den Zähnen zu zerreißen.

Krott überlegte, ob er ihren Kopf als Trophäe mit an Bord nehmen sollte. Daß es sich um eine Frau handelte, war anhand der Gesichtszüge nicht zu erkennen. Er konnte ja behaupten, einem besonders breitschultrigen Grauen das häßliche Haupt abgeschlagen zu haben.

Auf Oorch gab es eine bekannte Redewendung, die einem auf Terra gebräuchlichen Sprichwort nicht unähnlich war: »Man soll die graue Haut eines Rateken nicht zum Verkauf anbieten, bevor man sie ihm abgezogen hat.« Asor hatte Angst – aber sie war auch eine Ratekin. Angehörige ihres Volkes gaben selbst in aussichtslosen Situationen nicht kampflos auf.

Während sich beide lauernd gegenüberstanden, tobten um sie herum die Kämpfe zwischen den Fiqus/Schaitun und den erdfarbenen Gesichtslosen. Weder Asor noch Krott Tukk ließen sich von dem Schlachtgetümmel, das die ganze Nacht über angedauert hatte, ablenken. Auf diesem Planeten gab es eh kaum noch einen Ort, an dem der lautlose Krieg nicht stattfand.

Für Asor vollzogen sich die Kämpfe nur bedingt geräuschlos. In gewissen Abständen vernahm sie die Schreie der Getöteten. Schreie, die nicht von außerhalb kamen, sondern aus ihrem Inneren.

Das kreuzförmige Raumschiff, das sie am Vorabend auf der Lichtung entdeckt hatte, war ihr nicht ganz geheuer erschienen, weshalb sie nach langer Überlegung darauf verzichtet hatte, sich den Insassen zu zeigen. Sie hatte sich unbemerkt entfernt und einen halbwegs ruhigen Schlafplatz hinter einem dichten Dornengestrüpp gefunden. Ungeachtet der vielen Kämpfe Pflanzen gegen Erdwesen ringsum war die erschöpfte Frau in tiefen Schlaf gefallen. Nicht einmal die Schreie in ihrem Inneren hatten sie aufwekken können.

Unmittelbar nach dem Aufstehen hatte dann plötzlich der Sabbernde vor ihr gestanden.

Krott Tukk ging zum Direktangriff über. Mit einem Satz stürzte er sich auf Asor, die zur Seite sprang, um ihn ins Leere laufen zu lassen. Wegen der ungewohnten Gravitation war sie jedoch nicht so schnell, wie sie es sich erhofft hatte.

Instinktiv hatte der Nomade nach ihrer Kehle geschnappt. Statt dessen verbiß er sich in ihrer Schulter.

Asor holte aus und schlug ihm mit dem Handballen mitten auf die Nase. Wie sie es sich erhofft hatte, war dies eine der empfindlichsten Körperstellen der Nomaden. Ihr Peiniger ließ sie augenblicklich los.

Blut rann von ihrer Schulter den Arm herab und tropfte aus ihrem Jackenärmel. Krott sah es und wurde jetzt so richtig wild. Mit einem wütenden Knurren ging er erneut auf seine Widersacherin los.

Diesmal tat Asor es ihm gleich. Mit dem Kopf voran sprang sie ihren Gegner an. Beide prallten zusammen, stürzten zu Boden.

Die Erde öffnete sich und ein Gesichtsloser stieg ins Freie, keinen halben Meter von Asor und Krott Tukk entfernt. Beide ignorierten ihn. Er schritt gemächlich zu einer der Pflanzenstauden und sprang mit den Krallen voran in sie hinein.

Obwohl sich diese Szene in ihrer unmittelbaren Nähe abspielte, vernahm Asor den Schrei diesmal wesentlich leiser als sonst.

Irrte sie sich, oder bebte die Erde nicht mehr so stark wie vorher?

Der Nomade nutzte ihre Verunsicherung und griff sie an, noch bevor sie wieder aufgestanden war. Um den Zweikampf ein für allemal zu beenden, zückte er sein Vibromesser. Damit wollte er Asor den Kopf vom Rumpf trennen.

Plötzlich umschlangen ihn zwei muskulöse Arme. Bevor Krott Tukk überhaupt begriff, was mit ihm passierte, hatte er die Grenze zwischen Leben und Tod auch schon überschritten.

Das letzte was er hörte, war das Brechen seines eigenen Genicks.

*

»Eigentlich geben wir beide das ideale Paar ab«, sagte Baraton zu Asor, während er das Vibromesser zu seinem Impulsstrahler in den Holster steckte. »Wo und wie du auch unterwegs bist, ob im Beiboot oder zu Fuß – der Zufall führt mich immer wieder zu dir.«

Eine Pflanze marschierte dicht hinter ihm vorbei. Er hatte inzwischen dazugelernt und ließ seine Waffen, wo sie waren. Auch als ihn ein Erdwesen aus Versehen anrempelte, reagierte er nicht.

»Wenn die sich weiterhin gegenseitig so rigoros ausmerzen, existiert in diesem Wald bald keine einzige Schaitun mehr«, bemerkte der Rebellenführer. »Wohin man schaut ist die Erde aufgewühlt. Überall liegen verdorrte Pflanzenstauden herum – und übelriechende Leichen, die weder Gesicht noch Arme haben. Die vielen Beben entwurzeln streckenweise Bäume und sonstige unbewegliche Gewächse. Der Urwald lichtet sich bereits merklich.«

»Wie hast du mich gefunden?« wollte Asor wissen, die inzwischen wieder auf die Beine gekommen war.

»Durch Zufall, das sagte ich doch schon. Die beiden gefangenen Nomaden hatten sich beim Verhör geweigert, den Weg zum Landeplatz ihres Raumschiffs zu beschreiben, angeblich, weil sie ihn nicht mehr so genau wußten. Mehr als eine vage Richtungsbeschreibung hatte ich ihnen nicht entlocken können, und das auch nur nach massiven Drohungen in ihrer Zelle. Als heute früh die Morgendämmerung hereinbrach, bin ich in die betreffende Richtung losmarschiert, in der Hoffnung, auf den Platz zu stoßen. Bisher habe ich ihn nicht gefunden. Entweder bin ich in der falschen Gegend, oder das Schiff ist inzwischen woanders gelandet. Zwischenzeitlich befand es sich nämlich in der Luft, ich habe es gestern gesehen.«

»Ich auch«, verriet ihm Asor. »Es stand des Abends auf einer Waldlichtung, nicht weit von hier entfernt.«

»Unmöglich«, widersprach Baraton. »Am Abend griff es die KASKADEUR an und vollführte bei der anschließenden Flucht am Himmel ziemlich gewagte Kunststücke.«

»Dann reden wir wohl von zwei verschiedenen Raumern. Meiner war schwarz und wie ein Kreuz geformt. Ich nahm an, daß er den Nomaden gehört, habe mich aber nicht getraut, nachzusehen.«

Asor sprach mit ihrem Exgeliebten mit sanfter Stimme, so als sei nichts zwischen ihnen vorgefallen. Damit wollte sie ihn in Sicherheit wiegen, bis sie eine Fluchtmöglichkeit entdeckt hatte.

»Die Nomaden besitzen in der Tat einen Kreuzraumer«, entgegnete er. »Als wir angegriffen wurden, sah es anfangs so aus, als ob ich es mit zweien von der Sorte zu tun bekäme. Das entpuppte sich jedoch als Irrtum. Der Raumer, der die KASKADEUR geentert hat, war kein Kreuzschiff, sondern die HÄSCHER von der Ratekischen Flotte.«

Asor horchte auf. »Ratekische Flotte? Ist Ezzo hier?«

»Er und ein Haufen schießwütiger Soldaten. Sie arbeiten mit den Nomaden zusammen. Meine Männer und ich hatten keine Chance gegen diese vereinte Mörderbrut. Charko und die Söldner kehrten nicht von ihrem Einsatz zurück, und auf der KASKADEUR ist auch niemand mehr am Leben. Ich konnte durch einen geheimen Antigravschacht entkommen.«

Daß er vor der Flucht vier seiner Besatzungsmitglieder getötet hatte, weil sie sich hatten ergeben wollen, verschwieg er ihr. Feigheit vor dem Feind war eines Rateken unwürdig, deshalb hatte er hart durchgegriffen.

»Die Nomaden sind stärker als wir angenommen hatten«, fuhr er fort. »Schade, daß sie nicht auf meiner Seite stehen. Zusammen mit ihnen könnte ich ganz Oorch unterwerfen.«

»Suchst du deswegen nach ihrem Schiff? Willst du ihnen vorschlagen, sich mit ›Rebell‹ zu verbünden?«

»Zumindest habe ich mit dem Gedanken gespielt. Jetzt habe ich einen besseren Einfall. Ich nehme dich als Geisel und tausche dich gegen mein Raumschiff aus. Mit dir als Faustpfand zwinge ich Ezzo, die KASKADEUR zu räumen. Ein paar seiner Soldaten benötige ich allerdings noch. Sie bleiben vorerst als Besatzung an Bord, unbewaffnet natürlich. Sobald ich zurück auf Oorch bin, lasse ich euch alle frei.«

»Nichts zu machen«, lehnte Asor ab, mit Blick auf eine Schaitun, die von hinten auf den Rebellenführer zukam.

»Dir wird nichts anderes übrigbleiben«, erwiderte er mit drohendem Unterton.

Sie erwiderte nichts darauf. Lächelnd ging sie auf ihn zu – und versetzte ihm einen Stoß.

Die Pflanzenstaude hatte erkannt, daß Baraton kein Erdwesen war und wollte gerade wieder umkehren, da fiel er mitten in sie hinein.

Bei seinem verzweifelten Versuch, den Fall abzufangen, zerquetschte er mit der linken Hand versehentlich einige der schrumpeligen Früchte. Mit einem schrillen Aufschrei – den nur Asor hörte – nahm ihn die Schaitun in den Würgegriff.

Baraton hatte keine Möglichkeit, an seine Waffen heranzukommen. Eine Hand wurde von zwei Schlingen festgehalten, mit der anderen wehrte er weitere Schlingen und Blätter ab, die sich um seinen Hals legen wollten.

»Hol mich hier raus!« rief er Asor zu. »Um unserer Liebe willen!«

»Du hast mich nie geliebt«, sagte Asor mitleidlos. »Ich verfluche den Tag, an dem wir uns kennengelernt haben!«

Für eine Sekunde paßte Baraton nicht auf. Die Pflanze gewann die Oberhand und schnürte ihm die Luft ab.

»Ich mache dir ein Angebot, Asor!« krächzte Baraton. »Wenn du mich befreist, schwöre ich dir, daß ich mich freiwillig in Ezzos Hände begebe und mich auf Oorch der Hohen Gerichtsbarkeit stelle.«

»Deine Schwüre waren noch nie viel wert, tut mir leid.«

»Zum Beweis, daß ich es ehrlich meine, verrate ich dir, wer meine Kontaktperson bei der Regierung ist. Es ist Werre, die Beraterin des alten und der neuen Dhara. Sie gehört zwar nicht direkt zu unserer Organisation, aber sie kennt alle Namen, Anschriften und beruflichen Positionen unserer Gefolgsleute. Von ihr habe ich erfahren, daß die Botschaft der Alten Zwerge nur unzureichend bewacht wurde.«

Asor war fassungslos. Werre eine Spionin? Offensichtlich hatte der Rebellenführer auch ihr ewige Liebe geschworen. Wem sonst noch alles?

»Du hast doch behauptet, es würde sich um einen Kontaktmann handeln«, hielt sie Baraton vor, der kaum noch Luft zu bekommen schien.

»Das war eine Vorsichtsmaßnahme, für den Fall, daß es dir gelingen würde, mit deiner Mutter Verbindung aufzunehmen«, versicherte er ihr. »Bitte hilf mir!«

Asor drehte sich um und ging davon. Dieses leidige Kapitel ihres Lebens betrachtete sie als abgeschlossen.

Es wäre besser gewesen, sie hätte noch einmal zurückgeschaut. Baraton schaffte es, eine Hand aus der Schlinge zu ziehen und an Krotts Vibromesser zu kommen. Innerlich triumphierte er. Jetzt konnte er sich aus eigener Kraft befreien.

Kurz darauf hörte Asor Schritte hinter sich. Sechs Finger legten sich auf ihre Schulter.

»Bleib stehen!« vernahm sie eine ihr nur allzu bekannte Stimme. »Wir beide müssen miteinander reden.«

*

»Fast hätte er es geschafft, sich aus eigener Kraft zu befreien«, sagte Ezzo zu Asor, während er in der medizinischen Station der HÄSCHER ihre Wunden versorgte. »Als ich plötzlich vor ihm stand und ihm das Vibromesser aus der Hand nahm, blickte er mich voller Angst und Entsetzen an. Fast war ich versucht, ihn freizuschneiden, immerhin sind wir als Kinder Freunde gewesen. Aber dann dachte ich an das, was er unserem Volk angetan hat – und den Alten Zwergen. Auch dir hat er sehr wehgetan, und daß ich nicht gerade gut auf ihn zu sprechen bin, versteht sich wohl von selbst.«

Ezzo und einige seiner Besatzungsmitglieder hatten sich getrennt voneinander auf die Suche nach Baraton und Asor gemacht. Durch Baratons Hilfeschreie war er auf die beiden aufmerksam geworden und hatte ihr Gespräch belauscht.

»Ist er... tot?« fragte Asor.

»Mehrere Schaitun kamen der ersten zu Hilfe. Selbst wenn ich gewollt hätte, hätte ich nichts mehr für Baraton tun können. Er bekam das, was er verdient hat. Auf Oorch werden wir Werre festnehmen und mit ihrer Aussage den Rest der Rebellenorganisation auffliegen lassen. Die Hohe Gerichtsbarkeit wird sie alle wegen Hochverrat zum Tode verurteilen.«

Ezzo hatte Medtech Frogk und seine Mitarbeiter weggeschickt, um mit seiner Versprochenen unter zwei Facettenschlitzen reden zu können. Sie hatte ihm jedes Detail gebeichtet. Bisher kannte nur er die volle Wahrheit, und dabei sollte es auch bleiben.

»Hast du mir wirklich vollständig verziehen?« fragte sie ihn. »Es macht wenig Sinn, das zweite Treuegelöbnis zu zelebrieren, wenn du mir noch nach Jahren mein Fehlverhalten vorwirfst.«

»Keine Angst, wir werden nie wieder ein Wort darüber verlieren. In der offiziellen Version hat Baraton dich entführt, und ich habe dich befreit. Alles weitere behalten wir für uns. Niemand wird je erfahren, wie es wirklich war – weder deine Mutter noch unser Volk und schon gar nicht meine Mannschaft.«

»Deine Mannschaft? Das hört sich an, als würdest du die HÄSCHER auch weiterhin befehligen wollen.«

»Stimmt genau. Zugegeben, anfangs stand ich der leicht chaotischen Truppe ein wenig skeptisch gegenüber, aber inzwischen sind sie mir alle richtig ans Herz gewachsen. Ich werde mindestens noch ein Jahr mit ihnen zusammenbleiben, vielleicht sogar länger, damit ich sie besser kennenlerne – und mich mit einzelnen Besatzungsmitgliedern näher befassen kann.«

Wasrun betrat die Medostation. Er war auf der Suche nach Frogk, den er um ein Medikament gegen die sporadisch auftauchenden schrillen Schreie in seinem Kopf bitten wollte.

Ezzo wollte ihn hinauswerfen, doch Asor bat ihn, zu bleiben.

»Auch ich höre die Schreie manchmal«, erklärte sie. »Ich glaube, es sind die Todeslaute der sterbenden Würgepflanzen und der Gesichtslosen. Außerdem habe ich unter der Erde eine rege Kommunikation festgestellt. Ich vernahm Stimmen ohne Worte.«

»Genau wie ich«, erwiderte der übergewichtige Ortungsoffizier. »Ich wollte draußen etwas frische Luft schnappen, als ich sie hörte. Hören ist eigentlich die falsche Bezeichnung – genaugenommen habe ich die Stimmen erfühlt, von unten her. Ob das mit den Silberfäden in der Erde zusammenhängt? Vielleicht dienen sie unterirdischen Völkern zur Weiterleitung von Mitteilungen.«

»Demzufolge gibt es außer den Gesichtslosen noch weitere intelligente Lebewesen im Planeteninneren«, konstatierte Ezzo.

»Nicht zwangsläufig«, meinte Asor. »In gewissem Sinne sind auch die Schaitun so eine Art Erdvolk. Schließlich sind sie nur lebensfähig, solange sie den Kontakt mit dem Boden nicht verlieren.«

»Du glaubst, die Gesichtslosen und die Pflanzenstauden verständigen sich über die Silberadern?«

»Es ist nur so ein Verdacht. Als sie anfingen, aufeinander loszugehen, tauchten die Schreie zum ersten Mal auf. Ich hörte sie immer deutlicher, immer häufiger – bis zu einem gewissen Höhepunkt. Seit dieser überschritten ist, klingen sie leiser, und sie scheinen weniger zu werden. Auch die unterirdische Kommunikation verflüchtigt sich allmählich. Nur wenn ich Körperkontakt mit dem Waldboden habe und mich konzentriere, spüre ich sie noch.«

Wasrun hatte die gleichen Erfahrungen gemacht.

»Ihre Theorie erscheint mir durchaus logisch, Asor«, sagte er nachdenklich. »Zwei miteinander verfeindete Völker erklären sich gegenseitig den Krieg. Die silbernen Adern dienen ihnen dabei als telepathische Kommunikationsschiene.«

»Ein Gedankenstrom«, brachte Asor es auf den Punkt. »Je mehr sich die beiden Parteien bekämpfen, um so intensiver fließen ihre Gedanken durch die Adern dieses Planeten. Wahrscheinlich stoßen die Kriegsgegner fortwährend Drohungen gegeneinander aus. Nach einer gewissen Zeit erreicht der Krieg seinen Höhepunkt, und die Gedankenflut ebbt wieder ab. Bedeutet das, sie wollen jetzt Frieden schließen?«

»Es bedeutet, sie werden immer weniger«, schätzte Ezzo. »Wer verwelkt ist oder zusammengeknautscht in der Gegend rumliegt, sendet mit Sicherheit keine Gedankensignale mehr aus. Beide Völker sind im Begriff, sich gegenseitig auszurotten. Ich wüßte zu gern, was sie zu diesem Krieg motiviert hat. Er ist so sinnlos.«

»Sind das nicht alle Kriege?« stellte Asor die Frage in den Raum.

Der Assistent des größten Feldherrn von Oorch antwortete ihr nicht darauf.

»Natürlich gibt es keinen handfesten Beweis für unsere These«, sagte Wasrun nach ein paar Augenblicken des allgemeinen Schweigens (die er genutzt hatte, um rasch eine Handvoll Pugesen zu verzehren). »Ich habe noch eine weitere Theorie, die ebenfalls nur auf Vermutungen beruht. Meiner Meinung nach werden die technischen Störungen an Bord der Raumschiffe von den Schaitun und ihren Kriegsgegnern verursacht, beziehungsweise von deren hin und her fließenden Gedanken. Sobald sich die beiden verfeindeten Völker auf Nullkommanull dezimiert haben, sind die Störungen verschwunden. Was sagen Sie dazu, Kapitän?«

»Warten wir es ab«, antwortete Ezzo seinem Ortungsoffizier. »Offensichtlich sind Sie medial veranlagt, genau wie Asor. Damit zählen Sie ab heute zu den wichtigsten Besatzungsmitgliedern der HÄSCHER, Wasrun. Ihre Gabe könnte uns einmal von großem

Nutzen sein.«

»Ich gehöre schon seit jeher zu den wichtigsten Leuten auf diesem Raumschiff«, entgegnete Wasrun selbstbewußt. »Im übrigen kann es Ihnen doch egal sein, über welche Gaben die anderen und ich verfügen. Unsere gemeinsame Mission ist beendet. Sobald wir auf Oorch gelandet sind, geben Sie Ihr Kommando ab, und weg sind Sie.«

»Ich habe eine gute Nachricht für Sie – oder eine schlechte, je nachdem, wie Sie zu mir stehen«, erwiderte Ezzo. »Wenn ich irgendwann Singu der Rateken bin, befehlige ich das größte Schiff der Ratekischen Flotte. Bis dahin dauert es allerdings noch ein Weilchen. Wie ich Rateka einschätze, übt er sein Amt als Singu aus, bis sich eines Tages der Wulst über seiner Optik für immer schließt. So lange möchte ich auf mein eigenes Kommando nicht warten, daher bleibe ich fürs erste auf der HÄSCHER.«

Wasrun gab einen Laut von sich, der dem terranischen »Aha!« ähnelte und in etwa dasselbe bedeutete. Weder daran noch an seinem Gesichtsausdruck ließ sich erkennen, ob er sich über Ezzos Entscheidung freute oder ärgerte.

*

Endlich, endlich, endlich hatte Fortuna ihr Füllhorn über Priff Dozz und die Seinen ausgeschüttet! Die KASKADEUR gehörte ihnen – mitsamt Inhalt.

Ezzo hatte den Doppelwulstraumer offiziell an die Nomaden übergeben. Zuvor hatte er im Maschinenraum den Ortungsschutz ausgebaut und – unter Ausschluß der Öffentlichkeit – am Zentralcomputer einige Abänderungen und Programmlöschungen vorgenommen. Nach Staatsgeheimnissen würden die neuen Besitzer vergebens forschen.

»Als unsere Waffenbrüder seid ihr auf Oorch immer willkommen«, verabschiedete sich Ezzo vom Rudelführer. »Zwar wart ihr beim Entern nicht mit dabei, doch ohne euer Ablenkungsmanöver hätten wir es vermutlich nicht geschafft, die HÄSCHER so nahe an Baratons Schiff heranzumanövrieren. Ich habe eure aufsehenerregende Flucht übrigens am Bildschirm beobachtet. Der Kreuzraumer hat sich beim Rückzug fortwährend um die eigene Achse gedreht, wodurch Baraton das Zielen erschwert wurde. Ein phantastischer Einfall!«

»Unser Volk bringt die besten Raumschiffpiloten des gesamten Universums hervor«, entgegnete Priff Dozz unbescheiden.

Seiner Meinung nach ging es seine neuen Freunde einen feuchten Kehricht an, daß die Drehbewegungen lediglich durch eine mysteriöse Schaltstörung verursacht worden waren.

Mittlerweile hatte sich dieses technische Problem von selbst erledigt, ohne daß einer der klugen Köpfe auf der FREIHEIT eine Erklärung dafür hatte. Und nicht nur das. Nach und nach lösten sich auch die übrigen rätselhaften Funktionsstörungen in Wohlgefallen auf. Die Schwierigkeiten mit Funk und Ortung bestanden zwar noch weitgehend, doch Dozz war überzeugt, daß sich spätestens im All alles wieder normalisieren würde.

Seine ursprüngliche Idee, auf Palast eine Stützpunktwelt einzurichten, hatte er mittlerweile verworfen. Dafür war dieser schauerliche Planet ungeeignet. Irgendwo in der Milchstraße gab es garantiert einen besseren.

Noch überlegten Priff Dozz und seine Offiziere, ob sie die KASKADEUR ausschlachten oder in Betrieb nehmen sollten. Zunächst einmal untersuchten sie den Kugelraumer gründlich von oben bis unten und von hinten nach vorn.

Ross Nokk stieß in einem der unteren Lagerräume auf einen verborgenen Ausstieg. Über einen Antigravschacht gelangte er in das Innere des Hügels, nicht ahnend, daß Baraton diesen Weg bei seiner Flucht benutzt hatte.

Der Kern des Hügels war ausgehöhlt und beleuchtet. Dort lagerten Hunderte von Waffen, Sprengladungen und Chemikalien. Jetzt wußte Nokk, warum sich Baraton einen derart ungewöhnlichen Landeplatz ausgewählt hatte.

»Scheinbar wollte er mit der ganzen Milchstraße einen Krieg anfangen«, bemerkte der Rudelführer, nachdem ihm sein Funkoffizier die Entdeckung gezeigt hatte. »Damit steht fest, daß wir die KASKADEUR behalten werden. Mit der FREIHEIT allein können wir diese wertvolle Handelsware nicht abtransportieren, dafür haben wir nicht genügend Lagerkapazität. Außerdem hätte ich ständig das Gefühl, mit einer fliegenden Bombe unterwegs zu sein.«

Er gab Befehl, alles in die Lagerräume der KASKADEUR zu transportieren. Anschließend verließ er den Hügel durch einen zweiten, nach draußen führenden Tunnel.

Zufrieden stellte er fest, daß der lautlose planetenweite Krieg so gut wie vorüber war. Nur noch vereinzelt sah man die Unheimlichen miteinander kämpfen.

Der Urwald war stark in Mitleidenschaft gezogen. Aufgewühlte Erde, zerstörte Wiesen, herausgerissene Blumen, umgestürzte Bäume, entwurzelte Büsche... so weit das Auge blickte, stand kaum noch etwas an seinem angestammten Fleck. Der Boden war übersät mit verwelkten Fiqus und in sich zusammengefallenen Gesichtslosen.

In der Zentrale der FREIHEIT, die zu Füßen des Hügels auf einer Freifläche stand, ordnete Priff Dozz an, einige der getöteten Würgepflanzen und Erdwesen an Bord zu holen, um sie später im Labor zu untersuchen. Schließlich war das Schiff voller Wissenschaftler, die in ihrem Forscherdrang laufend nach neuer Beschäftigung suchten.

*

Enibas war ein wenig traurig. Ihre Hrraggna würde aller Wahrscheinlichkeit nach nie mehr aus dem Zustand der Lethargie erwachen. Daher entschloß sich der weibliche Funkoffizier, Lefka im Wald auszusetzen, wo sie den einheimischen Tieren als Nahrung dienen konnte. So machte das zu erwartende Ableben ihres Haustieres wenigstens einen Sinn.

Rateken dachten in dieser Hinsicht praktisch. Einem unbekannten Raubtier wurde der Magen gefüllt, und Lefka brauchte nach ihrem Tod nicht mehr entsorgt zu werden.

Ein Soldat begleitete Enibas bei ihrem schweren Gang. Er trug die Hrraggna auf dem Arm, während sich seine Vorgesetzte nach einem geeigneten Ort zum Aussetzen umschaute.

Immer tiefer drangen sie in die stark angeschlagene Natur vor. Enibas war mit keinem Platz zufrieden.

Schritte und Stimmen näherten sich. Ein kleiner Trupp Nomaden brach durchs Unterholz. Noch bis vor kurzem hätten Enibas und ihr Begleiter sofort zu den Waffen gegriffen, doch inzwischen waren Rateken und Nomaden Freunde; zumindest hatten das der Assistent des Singu und der Anführer der Spitzschnauzen so beschlossen.

Ein Beschluß, den die sechs Nomaden offenbar nicht kannten. Kaum hatten sie die beiden Rateken entdeckt, hoben sie ihre Strahlengewehre und eröffneten das Feuer auf sie.

Den ratekischen Soldaten erwischte ein Volltreffer in den Brustkorb, noch bevor er Hand an seinen Gewehrkolben legen konnte. Die Hrraggna ließ er los. Sie fiel in einen Laubhaufen und rollte sich dort wohlig zusammen.

Enibas warf sich in Deckung, zückte den Impulsstrahler. Gegen sechs schwerbewaffnete Gegner war das zwar nur ein lächerliches Spielzeug, aber immerhin eines, mit dem man töten konnte. Die Nomaden wichen zurück, verteilten sich.

Die teilweise Zerstörung des Urwalds machte ihn noch unübersichtlicher. Enibas nutzte das zu ihrem Vorteil. Im Schutz umgestürzter Baumstämme robbte sie durch den Dreck, bis sie außer Sichtweite der Mordschützen war. Auf Umwegen kehrte sie zurück zur HÄSCHER.

Das Nomadensextett gab die Suche nach ihr bald auf.

»Lassen wir sie ruhig laufen, die wilden Tiere werden sich schon um sie kümmern«, sagte einer der nomadischen Soldaten. »Ich könnte eh keine Frau töten. Das war doch eine, oder?«

»Wo wir gerade von Tieren reden«, warf ein anderer ein und deutete auf den Laubhaufen. »Wollen wir den dicken Wurm hier mitnehmen? Mit etwas Gemüse gibt er bestimmt eine prima Mahlzeit ab. Oder wir schenken ihn Pakk Raff als Schoßtierchen. Es ist eh an der Zeit, zur KRIEGSBRAUT zurückzumarschieren. Wir sind mittlerweile eine halbe Ewigkeit unterwegs, und ich glaube nicht, daß wir noch mehr versprengte Flüchtlinge ausfindig machen werden. Inzwischen müßten wir auch den letzten Fremden zu seinen Göttern befördert haben.«

*

Auf der KASKADEUR herrschte geschäftiges Treiben, nicht nur in den Lagerhallen, auch in der Zentrale. Dort machten sich die Nomaden mit der ratekischen Technik vertraut, was leichter gesagt als getan war. Eine Einweisung, wie sie sie den Rateken erteilt hatten – mehr oder weniger unfreiwillig – hatte man ihnen nicht zukommen lassen.

Als eine bewaffnete Truppe Ratekensoldaten ins Schiff kam, glaubten die Handwerker, die sich um die Reparatur des gesprengten Einstiegs kümmerten, zunächst an einen schlechten Scherz. Doch Jamak, der die Soldaten anführte, machte keinen Spaß. Er befahl den Nomaden, das Raumschiff auf der Stelle zu räumen.

Priff Dozz wurde festgenommen und auf die HÄSCHER gebracht. Man führte ihn in Fesseln ab wie einen Schwerverbrecher.

»Ist das deine Vorstellung von einem Freundschaftspakt?« fragte der Nomade den Anführer der Rateken ratlos. »Was haben wir euch getan?«

»Das fragst du noch?« schrie Ezzo ihn zornig an. »Einige von euch nehmen den Pakt offenbar nicht ernst. Von Rechts wegen sollte ich euch alle hinrichten lassen! Nicht nur wegen des Vorfalls im Wald. Jamak hat mir von dem Waffenlager berichtet, das ihr im Hügel entdeckt habt. Das hättet ihr uns melden müssen, es war nicht Bestandteil unserer Vereinbarung! Nur aus Dankbarkeit für unsere kurzzeitige Waffenbrüderschaft lasse ich euch am Leben. Besser, ihr verlaßt Hort so schnell ihr könnt, sonst überlege ich es mir noch anders.«

Seine Drohung zeigte Wirkung. Bald darauf konnte Ezzo zusehen, wie die FREIHEIT über den Wolken, wo sie angeblich grenzenlos war, entschwand.

Auch der zukünftige Singu dachte an Aufbruch. Die Nomaden hatten den Hügel komplett leergeräumt, so daß einem Start mit der vollbeladenen KASKADEUR unter Jamaks Kommando nichts im Wege stand. Er bekam die halbe Mannschaft zugeteilt.

Die HÄSCHER folgte ihr kurz danach, mit der anderen Hälfte der Mannschaft an Bord. Und Asor, die der Auslöser für den Flug in dieses vergessene Sonnensystem war.

»Auf Nimmerwiedersehen, Hort«, verabschiedete sich Ezzo, während er zusah, wie der halbzerstörte Urwald auf dem zentralen Bildschirm immer kleiner wurde. Dort unten gab es nichts, das eine baldige Rückkehr rechtfertigte.

Pakk Raff hielt sich auf der Kommandobrücke der KRIEGSBRAUT auf und kraulte das merkwürdige Tier, das ihm die letzten sechs ausgebliebenen Soldaten mitgebracht hatten.

Leider hatten sie noch ein zweites »Mitbringsel« dabei gehabt – den getöteten Krott Tukk. Sie hatten ihn unterwegs zufällig entdeckt.

Da Krott das einzige Todesopfer im Kampf gegen die Rateken war, würde man ihn mit einem feierlichen Weltraumbegräbnis ehren. Das hätte ihm sicherlich sehr geschmeichelt – wenn er hätte zusehen können.

Damit war die Besatzung der KRIEGSBRAUT komplett zurückgekehrt.

Der Angriff auf das Kugelschiff, das Pakk Raff seinerzeit in der Ferne erblickt hatte, fand trotzdem nicht statt. Es war nicht mehr da.

»Hätte ich mir ja denken können«, grummelte der Rudelführer, während er den leeren Hügel überflog.

Die Ortungszentrale hatte ihm dreimal kurz nacheinander den Start unbekannter Schiffe gemeldet. Die technischen Störungen waren mittlerweile zwar wesentlich geringer als zuvor, dennoch hatte keine brauchbare Identifizierung erfolgen können. Nicht einmal Größe und Form der Raumer hatte man festgestellt.

Pakk Raff hielt nun nichts mehr auf dem Planeten, dem er seinen Namen verliehen hatte. Jeder Asteroid war als Stützpunktwelt besser geeignet.

Im All waren sämtliche technischen Funktionen wiederhergestellt. Hier hatte man lediglich mit den gewohnten Magnetfeldstörungen zu kämpfen, die allerdings nur noch den Funk betrafen.

Auf allen vier Raumschiffen, die sich in drei verschiedene Richtungen in die unendlichen Weiten des Weltalls entfernten, wurden verstümmelte Funksprüche aufgefangen, welche neue Informationen über die Expedition ins Galaktische Zentrum enthielten. Eine Entwarnung konnte nicht gegeben werden. Noch war die Bedrohung der gesamten Milchstraße nicht vom Tisch.

Epilog

Was hast du getan, Yelah? Ihr habt Shuum zerstört, du und deine verfluchte Brut! Möge euch die Göttin des Lichts in die ewige Verdammnis schicken!

Da gehörst du hin, Akna, mitsamt deinen verwünschten Ablegern! Die Götter der Finsternis werden euch für euren Frevel strafen!

Ich bin schon bestraft genug. Die Töchter der Vialuk haben aufgehört zu existieren. Ich bin die letzte von ihnen. Daß wir es geschafft haben, euer Volk mit ins Verderben zu reißen, ist nur ein schwacher Trost für mich. Ich fühle mich so allein.

Mir ergeht es nicht anders. Ich habe den Kontakt zu allen Söhnen der Tanalen verloren. Dennoch gebe ich die Hoffnung nicht auf, sie irgendwann wiederzufinden. Uzan ist groß, und Shuum ist mächtig. Er wird seine zerrissenen Silberadern wieder zusammenfügen und mein versprengtes Volk vereinen.

Du glaubst, es gibt noch Tanalen auf Uzan? Dann könnten außer mir auch noch weitere Vialuk existieren. Aber wo soll ich nach ihnen suchen? Um mich herum ist kein Leben mehr, nur Tod und Bekümmernis. Nicht einmal die stummen Begleiter haben wir verschont, dabei konnten sie doch gar nichts dafür.

Sie sind nur aus Versehen zwischen die Fronten geraten. Die Stummen sind zäh und genügsam, sie werden sich bestimmt wieder erholen.

Und wir? Werden wir uns jemals von dem Schrecken erholen, den wir selbst auf Uzan verbreitet haben? Wird Shuum je wieder in der Lage sein, uns zu ernähren? Ohne ihn werden unsere Lebensenergien unweigerlich verlöschen.

Ich weiß. Shuum verfügt nur noch über wenige Nährstoffe, die für unseren Fortbestand geeignet sind. Uns bleibt nichts anderes übrig, als abzuwarten, bis er sich vollständig regeneriert hat. Nur Geduld, eines Tages werden wir alle wieder vereint sein, du mit deinen Töchtern, ich mit meinen Söhnen. Gemeinsam werden wir aus Shuums Schoß speisen und in Frieden miteinander kommunizieren, so wie es früher einmal war.

Du meinst, wir werden uns dann nicht mehr bekämpfen?

Warum sollten wir? Für die wenigen von uns, die noch über Lebensenergie verfügen, wäre dann der Tisch reichlich gedeckt.

Wir werden nicht lange nur wenige bleiben. Sowohl die Vialuk als auch die Angehörigen eures Volkes werden sich wieder vermehren.

Darüber sorge ich mich nicht. Auf Uzan ist jetzt mehr Platz als wir benötigen. Wo bist du eigentlich, Akna? Ich kann dich nirgends wahrnehmen.

Ich dich ebenfalls nicht, Yelah. Hier, wo ich mich aufhalte, ist überall Licht. Bei dir auch?

Um mich herum ist alles in Dunkelheit getaucht. Offenbar befinde ich mich auf der anderen Seite von Uzan, weit fort von dir. Shuum hat in seiner unendlichen Güte die Verbindung zwischen uns aufrechterhalten, aber er erlaubt uns nicht, uns zu berühren. Vielleicht befürchtet er, daß wir wieder aufeinander losgehen, sobald wir uns begegnen. Danach steht mir jedoch nicht mehr der Sinn. Ich will nicht länger gegen dich kämpfen. Freundschaft, Akna?

Freundschaft, Yelah! Möge sie ewig währen.

*

»Ich begreife es einfach nicht, Ross Nokk! Was haben wir getan, daß wir bei den Rateken in Ungnade gefallen sind? Seit wir in dieser Galaxis sind, läuft alles schief. Zweimal brachten wir einen fremden Kugelraumer in unseren Besitz, zweimal knüpften wir

Kontakte zu den Milchstraßenbewohnern – und beide Male standen wir hinterher mit leeren Händen da. Weder bei den Utaren noch bei den Rateken darf sich die FREIHEIT jemals wieder blikken lassen. Was machen wir bloß dauernd falsch?«

»Auf Esmaladan hat nur Knapp Bozz etwas falschgemacht. Im übrigen sind wir dort nicht ganz leer ausgegangen. Was allerdings unser Zusammentreffen mit den Rateken angeht... auch ich zermartere mir ständig den Kopf, Priff Dozz, aber mir fällt kein logischer Grund für ihr sprunghaftes Benehmen ein. Vielleicht wäre es besser gewesen, wir wären geblieben und hätten versucht, das Mißverständnis aufzuklären, anstatt überstürzt den Planeten zu verlassen.«

»Unmöglich, die Grauen waren so wütend, die hätten uns ohne weitere Anhörung massakriert. Ezzo hat mich behandelt, als hätten wir einen von ihnen umgebracht. Was soll's? Dieses Rätsel lösen wir wohl nie. – Apropos Rätsel. Heute mittag ist mir ein erster Zwischenbericht aus dem Labor zugegangen. Einige unserer Wissenschaftler haben die Überreste der Fiqus und der Gesichtslosen sowie Erdproben von Palast untersucht. Falls zutrifft, was sie herausgefunden haben wollen, gab es für die planetenweite kriegerische Auseinandersetzung auf Palast keinen denkbaren Anlaß. Ganz im Gegenteil, die beiden Kontrahenten hätten sich gegenseitig mit größtem Respekt begegnen müssen – um des eigenen Überlebens willen, denn einer kann ohne den anderen gar nicht existieren.«

»Heißt das, sie brauchen einander für die Fortpflanzung? Ich kann mir eine Paarung zwischen diesen ungleichen Lebewesen nur schwer vorstellen.«

»Nein, das meinte ich nicht, Ross. Sowohl die Fiqus als auch die Erdfarbenen sind Zwitterwesen, die sich durch Knospung selbst vermehren können. Je mehr von ihnen existieren, um so mehr Nahrung wird gebraucht. Nahrung, die beide Völker aus der Erde beziehen.«

»Vermutlich haben sie sich deswegen bekriegt. Einer gönnte

dem anderen das Futter nicht.«

»Davon war aber immer genügend da. Die Riesenpflanzen und die Erdwesen versorgen sich nämlich gegenseitig. Im Inneren der Pflanzenstauden wurden kleine Früchte entdeckt, die nach dem Reifen eine übelriechende Flüssigkeit absondern. Diese Flüssigkeit vermischt sich mit dem Erdreich und wird von den dort lebenden Gesichtslosen verzehrt.«

»Wie denn? Sie haben doch gar kein Maul.«

»Aber eine verborgene Saugöffnung oben am Kopf, die nur sehr schwer auszumachen ist, weil sie sich nahtlos schließen läßt. Zwischen den Beinen der Gesichtslosen befindet sich eine weitere Öffnung – ein Spalt für Ausscheidungen. Diese Ausscheidungen vermischen sich ebenfalls mit dem Erdreich und werden von den Fiqus über die Wurzeln aufgesogen.«

»Ich verstehe, worauf du hinauswillst, Priff. Ohne den Saft der Fiqusfrüchte würden die Gesichtslosen keine Nahrung aufnehmen und demzufolge auch keine Ausscheidungen produzieren. Ohne die Ausscheidungen der Gesichtslosen hätten wiederum die Würgepflanzen keine Nahrung, und es würden in ihnen keine Früchte heranreifen. Beide Rassen bilden also eine perfekte Symbiose – ohne daß sie sich dessen bewußt sind.«

»So ist es. Normale Gewächse sind davon übrigens nicht betroffen, sie begnügen sich mit den üblichen Nährstoffen, die das Erdreich zu bieten hat. Man könnte sie als Begleiter der Fiqus bezeichnen, denn je mehr Riesenpflanzen es auf Palast gab, um so stärker breiteten sich Bäume, Büsche, Blumen und so weiter aus.«

»Und das wollen unsere Wissenschaftler alles herausgefunden haben, nur anhand der Erdproben und leblosen Überreste? Erstaunlich!«

»Na ja, das meiste sind unbewiesene Theorien, die auf mich allerdings recht glaubwürdig wirken. Wem schadet es, wenn nicht jedes Detail stimmt? Hauptsache, unsere Laborratten sind beschäftigt.«

*

»… und dann fiel der Nomade auf die Knie und berührte den Grasboden auf der Lichtung mit seinen sabbernden Lippen. Nie zuvor habe ich ein derart seltsames Begrüßungsritual gesehen, Asor. Er schien den Kreuzraumer regelrecht anzubeten.«

»Schade, daß ich nicht mit dabei war, Ezzo. Stell dir vor, diese Sitte würde auf Oorch übergreifen. Dann müßte sich jeder Kapitän vor Betreten seines Raumschiffs erst einmal hinknien und einen Mund auf den Boden des Flughafens pressen. Oder sogar alle vier Münder. Das wäre eine sportliche Leistung, insbesondere für betagte Kommandeure wie Rateka. Wo wir gerade von ihm reden… stimmt es, daß er Werre in der Bewahranstalt für Schwerverbrecher besucht hat?«

»Ja, das trifft zu. Sie ist eine Hochverräterin, aber seine Zuneigung zu ihr ist ungebrochen.«

»Ich bin froh, daß wir vor der Hohen Gerichtsbarkeit ein gutes Wort für sie eingelegt haben. Somit wurde sie nicht wie die anderen Rebellen zum Tode verurteilt. Sie hat große Schuld auf sich geladen, aber die Hauptschuld trifft Baraton, der sie mit falschen Liebesschwüren zum Verrat angestiftet hat.«

»Die Alten Zwerge macht das auch nicht mehr lebendig. Doch laß uns an diesem einzigartigen Tag nicht von solchen Schrecknissen reden, Asor. Gleich beginnt die Zeremonie für unser zweites Treuegelöbnis – und ich habe dir noch nicht mein Geschenk überreicht. Bitte sehr!«

»Eine zusammengerollte Folie? Was soll das sein?«

»Die Verbotene Schriftrolle der Nomaden, sozusagen.«

»Ich kann die Schriftzeichen nicht lesen. Steht hier geschrieben, wie schlecht die nomadischen Frauen früher ihre Männer behandelt haben?«

»Nein, es steht geschrieben, wie rückständige nomadische Männer ihre Frauen noch heute behandeln. Ich überreiche dir dieses galaxisübergreifende Dokument mit dem Versprechen, deine großen und kleinen Sorgen stets ernstzunehmen und dich niemals herablassend zu behandeln.«

»Ich danke dir, Ezzo, das ist ein wunderschönes Geschenk.«

»So ähnlich hat sich auch Rateka geäußert, als ich ihm nach unserer Landung die Folie mit den kompletten Informationen zur Raumschifftechnik der Nomaden übergab, erinnerst du dich? Seitdem sind die nomadischen Schiffe Bestandteil des Flottenlehrprogramms. Bald kann jeder ratekische Soldat einen Kreuzraumer fliegen, während umgekehrt die Nomaden nicht die geringste Ahnung haben, wie man unsere Schiffe durchs All bewegt.«

»Was interessieren mich Raumschiffe? Deine Liebesgabe ist mir sehr viel mehr wert. Mindestens ebensoviel wie das Riesengeschenk, das heute allen Völkern der Milchstraße gemacht wurde. ›Die Bedrohung durch die fremde Galaxis wurde abgewendet. Drakhon, Heimat der Rahim, Galoaner, Nomaden und anderer Völker, ist spurlos verschwunden.‹ Solche und ähnliche Funksprüche versetzen derzeit die gesamte Milchstraße in einen Freudentaumel – und sie können überall störungsfrei empfangen werden.«

»Oh, ist es schon so spät? Komm, Asor, wir werden im Zeremonienhaus erwartet! Die Priester mögen es gar nicht gern, wenn man sich verspätet.«

»Keine Sorge, auf uns werden sie schon warten. Schließlich sind wir die Hauptpersonen der Zeremonie.«

*

»Weshalb sah unser Rudelführer eben auf dem Bildschirm so krank aus, Vater?«

»Du würdest dich auch nicht besser fühlen, wenn du dem Rudel mitteilen müßtest, daß wir nie mehr in unsere Heimat zurückkehren können, Witt.«

»Das finde ich nicht schlimm. Ist doch egal, wo wir herumfliegen, schließlich haben wir unser Zuhause immer bei uns, so wie die Schleimkriecher auf Chidar.«

»Und es macht dir nichts aus, Chidar und all die anderen Stützpunktwelten nicht mehr betreten zu können?«

»Nein. In dieser Galaxis gibt es so viele neue Welten zu entdekken, daß ich die alten nicht vermissen werde. Vielleicht sollten wir Pack Raff etwas schenken, damit er nicht länger traurig ist.«

»Das dürfte wenig Sinn haben. Das einzige Geschenk, das ihn erfreuen würde, wäre die FREIHEIT mitsamt den ganzen Feiglingen darin. Aber die Möglichkeit, daß wir jemals wieder mit ihnen zusammentreffen, liegt bei eins zu vielen Billionen.«

»Als ich gerade sagte, unser Rudelführer sei krank, meinte ich nicht sein mürrisches Gesicht, sondern seine Armbinde. Hatte er einen Unfall?«

»In gewisser Weise schon. Das schwabbelige, schlaffe Tier, das ihm seine Soldaten seinerzeit von Raff-Raff mitgebracht haben, erlitt gestern nacht in seinem Quartier einen unbegreiflichen Beißanfall. Wie ich hörte, soll er es mit ins Bett genommen haben, weshalb es seine beiden Frauen vorzogen, in anderen Zimmern zu schlafen. Dadurch wurden sie von der Attacke verschont.«

»Und was ist mit dem Tier passiert? Hat er es totgebissen?«

»Es ist ihm entwischt und treibt sich jetzt irgendwo auf der KRIEGSBRAUT herum. Es könnte überall sein. Paß also auf, mein Sohn, wenn du mit deinen Schwestern in den Gängen spielst.«

»Ein echter Nomade kennt keine Angst, Vater, das weißt du doch. Sollte mir das Biest je über den Weg laufen, dann ist das sein

ENDE

Ren Dhark
Drakhon-Zyklus

Kurt Brand schuf von 1966 bis 1969 die Heftserie Ren Dhark. Für die HJB-Buchausgabe wurde der SF-Klassiker im Drakhon-Zyklus fortgeschrieben, denn in den Tiefen des Alls ist das Rätsel der Mysterious noch immer zu lösen...

Buchausgabe, 352 Seiten, € 15,90

Band 1 »Das Geheimnis der Mysterious«
Band 2 »Die galaktische Katastrophe«
Band 3 »Der letzte seines Volkes«
Band 4 »Die Herren von Drakhon«
Band 5 »Kampf um IKO 1«
Band 6 »Sonne ohne Namen«
Band 7 »Schatten über Babylon«
Band 8 »Herkunft Unbekannt«
Band 9 »Das Sternenversteck«
Band 10 »Fluchtpunkt M 53«
Band 11 »Grako-Alarm«
Band 12 »Helfer aus dem Dunkel«
Band 13 »Cyborg-Krise«

Der Drakhon-Zyklus erscheint mit 6 Ausgaben jährlich.